Piqûres de rappel

DE LA MÊME AUTEURE

L'année du gel, Calmann-Lévy, 2020 ; J'ai lu, 2022.

De la même veine, Calmann-Lévy, 2022.

AGATHE PORTAIL

Piqûres de rappel

ROMAN

J'AI LU

Ouvrage paru sous la direction de Julie Fallon

À mon mari,
À nos familles,
À ceux qui font vivre nos campagnes,
À la communauté arménienne de France.

— J'ai deux clients ce matin, Caragule. Les affaires reprennent.

Fiches de soin en main, Daniel Crochat ouvrit en grand la persienne métallique qui obscurcissait le salon funéraire. Caragule le suivait de près, la mine coupable et le front résigné.

— On devrait pas faire ça, Crochat. Tu sais bien.

— Et ça manquera à qui ? On ne vole rien, c'est pas les asticots qui iront se plaindre. En plus, celui de gauche...

Crochat parcourut sa première fiche avec attention avant de conclure :

— Celui de gauche est incinéré mardi de toute façon. Tu sais où ça part sinon ?

— J'imagine qu'on rend le tout aux familles...

— Pas du tout. Tout est envoyé chez OrthoMétal et c'est le crématorium qui touche l'argent. Les familles n'en voient pas la couleur.

Avec attention, Martin Caragule examina l'ongle de son index qu'il venait de retirer de sa narine gauche. L'homme était aussi rond que dépourvu de poils. Cheveux, sourcils, cils même, tout avait disparu en une nuit lorsque sa femme lui avait annoncé qu'elle le quittait. Il en avait gardé une lenteur dans les gestes, dans la parole : puisque tout peut changer si vite, pourquoi se presser ?

— C'est pas pour ça qu'on a le droit de se servir avant.

Il secouait la tête d'un air têtu, mais s'approcha tout de même du premier lit roulant en attente.

— Tu me fatigues. Pas étonnant qu'elle ait trouvé l'herbe plus verte ailleurs, ton ex.

— Tais-toi, on parle pas d'elle. Il est encore tout raide celui-là.

— Il va falloir le masser, mon petit Caragule. Je file chercher les pinces au local technique.

— Et si le patron te voit ?

— Je dirais qu'on a des doigts qui refusent de se plier.

Crochat quitta la pièce à grands pas désarticulés. Son pantalon trop court lui battait les chevilles. Il s'habillait pauvre, pas par manque de moyens, mais parce qu'il était bien plus pingre que ses parents, grands-parents et leurs ancêtres avant eux. Il était l'Auvergnat qui a quitté le pays et qui, pour le faire exister, en concentre les aimables caractéristiques jusqu'à la caricature. D'économe, il était devenu radin, tout simplement parce que Saint-Germain-Lembron lui manquait. Caragule comprenait. De prudent, il était devenu timoré, de calme, il était devenu lent, parce que sa femme lui manquait. Le patron avait vite saisi qu'ils formaient une paire évidente. Ils cultivaient une mutuelle bienveillance envers les petitesses de l'autre, s'épaulaient au sens le plus concret qui soit.

La ventilation tournait à plein régime et couvrait les menus bruits qu'un corps mort exhale de temps à autre. Oui, les morts expirent. Façon de parler. Leur corps expulse de temps à autre les gaz que le processus de décomposition génère. On en parlait à l'extérieur comme d'une légende urbaine, mais Caragule savait bien que c'était vrai. Après deux ans passés au service de thanatopraxie des « Rives Éternelles », il détenait plus d'une anecdote à vous faire grincer des dents. Il s'était blindé, bien sûr, mais l'idée toute récente de Crochat ne lui plaisait pas du tout. On avait affaire à de vraies gens, des familles. Mais le cinquante-cinquante et l'amitié bancale qu'il réservait à Crochat avaient emporté le morceau. Il s'était encanaillé, lui le débonnaire Caragule sans sourcils.

La porte s'ouvrit en grand et Crochat pénétra dans l'espace, le sourire aux lèvres. Il avait de mauvaises dents, un comble.

— J'ai ce qu'il faut, le patron sort accompagner la nouvelle équipe de transport, on est tranquilles. C'est parti.

Il posa sur le drap qui couvrait le corps une très fine lame crénelée qui semblait conçue pour scier des pièces d'horlogerie, une pince à bec et une pince perroquet tout en longueur. Il posa également une trousse plate où le matériel habituel permettrait de donner au corps et notamment au visage un aspect de dignité mortuaire. De quoi raser les messieurs, et certaines dames, aiguilles et fil de suture pour éviter les bouches semi-ouvertes, tubes de colle pour le scellement des paupières, seringues et formol liquide, cordons de maintien de la mâchoire et poudres correspondant aux différentes carnations.

— Tu l'as massé ?

— J'ai pas eu le temps.

— Allez, allez mon Caragule, il faut mériter tes cinquante pour cent.

Caragule releva le drap, évita de regarder de trop près le visage aux yeux mi-clos qui lui faisait face et se plaça derrière le crâne. Du bout des doigts, il chercha les mandibules et se mit à presser avec ses pouces, opérant de petits mouvements circulaires.

— Il est mûr, s'impatienta Crochat, ouvre-lui la bouche.

— C'est toujours moi qui m'y colle ! Tu sais bien que j'aime pas mettre mes doigts dans la bouche du mort. C'est irrespectueux.

Le ton plaintif de Caragule fit lever les yeux de Crochat au ciel.

— Que de scrupules ! Tu t'es trompé de métier mon ami.

— Tu sais bien que j'ai pas choisi. C'est Pôle Emploi qui m'a forcé, sinon je ne touchais plus rien. Mais c'est temporaire, j'ai un plan pour sortir de là.

— La charcuterie de ton ex-beau-père, mais oui ! Sa fille te quitte et lui va te trouver un boulot de commis. C'est touchant. Commis à quoi d'ailleurs ? Tu préfères décharger les carcasses du camion le matin plutôt que de bosser ici ?

D'indignation, Caragule cessa de masser le mort.

— La caisse, je tiendrai la caisse !

— En attendant, ça fait deux ans qu'on travaille ensemble, ça, c'est du concret. Si tu files d'ici, c'est grâce aux sous qu'on va se faire, pas grâce à un mirage charcutier. Allez, ouvre-le maintenant.

Avec délicatesse, Caragule maintint le haut de la tête sous sa paume et abaissa le menton du plat de la main pour éviter de créer des marques et de faire craquer la mâchoire. Il savait récupérer les dégâts mais tout de même, le risque de décaler le haut et le bas demeurait et il connaissait l'impact de ce genre d'accident sur un visage. Il procéda avec une souplesse d'ostéopathe.

— On y est. Ahhh... très bien...

La satisfaction de Crochat tenait aux deux prémolaires en or. Cela se faisait rare, les prothèses étaient le plus souvent en nickel ou en chrome avec une couche de finition en céramique. Il fallait tomber sur des vieux vraiment vieux ou des manouches. Mais Crochat laissait les manouches tranquilles, pour éviter les représailles.

— Ne bouge pas ! On y est, c'est sur un plateau, pas besoin de scier autour.

Il se pencha sur le corps avec le davier et, avec une dextérité étonnante, fit sauter les dents qu'il déposa une à une sur le drap.

— Une pour toi, une pour moi. Félicitations, associé ! Le suivant, j'ai pas besoin de toi, il est bouche grande ouverte, il devait avoir le nez bouché.

Avec un soupir malheureux, Caragule empocha sa dent et fit jouer la fermeture Éclair de la trousse de soins. Le corps était déjà habillé avec les vêtements choisis par la famille. Comme d'habitude, il avait fallu épingler dans le dos pour ajuster un peu la veste trop large. Les mourants ont tendance à fondre avant de passer l'arme à gauche, et on ne va pas racheter des vêtements une taille au-dessous alors que leurs armoires débordent, pas vrai ?

Il lui restait le meilleur. Les soins, qui requéraient un vrai talent, de la tendresse, oui, de la tendresse pour le mort. Il était bon dans ce qu'il faisait, il le savait. C'était pour ça qu'il n'avait pas quitté les pompes funèbres pour devenir métreur ou chauffagiste. Il n'avait pas l'opportunité de voir la réaction des familles lorsqu'elles se penchaient sur le corps de leur vieux père ou de leur tante, mais il imaginait les soupirs contents, le soulagement de reconnaître dans la mort le visage de ceux qu'ils avaient chéris. C'était la raison pour laquelle il travaillait sur photo. Lors de l'ouverture du dossier à l'accueil, on demandait un portrait du mort, c'était sa base de travail.

Avec beaucoup d'amour, Caragule lui referma la bouche et lui enfila aussitôt la mentonnière qui empêchait la mâchoire de bâiller. Il consulta la feuille de soins et remarqua que la famille ne souhaitait pas suturer. Ce n'était pas leur premier deuil. Seuls les débutants imaginaient qu'une bouche hermétiquement fermée était un gage de dignité pour le corps. C'était tout l'inverse. La petite fente naturelle qui demeurait entre les lèvres atténuait considérablement l'impression de masque mortuaire. Il allait pouvoir travailler dans le respect de son mort, tout ce qu'il aimait.

Avec un soupir soyeux, la porte coulissante qui séparait le jardin du salon des Cassague s'ouvrit. La pièce était vaste et moderne, beaucoup trop au goût d'Asma Cassague, née Ozdemir, qui regrettait l'absence criante de tapis persans, pour ne parler que du principal. Son fils, Hugo, et sa belle-fille partageaient un inexplicable goût pour le minimalisme. Le carrelage blanc et les poutres cérusées évoquaient pour elle le bloc opératoire plutôt que l'espace de repos et de détente qu'un salon se devait d'être. Franchement, qui pouvait vivre ainsi… Comment imaginer s'étendre sur l'un de ces canapés raides, design certes, mais sans moelleux, sans velouté. Du cuir de vachette, s'était vanté Hugo, toujours empressé de rappeler à sa pauvre mère combien elle était hors du coup.

Heureusement que leur fils unique, Ozan, était d'un autre bois. Bon sang ne saurait mentir. Elle s'était tant battue pour imposer un prénom ottoman. Assez miraculeusement, sa belle-fille Apollonia avait immédiatement adhéré : exotique et musical, « Ozan » pouvait passer pour basque. Hugo avait été plus compliqué à convaincre, désireux sans doute de lui faire barrage dans son souhait de transmettre ses origines. Il lui rappelait avec morgue qu'en France, mieux valait se prévaloir d'un nom bien français, comme le sien. Il aurait voulu Pierre ou Jacques. Foutaises, cet enfant avait l'œil noir et le front large, il était né pour porter un prénom turc.

Cassague… comment ai-je pu trahir à ce point mon ottomanie ? Contre quoi en plus ? Une vie de petite-bourgeoise de province. Française, la province, certes, mais petite-bourgeoise quand même… Ozdemir, voilà un nom qui fait honneur.

Ozan se tenait courbé sur un ouvrage qui absorbait toute son attention. De dos, il était difficile de lui donner un âge. Ses cheveux bruns un peu trop longs lui tombaient devant les yeux, il avait les épaules bien développées pour ses presque quinze ans, un beau garçon déjà, qui pousserait d'un coup, un été, sans que personne s'y attende. Il était perché sur un tabouret de bar, les pieds nus dans les Stan Smith qu'elle lui avait offertes à Noël. Elle se tenait au courant de ce qui plaisait aux adolescents. Sur le comptoir de la cuisine, il avait étalé plusieurs feuilles, dont certaines semblaient couvertes de dessins. Il leva le nez en l'entendant et se tourna d'un bloc.

— Je me doutais que c'était toi. Maman n'est pas là.

— Ça tombe bien, c'est toi que je viens voir.

Il avait la fossette Ozdemir, qui partageait le menton en deux, les yeux noirs, le teint velouté, autant de détails qui rassuraient Asma dans le creux de la vague. Il tenait d'elle, immensément. Elle posa son sac en croco sur un tabouret ridiculement blanc.

— J'ai ton cadeau d'anniversaire.

— C'est dans presque une semaine, Asma, on a le temps.

Elle chuchota sur le ton de la conspiration :

— Crois-moi, c'est maintenant que ça se passe.

Perchée sur une fesse, en équilibre sur un talon qu'une femme de quarante ans aurait hésité à se permettre, Asma Cassague, née Ozdemir, poussa vers son petit-fils un paquet plat. La vision de sa main tachée de vieillesse sur la table immaculée la dérangea. Elle se la passa dans les cheveux, un casque cuivré qui faisait concurrence à son teint caramel soigneusement entretenu.

— Allez, ouvre !

L'adolescent déballa le coffret avec un sourire qui lui mangeait la moitié du visage. Il souriait de côté, Asma trouvait que ça lui donnait un charme fou. Il était bien plus réussi que son père. Pauvre Hugo, si décevant dans sa course au succès. Il tourna le coffret côté pile et côté face, un peu perplexe.

— C'est quoi exactement ?

— Un test ADN qui te dit quelles sont tes origines.

Il ne voulait pas être désobligeant, il la regardait avec un intérêt poli, pour l'inviter à développer son argumentaire. Elle attrapa du bout des doigts le coffret. Ses ongles fraîchement enduits de résine la gênaient un peu.

— Pour les gens comme nous, c'est passionnant de se découvrir un peu russe, un peu andalou, tu ne trouves pas ?

— Des gens comme nous… métissés tu veux dire ?

Le mot ne convenait pas à Asma, elle le fit rouler dans sa bouche avant de l'approuver avec tiédeur.

— Moui, métissés… De vieilles familles voulais-je dire. Tu as de très anciennes racines ottomanes, ça n'est pas anodin.

— Les résultats vont partir dans tous les sens, avec une mère polonaise. Enfin, polonaise de loin.

Asma pencha la tête de côté. Elle veillait à ne pas approfondir ses rides d'expression et plissa à peine les yeux pour accompagner un sourire indéchiffrable.

— C'est possible… on verra bien, ça va être excitant pas vrai ? On ouvrira les résultats ensemble ! Ce truc fait rage partout, il paraît que c'était l'un des cadeaux les plus offerts cette année à Noël.

D'après le texte imprimé sur le côté de la boîte, les résultats parvenaient quatre jours après envoi du prélèvement, par mail.

— Il va falloir me piquer ? s'inquiéta Ozan, pas tout à fait rassuré.

— Tu crois que je vais laisser piquer mon petit-fils ? Allons, il faut juste se passer un machin ouaté à l'intérieur de la joue, sur les muqueuses, tu vois, ça suffit amplement.

La concentration d'Ozan lorsqu'il passa le coton-tige derrière ses molaires faisait plaisir à voir. Il était bonne pâte. Aussitôt le coton enfermé dans son tube, Asma s'empara de l'échantillon avec un petit rire de conspiratrice. Elle le fourra dans l'enveloppe à bulles fournie et la glissa dans son sac.

— Je la poste tout à l'heure et, dès que je reçois les résultats, tu viens goûter chez moi et on découvre ensemble. Ça sera ton vrai cadeau d'anniversaire !

Face à l'enthousiasme d'Asma, Ozan ne pouvait qu'acquiescer. Il avait probablement préféré la paire de chaussures reçue à Noël mais qu'importait, Asma se sentait la bouche sèche à la perspective de savoir si, oui ou non, Ozdemir écrasait Cassague dans le génotype de son petit-fils. Quel choc quand elle avait découvert cet article sur la vogue des recherches généalogiques et leur pendant scientifique : le test ADN des origines. Que n'avait-on inventé ce machin quatorze ans plus tôt, lorsqu'elle était tombée définitivement amoureuse de ce petit être brun et potelé et que lui était revenue en pleine figure cette évidence : il était Cassague de nom comme de sang. Elle avait passé outre, le gâtait beaucoup trop, mais se justifiait en se disant que le temps passait tellement vite. Après tout, c'était son seul petit-fils. Elle trouvait en lui de nouveaux motifs de fierté, après avoir été tant déçue par sa progéniture. Il lui faisait oublier qu'elle avait bradé son lignage pour un nom français.

Le veuvage lui avait ouvert des possibilités inespérées. Le petit capital de feu le notaire de province Cassague fondait comme neige au soleil, mais elle avait si longtemps souffert de vivre sans éclat, enfermée dans une lugubre maison de famille, qu'elle s'était empressée de vendre une fois son mari sous terre. Elle avait imaginé Dieu savait quoi en épousant un Français avant la fin de ses études. Le fait qu'elle quitte plus ou moins la religion de ses parents était à l'époque sans réelle importance. Dans ces cercles de hauts fonctionnaires, il fallait cultiver un certain art de la mondialisation, être cosmopolite. Marier sa fille à un bourgeois français, fût-il médiocre, contribuait à l'aura sociale des parents restés en Turquie.

Elle se faisait une joie aujourd'hui de dépenser les petits sous économisés sur ce que la vie avait de pétillant, de brillant, d'amusant, de scandaleux. Hugo avait la fortune de sa femme, qu'il s'appliquait à grignoter en accumulant les projets en cul-de-sac. Le dernier en date, Honey Box, semblait un peu mieux parti que les précédents, heureusement. Sarah, Sarah... Sarah était elle-même un cul-de-sac. Il n'y avait qu'Ozan, à qui elle aurait bien aimé laisser quelque chose, mais autant le faire de son vivant pour avoir le plaisir de contempler sa mine reconnaissante.

Avec une moue de contentement qui lui tirait un peu les lèvres qu'elle avait voulues particulièrement charnues, Asma referma son sac.

— Tu m'offres quelque chose à boire ?

— J'ai du Schweppes si tu veux.

— Eh bien, quel programme, soupira Asma. Sortons plutôt dans le jardin, j'ai envie d'une cigarette.

Elle sortit un étui à émaux de la poche extérieure de son sac.

— Tu ne fumes toujours pas, j'imagine ?

— Toujours pas.

— J'espère que tu ne seras pas aussi rabat-joie que ton grand-père…

L'un derrière l'autre, ils sortirent dans le petit jardin de rocaille et Asma, tout en exhalant avec délices une fumée mentholée, pointa du bout de sa cigarette un des piliers du portail d'entrée qui penchait dangereusement.

— Qu'est-ce qui s'est passé avec le portail ? Tu as pris la voiture sans permission ?

— Maman a foncé dedans.

— Ça ne m'étonne pas. Ta mère, c'est comme l'eau qui dort.

Encore une aberration, songea Asma qui recrachait la fumée par petits à-coups. Son bouillonnant Hugo s'était apparié avec une femme aussi indéchiffrable que flegmatique. Qu'on ne s'y trompe pas, Asma appréciait Apollonia. Il était simplement assez étonnant qu'une femme pareille ait choisi son fils. Lorsqu'elle la croisait à la sortie de son jardin, les genoux terreux et les bagues ternies, avec même parfois une scie circulaire à la main, Asma ne pouvait s'empêcher d'être un peu intimidée, engoncée dans ses jupes crayon. Avec ses yeux clairs, son indéfectible sourire, le soutien sans faille qu'elle apportait à son instable époux, Apollonia lui semblait d'une trempe peu commune. Si Asma s'enorgueillissait de ses origines ottomanes, elle n'aurait pas détesté pouvoir dire que sa belle-fille était une descendante Poniatowski, mais Apollonia ne semblait pas intéressée une seconde par ce genre de considérations. Elle avait grandi dans les champs de patates du Pas-de-Calais et rien, mis à part son prénom, ne faisait référence à la Pologne de ses ancêtres.

— La direction de la voiture s'est bloquée. C'est un problème avec la colonne de direction, le cardan a claqué d'un seul coup d'après ce que j'ai compris. Elle a eu peur.

Après une expiration qu'elle étira le temps de trouver la meilleure formulation, Asma susurra :

— Crois-tu que ta mère ait déjà eu peur ?

Un porte-documents vert serré dans la main gauche, Naïri Bedrossian tira avec vigueur le rideau qui descendit jusqu'au sol dans un bruit de ferraille. Elle se redressa avec une grimace et déboutonna de sa main libre le haut de sa blouse blanche. Elle avait enroulé ses cheveux lisses en un chignon serré dont elle tira l'élastique avec bonheur. Ils lui tombèrent au creux des reins. Elle étira ses bras loin derrière sa tête, après avoir vérifié que la place d'Armes était déserte, puis tourna la clé dans le boîtier mural qui commandait la lumière de la croix verte. Dans l'ombre soudaine de la place, sa silhouette longiligne glissa jusqu'à la seule voiture garée sous les tilleuls.

La journée avait été longue et la nuit particulièrement mauvaise. Pour que son insomnie ne reste pas stérile, elle s'était relevée, avait allumé toutes les lumières dans son appartement vide et s'était assise à son bureau. Elle avait passé plus de deux heures à constituer un dossier complet sur les compléments alimentaires, les agréments à obtenir, les étapes à franchir pour recevoir la certification nécessaire à la vente en pharmacie, et lorsque à 4 h 30 elle avait lancé l'impression des documents réunis, l'odeur de l'encre chaude lui avait rappelé sa thèse. La liasse pesait dans sa main, elle avait hâte de l'apporter aux Capitourlan.

En deux ans, Naïri s'était constitué un embryon de vie sociale qui aurait plongé dans la dépression la plus noire le moins sociable de ses anciens compagnons parisiens. Après la fermeture de sa pharmacie, elle rejoignait le plus souvent son canapé noir et son écran géant qui lui permettaient de glisser de l'abrutissement du travail sous néon à l'indigestion de programmes Netflix dans l'obscurité, jusqu'à ce que sommeil s'ensuive. Ce soir cependant, elle avait prévu quelque chose de plus gai. Un rendez-vous, en toute amitié.

Ses années parisiennes lui avaient inoculé le virus de la cause perdue. Elle avait rapidement identifié le client parfait au fil des visites dans sa pharmacie. Un type bon comme le pain, empêtré dans une relation professionnelle toxique, incapable de prendre le recul nécessaire pour regagner un peu d'oxygène puis de liberté. Un gars qui avait l'habitude de ne compter que sur lui-même et n'aurait demandé de l'aide pour rien au monde. Comment résister ? Se rendre utile déclenchait au creux de ses reins un fourmillement de bonheur, un délicieux vertige qui l'aidait à oublier l'imposture de sa propre existence. Elle oubliait de se scruter, de remâcher les phrases qu'elle aurait dû mieux tourner, de regretter les petits actes insignifiants qui brouillaient la trajectoire de sa vie. Lorsqu'elle s'impliquait dans un sauvetage, elle fonçait sans se poser trop de questions. Parfois, elle s'étonnait que son appartement ne soit pas reconverti en refuge pour animaux borgnes. Un homme borgne aurait également pu faire l'affaire. Elle n'était en réalité pas prête à ouvrir sa porte jusque-là, elle préférait investir le territoire du naufragé, partager son état de suffocation pour avoir ensuite le bonheur de le hisser sur la grève et de le regarder reprendre son souffle. C'était tout simplement grisant. Ça l'empêchait de regarder de trop près le vide de sa propre vie. En plus, sa femme était sympa.

Lorsqu'elle posa sur le siège passager son dossier et qu'elle referma la portière, Naïri se sentit presque joyeuse. Elle dégrafa son badge PHARMACIEN-CONSEIL et le rangea soigneusement dans la poche intérieure de son sac à main avant de démarrer. Elle tenait un début de solution. La perspective de voir le soulagement naître sur le visage fatigué de Pascal Capitourlan l'emplissait d'une sensation comparable à un début d'ivresse.

Elle longea la rangée d'arbres, passa sous l'unique fenêtre éclairée de la place, celle du *Bar de l'Europe*, puis quitta la place par une rue en pente, bordée de maisons convexes. Les rétroviseurs de sa voiture frôlaient les jardinières garnies de primevères accrochées aux fenêtres. Il faisait encore trop froid pour que les fleurs s'épanouissent dans les plates-bandes à l'arrière des maisons, mais les branches de mimosa qui passaient par-dessus les portails commençaient à se dorer dans la lumière des phares.

Elle ouvrit ses vitres en grand pour que la nuit s'engouffre dans l'habitacle et fasse voler ses cheveux. Derrière son pare-brise, elle souriait à la perspective de retrouver la chaleur du foyer des Capitourlan, d'autant plus qu'elle leur apportait sur un plateau de quoi regagner leur indépendance, leur tranquillité d'esprit, tout ce que leur désastreuse aventure Honey Box leur avait volé. En dix-huit mois à peine, ils s'étaient retrouvés pieds et poings liés dans un projet qui s'était rapidement révélé un véritable bourbier. La start-up fonctionnait à plein régime, imposait une cadence infernale à Pascal et surtout l'avait noyé sous les dettes. Les bénéfices étaient systématiquement réinvestis, en dépit des prières de l'actionnaire minoritaire qu'était Pascal, qui voyait avec désespoir lui échapper des ressources qui lui étaient de plus en plus nécessaires pour se maintenir à flot. Avec le débouché qu'elle allait leur proposer dans les compléments alimentaires, Pascal et Isabelle Capitourlan allaient enfin voir la lumière au bout du tunnel. Ce fumier d'Hugo Cassague allait perdre d'un coup d'un seul son partenaire souffre-douleur en même temps que son unique source d'approvisionnement. Honey Box devrait trouver d'autres ruches à siphonner que celles de Pascal.

Les huit minutes de petites départementales passèrent en un instant, tandis que Naïri se repaissait de la déconvenue à venir d'Hugo. Elle avait quelques raisons toutes personnelles de prendre une revanche sur ce type. Une fois quittées les lumières orangées de Montraguil, elle leva le nez au gré des lignes droites et se perdit dans la contemplation des étoiles qui grésillaient dans l'air glacé. Leur éclat tremblant trouait la nuit sans dégager d'émotion particulière. Elles demeuraient, perchées dans l'éther et au-delà, sûres et tranquilles. Naïri avait le temps, elle s'engouffra sans crier gare dans une entrée de champ et sortit de sa voiture, le visage tourné vers le ciel. Pas un bruit, pas un moteur, à peine le son du vent dans les branches. Elle voyait du coin de l'œil la démarcation noire d'une lisière en bout de champ, la pente d'un toit rendu argenté sous la caresse de la lune. Un bruit de feuilles froissées au creux du fossé lui fit dresser l'oreille. Un hérisson, un mulot, une vie au ras du sol qui reprenait son cours après avoir intégré sa présence à elle comme inoffensive. Elle respirait, au bord de la route déserte qui serpentait en surplomb de la plaine, sentait dans son cou ses cheveux refroidis lui effleurer la peau et les battements de son cœur s'accorder à la sérénité de l'hiver finissant. L'air était trop froid pour se charger d'odeurs, il sentait seulement l'oxygène brassé entre les branches nues des arbres, l'espace et la paix.

Arrivée au bout de l'allée du Laussou, elle manœuvra avec précaution pour se glisser entre les deux grilles mal rabattues qui marquaient l'entrée de la ferme fortifiée des Capitourlan. Les voitures d'Isabelle et Pascal se serraient sous l'auvent. Un gros SUV noir et lustré était garé au milieu de la cour, sous l'immense platane qui poussait au centre d'un cercle de pierres.

Les fenêtres de la maison étaient éclairées et formaient dans la nuit une guirlande joyeuse d'un étage à l'autre. Les enfants n'avaient pas encore éteint, elle monterait les embrasser. Les vitres illuminées projetaient des lueurs dorées sur les murs des anciens bâtiments de service qui bordaient la cour : hier four à pain, grange à foin, remise à tracteur, aujourd'hui cuve à fioul, remise à transats, atelier où Pascal retapait les meubles en kit qui s'avachissaient un peu partout dans la maison. La forme en U de la ferme nourrissait le sentiment qu'avait Naïri d'être enveloppée. Le Laussou était pour elle un ancrage alors que tout tanguait encore autour d'elle. Un tricycle barrait l'accès aux trois marches qui montaient jusqu'à la terrasse couverte. Une façon de se protéger de la chaleur trop vive de l'Ouest en plein été. Les pavés de la terrasse gondolaient joyeusement et les volets du salon raclaient tant dessus que les Capitourlan les laissaient ouverts toute l'année.

Lorsqu'elle eut poussé la porte qui donnait dans la cuisine, Naïri se figea au son de la voix de Pascal discutant avec un autre homme. Isabelle se tenait devant son évier, occupée à éplucher des oignons dont l'odeur lui picota le nez. Lorsqu'elle se tourna vers Naïri, elle eut un sourire étrange, presque contraint.

— Contente de te voir.

Elle s'essuya les mains sur ses cuisses et s'approcha à grands pas. Naïri se trouva rapidement enfouie dans les pans laineux du châle sans forme que portait Isabelle en toute saison. Il s'échappait d'elle une odeur de foin d'août, de savon de Marseille et de fleur d'oranger.

— On a de la visite.

Le ton d'Isabelle était difficilement déchiffrable, partagé entre l'excuse et la résignation. Un éclat de rire trop sonore s'engouffra dans la cuisine par la porte du salon.

— Je peux repasser à un autre moment.

— Pas question. Il a dit qu'il ne restait pas. Tu bois quoi ?

— Jus de tomate.

Devant la mine déconfite d'Isabelle, Naïri sourit et poursuivit :

— Avec des herbes et des machins, vas-y, fais-moi une de tes mixtures de sorcière.

— J'aime mieux ça.

Ses documents à la main, Naïri se balançait d'un pied sur l'autre. La cuisine était aussi foutraque que d'habitude. Un coin de mée fut débarrassé de sa pile de magazines, Post-it en tout genre et vieux CD hors de leur boîtier. Isabelle y plaça un plateau sur lequel elle disposa un verre allongé, du sel de céleri et une antique touillette en argent.

— Pose tes affaires, j'en ai pour deux minutes.

Une odeur anisée emplit la cuisine. Naïri accrocha sur un dossier de chaise son écharpe et son manteau à capuche bordée de fourrure. Le bruit caractéristique du shaker la fit se retourner : Isabelle s'en donnait à cœur joie. Elle versa le contenu d'un brun mal défini dans un grand verre et y planta une tige de céleri.

— Ça va te remettre sur pied. Pastis, sauce soja, un trait de vinaigre balsamique, sel de céleri.

— Et jus de tomate ?

— Bien sûr. En quantités raisonnables.

Les mélanges d'Isabelle étaient en général pleins d'originalité. Jamais testés, rarement refaits. Un espace de créativité qu'elle ne pouvait exercer dans son métier d'assistante sociale, bien qu'il lui faille souvent développer des trésors d'inventivité pour résoudre certaines situations. Elle s'autorisait tout de même des pantalons en toile serrés aux chevilles et des pulls de laine couleur soupe de poireau avec empiècement de cuir aux coudes, un aperçu de son désir de fantaisie alternative.

— Et toi, tu bois ?

— Tisane.

— Je vois que tu ne prends pas les risques que tu me demandes de courir !

— Citron, mélisse et fenouil.

— C'est ce que je disais, dit Naïri avec un sourire, considérant son verre avec circonspection.

La conversation dans le salon avait brutalement baissé d'un cran. Paradoxalement, le souhait des deux hommes d'être discrets lui fit tendre l'oreille. Elle ne capta presque rien, quelques bribes parmi lesquelles le mot « investisseur » revenait régulièrement. Avec qui Pascal pouvait-il bien partager ces préoccupations capitalistes qui lui ressemblaient si peu ? Elle fit un pas de côté pour que le canapé du salon entre dans son champ de vision. Hugo Cassague. Un bloc de béton se forma instantanément dans son estomac. Il fallait qu'elle trouve un prétexte pour quitter les Capitourlan avant de devoir le saluer. Le malaise qu'elle ressentait à l'idée de le croiser était double. D'une part, elle complotait contre lui pour dégager Pascal de son emprise, d'autre part, il représentait, malgré lui peut-être, tout ce qu'elle avait fui en quittant Paris.

L'incessant combat.

Asma Cassague, née Ozdemir, ne se privait pas ces jours-ci de le lui jeter à la figure, avec la reconnaissance tant attendue du génocide arménien par l'État français : « Vous devez être bien contents, vous les "ssian", avait-elle claironné dans sa pharmacie. Peut-être qu'enfin vous allez cesser de geindre ! » Hugo Cassague était le fils de cette femme-là.

Elle avait les deux mains accrochées à son verre et la bouche pleine d'un liquide qu'elle peinait à avaler lorsque, de l'intérieur du salon, Pascal l'appela.

— C'est toi, Naïri ? Entre !

Impossible de se dérober. Elle déglutit et se raisonna. Hugo Cassague n'avait pas le pouvoir de lire en elle. Il lui suffirait de sourire, saluer et retourner auprès d'Isabelle, trouver le moyen d'écourter sa visite et filer. Elle présenterait son plan de sauvetage une autre fois.

Les deux hommes étaient assis en angle, genou contre genou. La grande carcasse de Pascal se tenait courbée sur un portable posé sur la table basse. Elle fit un pas dans l'embrasure de la porte, esquissa un signe de la main du bout des doigts, espérant que cela suffirait.

Elle se persuada qu'Hugo n'avait aucune raison de la considérer comme une adversaire, ce qu'elle était. Il ne pouvait pas imaginer les manœuvres qu'elle avait entreprises avec la complicité d'Isabelle. Pascal, sous sa tignasse broussailleuse dans laquelle il ne cessait de passer la main, la regardait avec amitié, heureux en toute innocence de la présenter à son associé, « Naïri, une amie », attendant qu'elle s'approche. Il se leva pour l'embrasser, elle était obligée de s'avancer, d'entrer franchement. La haute silhouette de Pascal masquait encore Hugo à ses yeux. Il se courba de manière à l'embrasser sur les deux joues.

— J'imagine que vous vous êtes déjà croisés. C'est Naïri, qui a repris la pharmacie il y a quoi… quatre ans ?

— Deux, rectifia Naïri.

— Seulement ?

Puis il se rassit. Hugo Cassague ne se leva pas. Il la considéra d'un œil amusé.

— Pharmacie Bedrossian, c'est ça ?

Il donna un coup de coude au coussin qui se trouvait dans son dos et se cala de nouveau au fond du canapé.

— Si j'avais su, j'aurais été malade plus souvent.

Mal à l'aise, Naïri ne sut pas si elle devait s'approcher, tendre la main vers lui, se pencher pour l'embrasser en tant qu'ami d'ami. Elle resta donc là où Pascal l'avait laissée. Elle tenait à deux mains son verre, tâchant de ne pas dévisager davantage l'invité de Pascal, de ne pas suivre la courbe perse de son nez, l'empâtement de son menton, la cavité sombre de ses orbites.

— Bedrossian, reprit-il.

Ses paupières se refermèrent à demi.

— Le vent tourne, hein, pour les Bedrossian[1]...

Surprise par l'entrée en matière, Naïri acquiesça automatiquement. Quelques gouttes de son cocktail étrange lui mouillèrent les doigts. Hugo renifla. Pascal souriait à l'un puis à l'autre, absolument inconscient de la teneur de l'échange qui se préparait. Hugo le prit à témoin.

— J'en connais une bonne. Tu sais ce qui est mortel pour un chanteur arménien ?

Il riait déjà. Pascal aussi, par mimétisme. Naïri le détesta.

— Une traversée du désert.

Le rire de Pascal ne se déclencha pas franchement. Il ne comprenait pas. Hugo la guettait, attendait d'elle une réaction. Elle n'allait pas lui faire ce plaisir, elle ne dit rien, faisant mine elle aussi de passer à côté. Elle était devenue un bloc de bronze creux, qui bourdonnait du coup reçu, comme un tocsin.

— Vous n'avez pas compris. J'en ai une meilleure. Qu'est-ce qu'un obstétricien turc oublie de faire quand il pratique une césarienne sur une Arménienne ?

Cette fois, Hugo n'attendit pas que le suspens monte, il livra la chute tout de suite.

1. En février 2019, le gouvernement français a annoncé la création d'un jour de commémoration du génocide arménien, le 24 avril. Cette annonce a été mal reçue par la Turquie.

— Recoudre.

Et il éclata d'un rire ignoble, presque silencieux. On pouvait compter ses molaires métalliques. Le sourire de Pascal s'était figé. Il n'était pas tout à fait certain d'avoir compris, il cherchait des indices sur le visage de Naïri : fallait-il rire ?

Elle était livide, son cou était tendu comme celui d'une athlète qui va tenter le record de saut à la perche. Elle n'entendait plus, ne voyait plus que le point rouge du poêle autour duquel tout s'était assombri. Même ici, même à Montraguil, on venait la tirer de sa bienheureuse retraite pour la jeter sur le champ de bataille, on lui fourrait une baïonnette au creux des mains et on lui hurlait à l'oreille de poursuivre, de s'extirper de cette putain de boue qui lui emprisonnait les genoux, de sortir de la tranchée, encore une fois, de défendre ses morts. *Justice. Justice.* Elle n'avait plus l'énergie.

Le claquement de la voix d'Isabelle lui parvint de très loin.

— Ça suffit.

— Oh, on plaisante, on ne fait que plaisanter, pas vrai, Pascal ? Je suis sûr que Naïri ne l'a pas mal pris, elle sait reconnaître une blague. Pas de politiquement correct entre nous, ça serait trop triste.

Les yeux d'Hugo brillaient dans l'obscurité, cherchaient le regard de Naïri. Elle n'était que dégoût. Elle pensait n'avoir rien à craindre de pire que le déni, contre quoi elle s'était battue jusqu'à l'épuisement. La dérision était infiniment plus blessante. Elle était la goutte d'acide qu'on verse sur une plaie qui tente de se refermer. Sans le regard exorbité d'Hugo qui guettait une réaction, elle aurait pu passer le tout sur le compte de l'ignorance crasse, de la connerie la plus primitive, elle aurait même pu avoir pitié. Mais Cassague savait parfaitement là où il mettait les pieds. Il en jouissait.

Le bras réconfortant d'Isabelle lui entoura les épaules et la fit pivoter. Elle était incapable de décoller ses pieds du sol, de détourner le regard de celui d'Hugo. Alors qu'elle avait simplement cessé de respirer, une bile acide et brûlante lui monta brutalement dans la gorge puis reflua, et elle sentit qu'elle ne pourrait pas contenir un nouvel accès de nausée. Elle se laissa mener jusqu'à la cuisine. Le regard d'Isabelle la fouilla avec inquiétude. Naïri, blême, ne la laissa pas mesurer l'étendue des dégâts et réussit même à grimacer un sourire qu'elle voulait plein de mépris.

— Un spécialiste des blagues douteuses, déclara Isabelle contrite. N'y prête pas attention, c'est lui faire trop d'honneur.

Isabelle ne comprenait pas. Elle ne pouvait tout simplement pas comprendre.

Entre ses mains, le cocktail tremblotait. Elle le but d'un trait, hoqueta, puis fixa sur le front plissé d'Isabelle un regard de fièvre.

— Comment veux-tu qu'on pardonne ? Moi, je ne peux pas… je n'ai pas la force.

Elle posa son verre avec une délicatesse inquiétante. Sous sa peau couvait un orage.

— Crois-tu qu'il n'y a que le sang qui puisse laver nos plaies ?

Mal installé sur une banquette en bois sans dossier, le major Dambérailh s'agita pour rappeler sa présence au frère libraire qui assurait l'accueil des visiteurs en dehors des horaires des offices. Il aurait peut-être mieux valu prévenir de sa visite mais, naïvement, le major s'était imaginé que son fils errait toute la journée entre les laudes du matin et les complies du soir. Oui, il s'était documenté. Il ne lui était pas venu à l'esprit que l'ordre des Bénédictins, où son fils avait choisi d'enfermer sa jeunesse et sa joie de vivre, imposait aux religieux des activités qui ne pouvaient pas être interrompues à la minute même lorsque s'annonçait une visite imprévue.

Il avait fait au mieux selon le temps que lui laissait sa nouvelle, et temporaire, brigade. Depuis trois jours, il se promettait chaque soir de visiter son fils le lendemain. Cela faisait plus de six mois qu'il ne l'avait pas vu, depuis cette visite éclair en été sur les plages de Saint-Palais où ils passaient leurs vacances avec les jumelles.

Trouver ses marques à la brigade de Montraguil l'absorbait tout entier et il s'endormait parfois tout habillé dans un fauteuil de sa chambre d'hôtel. Il était détaché pour une durée *a priori* très brève, une quinzaine de jours tout au plus, le temps que le chef de brigade Peramel sorte de l'hôpital où on le soignait depuis plusieurs semaines déjà. En réalité, ce détachement avait valeur d'exil, à plus d'une heure de sa brigade habituelle de Lafontac. Le commandant de compagnie Delval voulait l'éloigner le plus souvent possible depuis son enquête trop médiatique : le crime s'invite dans un château du Bordelais[1]. On en avait parlé jusqu'au SIRPA[2]. Depuis, Delval le promenait plus souvent qu'à son tour. Pour l'user, peut-être ? Il bâilla. Malgré lui, le commandant de compagnie avait cette fois choisi un lieu de haute pertinence : Montraguil n'était qu'à dix kilomètres du monastère Saint-Avit-de-Villeruch où son fils poursuivait son noviciat. Gendarme, moine, deux vocations pétries d'obéissance.

Est-ce que le frère libraire dormait ? Dambérailh se redressa et décida de parcourir un peu la librairie afin de rappeler adroitement son existence. Il emprunta l'allée « Vies de saints » et eut la surprise de découvrir tout un rayon « Vie affective et sexuelle » où de petits fascicules colorés invitaient les parents à parler sexe à leur ado, à leur grande fille, à leur conjoint.

---

1. Voir *L'année du gel* (J'ai lu, 2022), la première enquête du major Dambérailh.

2. Service d'informations et de relations publiques des armées.

Trouver des publications de ce genre dans un monastère lui sembla vaguement déplacé.

— Est-ce que mon fils a été averti de ma visite ? osa demander le major au religieux dont les yeux papillotaient devant un écran de veille.

— Oui, oui, bien sûr, répondit le frère Marie-Barthelémy (il portait un badge très fin épinglé sur la poitrine).

L'odeur de térébenthine mêlée à de la cire d'abeille n'était certainement pas pour rien dans leur somnolence commune.

— Frère Jean-Chrysostome est occupé à la mise en colis des boîtes qui doivent partir cet après-midi.

Géraud Dambérailh hocha la tête sans comprendre en quoi l'emploi du temps de ce frère Jean-Machin pouvait bien le concerner, puis le changement de prénom de son fils Baptiste lui revint en mémoire avec la violence d'un uppercut. Là aussi, il s'était renseigné. Rien n'obligeait Baptiste à se débaptiser lorsqu'il était passé de postulant à novice. Il y avait là une volonté manifeste de se désolidariser de sa vie d'avant, et Géraud en restait meurtri plus qu'il n'aurait su le dire. Quel mystère, mais quel mystère, vraiment… Si avoir la foi, c'était accepter de ne pas tout comprendre, il en avait à revendre, de la foi. Quoique en réalité il n'eût rien accepté. Il constatait juste qu'il ne comprenait toujours pas.

Après avoir réglé quelques achats qu'il regrettait déjà d'avoir faits, le major envisagea la possibilité de se rasseoir sur la banquette dure comme un lit de cellule de dégrisement, lorsqu'il aperçut au fond du couloir un homme barbu en longue robe noire, accompagné d'un type qui portait un attaché-case. Géraud se dirigea vers la fenêtre de la librairie qui donnait sur un parking raviné. Les deux hommes sortirent du bout du bâtiment, traversèrent le parking puis empruntèrent la large ouverture qui perçait le mur d'enceinte par laquelle le major était arrivé en voiture. L'ennui aidant, il décida de sortir prendre l'air et de, peut-être, s'offrir une récréation en écoutant d'une oreille leur conversation. Peut-être cela lui permettrait-il de comprendre de quoi pouvait bien être constitué le quotidien d'un religieux.

Le monastère était situé tout à fait au sommet d'une colline boisée. Le mur d'enceinte englobait l'église et son cloître, les bâtiments d'hospitalité où logeaient d'innombrables bigotes et quelques étudiants persuadés de mieux réussir leurs examens grâce à dix jours d'ascèse, ainsi que les bâtiments réservés aux moines, bureaux, cellules et réfectoire, et bien entendu le potager. Le major traversa la modeste esplanade à peu près déserte et s'accouda sur le mur d'enceinte. Il pouvait, de son poste, admirer la cime des châtaigniers qui prenaient racine quinze mètres plus bas. Il se pencha un peu pour avoir une meilleure vue du mur qui courait sur une bonne centaine de mètres de long. Quelques touffes de cymbalaire y faisaient des taches vertes, mais l'ensemble restait d'une austérité qui serra le cœur du major.

Le paysage de février ne portait pas encore à la gaieté. Le ciel, lavé par les dernières pluies, offrait un fond blanc presque aveuglant aux silhouettes d'arbres nus qui couvraient la pente jusqu'à un probable ruisseau. Sur le vallon d'en face, une large maison au toit pentu bénéficiait d'une vue imprenable sur le monastère et ses vieilles pierres. En tournant la tête, le major se rendit compte que chaque colline portait sa maison de maître et que chaque propriétaire modelait le paysage à sa manière. Certains s'entouraient de moutons ou de vaches qui rasaient l'herbe uniformément, d'autres plantaient en rangs serrés des pruniers qui semblaient ordonnés par un savant coup de peigne. D'autres enfin s'essayaient à la trufficulture sur les pentes drainantes, comme l'attestaient les cercles d'herbe jaunie qui marquaient la surface de mycorhization. Sous ces « ronds de sorcière » s'épanouissaient les mystérieuses *Tuber melanosporum*. La végétation avait beau être en dormance, Géraud se plut à en admirer la variété et les différentes formes choisies par l'homme pour en exploiter les richesses. Il était difficile, face à la vue, de s'imaginer une catastrophe écologique imminente. Le froid hivernal était en train de perdre du terrain, momentanément sans doute, et l'air commençait à se charger de quelques odeurs vertes. Au pied de la muraille, de grands buissons de laurier-tin s'épanouissaient, leurs bourgeons resserrés en corymbes étaient prêts à s'ouvrir au premier tiédissement.

La voix des deux hommes, dont le major avait déjà oublié l'existence, se fit brutalement entendre. Le son courait le long du mur et remontait sans difficulté jusqu'à lui. Il se sentait dans la peau de sa tante Daphné, si habile à intercepter les petits morceaux de conversation et les intonations qui finissent, mis bout à bout, par constituer une rumeur.

— Tant que la mise en pots ne peut pas se faire à la nouvelle miellerie, je n'ai pas d'autre choix que de continuer notre arrangement. Vous savez bien que c'est notre responsabilité qui est en jeu, pas celle du monastère.

Il fallait tendre l'oreille pour capter quelques mots du religieux barbu que dissimulait la ramure particulièrement dense d'un châtaigner. Sa voix ne portait pas loin.

— ... pas la question... participer à... être en vérité... engager le jeune frère... ma responsabilité.

Visiblement, l'activité d'artisanat du monastère Saint-Avit-de-Villeruch était soumise à pression. Le major ne pouvait s'empêcher d'échafauder des hypothèses un peu mélodramatiques.

— Papa ? Incroyable !

La voix joyeuse de Baptiste le tira de ses spéculations romanesques. Le jeune religieux traversait le parking à grands pas, faisant voler le bas de sa robe noire. Il était longiligne et blond de poil comme tous les Dambérailh, quoique le major eût tendance depuis ses quarante-cinq ans à s'empâter et à perdre ses cheveux. Baptiste était encore un enfant. Un immense sourire traversait son visage.

— Tu n'as pas appelé. Pourquoi ? Mais on s'en fiche, on s'en fiche. Ça me fait tellement plaisir que tu viennes me voir.

Baptiste se figea subitement.

— Il est arrivé quelque chose ? C'est les filles ? C'est maman ?

Pris de court, le major fit trois pas en avant en secouant la tête et saisit les mains de son fils.

— Mais non, quelle idée ! Tout le monde va bien. Alors, mon fils... Tu as bonne mine, dis.

Les Dambérailh s'embrassaient en général avec enthousiasme, même entre frères et sœurs, même adolescents, quoique avec un peu de cette outrance qu'on était prié de prendre pour du second degré, mais le major ne savait pas s'il était admis d'attraper son fils religieux par la nuque et de lui coller un baiser sonore sur la joue en même temps qu'une grande tape sur le bras. Il se sentait gauche. Ce fut Baptiste qui lui claqua vigoureusement l'omoplate et lui proposa de lui faire visiter le bâtiment où il s'employait à vivre selon la règle de saint Benoît.

Les couloirs étaient silencieux, le lino luisait. Le major se demanda combien de religieux vivaient entre ces murs immenses conçus pour accueillir une centaine de moines. Baptiste poussa une porte et le fit pénétrer dans un vaste espace carrelé de tomettes. Une longue table en bois tenait lieu de plan de travail. La lumière provenait de trois fenêtres en ogive dont les vitraux pâles coloraient délicatement le jour gris. L'air embaumait le miel, la cire, l'huile de lin. D'innombrables boîtes en carton attendaient d'être formées en bout de table, puis remplies de tout petits pots divers et, enfin, affranchies après avoir été adressées à leur destinataire. Un rouleau d'étiquettes portant noms et adresses voisinait avec une longue liste Excel dont Baptiste cochait une ligne après l'autre pour n'oublier aucun destinataire.

— C'est la dernière étape du travail, tu vois, je suis affecté à l'activité apiculture. Ça a beaucoup changé depuis que le frère apiculteur s'est cassé le col du fémur, le monastère a dû vendre les ruches, mais pour le moment on continue à s'occuper de la mise en pots.

— Et tu envoies tous ces petits machins à qui ?

L'alignement des échantillons de miel de couleurs différentes, de petits pots opaques étiquetés « Émulsion réparatrice à la gelée royale bio » ou « Baume de sommeil sans artifice », l'intriguait. Il saisit un échantillon du « Miel d'acacia tout simple » et fit jouer la lumière à travers le liquide épais et doré. Cette manie de tout nommer en détail jusqu'à l'écœurement pour « faire artisanal » l'agaçait un peu : il n'était pas dans la cible de ce genre de chichis.

— À des gens qui se sont abonnés pour recevoir chaque mois un colis avec des produits de la ruche.

Il saisit un petit pot translucide, puis toucha du bout des doigts chaque objet au fil de son énumération.

— Tu as du miel basique, des produits plus élaborés comme les baumes, les crèmes, le papier ciré pour faire des photophores soi-même, des recettes cosmétiques ou à cuisiner. On reçoit certains produits d'ailleurs, on ajoute le miel qu'on a mis en pots ici, on empaquette et on expédie.

Même saint Benoît avait été englouti dans l'univers vorace des start-up. C'était vertigineux.

Une porte ouverte trop vigoureusement alla claquer contre le mur blanchi et le moine barbu que le major avait entrevu auparavant s'engouffra dans la salle de travail. Il parut surpris de découvrir son plus jeune novice accompagné d'un homme d'âge mûr, ou mûrissant, debout derrière les boîtes prêtes à partir. Deux rides profondes barraient son front et il avait les yeux creusés comme sous l'effet d'une émotion intense. Le major lui trouva une mine d'état de choc, mais le religieux se reprit si vite que son impression s'évapora. Lorsque Baptiste eut fait les présentations, « Mon père, le père prieur Jacques-Marie », l'homme s'approcha du major et lui serra chaleureusement la main droite en l'enveloppant des deux siennes.

— Le frère Jean-Chrysostome est un rayon de soleil pour notre communauté, je ne peux que vous remercier de l'avoir doté d'une telle joie de vivre.

Le major tiqua au son de ce prénom insensé, ce qui ne put échapper au prieur.

— Pas facile d'embrasser tout le changement d'un seul coup. Si vous restez déjeuner, je serais très heureux de discuter quelques minutes avec vous. On sait bien qu'un frère qui nous rejoint, c'est un ouragan qui souffle sur un foyer. Mes parents s'en remettent à peine.

Le bonhomme lui plut. Sa barbiche et ses lunettes le vieillissaient, mais il ne devait pas avoir plus de cinquante-cinq ans, soixante peut-être puisque la vie monastique préservait probablement les organismes. Il regarda Géraud par-dessus sa monture d'acier pour appuyer son invitation, puis sembla se souvenir de la raison de son irruption. Il tapota la table à plusieurs reprises du bout des doigts, le front soucieux, sembla hésiter, puis il repéra une boîte complète sur laquelle Baptiste n'avait pas encore collé l'étiquette du destinataire. Il la soupesa, la cala sous son bras et sortit de la pièce après un bref signe d'adieu. À peine cinq secondes plus tard, il surgit de nouveau, sans faire claquer la porte cette fois, et demanda :

— Jean-Chrysostome, si Honey Box ou un expéditeur que tu ne connais pas t'envoie un mail, je préfère que tu n'ouvres pas et que tu m'avertisses. À tout à l'heure.

Alors que la porte se refermait doucement, le major demanda :

— Est-ce qu'on t'appelle Jean-Chrysostome systématiquement ? Ça semble tellement alambiqué.

— On m'appelle parfois frère J.-C. Tant qu'on dit « frère », tout passe. Le frère Luc-Marie avec qui je prépare le marathon de Blaye m'a appelé « Jean-Chrys » une fois, mais ça n'a pas duré.

— Tu cours toujours ? On peut courir quand on est moine ? Un peu long sur un dossard, « frère Jean-Chrysostome ».

Les yeux de Baptiste pétillaient.

— Si tu connaissais les deux autres prénoms que j'avais proposés, tu verrais que tu ne t'en sors pas si mal. Je t'emmène au potager ? Je n'y travaille pas régulièrement, mais ça te fera quelque chose de plaisant à raconter à tante Daphné.

La conscience épouvantable de ne pas avoir prévenu sa tante de ce qu'elle allait évidemment prendre pour une désertion saisit le major au collet. Il souhaita très fort que sa femme ait pensé à l'appeler tout en doutant qu'elle l'eût fait. Les relations Dambérailh-Dambérailh laissaient peu de place aux intermédiaires.

Enfin une bonne nouvelle, enfin. Hugo Cassague tournait et retournait dans son esprit le texte du mail qu'il avait partagé avec son associé la veille. La tête posée en équilibre sur un coussin dur du canapé, il souriait aux poutres blanches qui passaient au-dessus de lui. Une belle idée de les peindre, finalement. Ça faisait moins terroir, plus déco. Il avait horreur de faire bouseux. La télévision en fond sonore jouait le générique entêtant de *Karambolage*. Il aimait l'idée qu'un intrus pouvait surgir derrière la baie vitrée de son salon et le surprendre à regarder Arte.

Pascal avait été enthousiaste, comme lui, à la lecture de cette proposition étonnante. Qui ne le serait pas ? Le spectre d'un nouvel endettement massif s'éloignait, il y avait de quoi se réjouir. Il ne disait pas tout à Pascal, loin de là, ce gros balourd aurait été paniqué de l'équilibre précaire de la boîte, du montage complexe qui lui permettait d'investir. Il était apiculteur, pas homme d'affaires. Cependant, Hugo ne regrettait pas ce matin de novembre, deux ans auparavant, où il avait flairé la bonne association. Il était en train de se remettre péniblement d'un capotage inexplicable de son affaire de fournitures de bureau. Aussi, lorsqu'il était tombé sur Pascal au milieu de la liste de contacts « suggérés » par Facebook, résultat d'un algorithme à la puissance orwellienne, il avait compris l'opportunité. Apiculteur ? Une aubaine pour l'idée qui mijotait déjà dans son esprit depuis des semaines, sans qu'il parvienne à lui donner véritablement corps. Une de ces idées dont vous pressentez qu'elle est énorme, avec un vrai « cash-potentiel », sans arriver cependant à la formuler complètement. Jusqu'au moment où vous découvrez la brique qui vous manquait. Le miel, bien sûr.

Karambolage s'achevait. Un reportage sur les féminicides prenait la suite. *Oh, pitié*. Il attrapa sous le coussin la télécommande et fit défiler les chaînes jusqu'à MTV. Il était sûr de tomber sur un clip appétissant.

Six mois d'approche n'avaient pas été de trop avec Pascal. Convaincre ce type à la vélocité d'un trente-deux tonnes de se lancer dans le grand vide de l'entrepreneuriat on-line avait été laborieux. Hugo avait produit graphique sur graphique, courbe sur courbe pour prouver à son frileux associé qu'il était la solution à tous ses problèmes de trésorerie. Il avait même dû abattre sur la table un atout qu'il aurait préféré garder dans sa manche pour les coups durs. Une simple allusion, légère et vaporeuse, lancée comme par erreur dans la conversation, afin de créer le déséquilibre infime qui lui donnait l'avantage : « Eh tiens, tu as des nouvelles de Grégoire et

Jérôme ? » Ça avait suffi. Sans déconner, Pascal le Pachyderme s'était liquéfié. Il avait compris. Il avait compris qu'Hugo aurait toujours une longueur d'avance. Qu'Hugo l'avait débusqué dans son petit terrier douillet, qu'Hugo allait gentiment foutre le bordel dans sa vie tranquille. Hugo avait ce pouvoir-là. Et tant d'autres… Donc voilà, un an et demi plus tard, ils complotaient de concert. Le mail était arrivé à point nommé.

Une porte claqua dans la maison. Hugo se releva sur un coude et changea prestement de chaîne. Si Ozan et sa pureté en bandoulière débarquaient dans le salon, il n'avait pas fini de courber l'échine sous les leçons de morale de Pola. Il soupira et arrêta le défilement des chaînes sur France 5. Pas aussi valorisant qu'Arte, mais moins honteux que MTV. Avait-il vraiment des alliés dans son propre foyer ? Ozan tenait sans aucun doute de son grand-père, l'austère, le longiligne maître Cassague, qui ne jurait que par les élites façonnées à la serpe de Normale, Polytechnique, Sciences-Po… Lui, pauvre Hugo qui suait sur ses compositions, ne récoltait que de maigres « C'est encourageant, mon garçon ». Encourageant pour aller vers quoi, Hugo ne l'avait jamais vraiment compris. Ce qu'il avait perçu en revanche, c'était que ses résultats, ses choix d'études, de stages, ses premiers pas d'entrepreneur n'avaient cessé de décevoir ce père besogneux dont le manque d'envergure se mesurait aux soins jaloux dont il entourait sa vieille voiture. La Citroën lui avait finalement survécu et Hugo s'était fait une joie de la conduire à toute allure à travers des champs de maïs défoncés par les sangliers jusqu'à ce que les roues s'encastrent définitivement dans la carrosserie et que le bas de caisse dénude le sol sur vingt mètres au moins. Il avait trente-huit ans et mener la Citroën de son père à la casse l'avait davantage réjoui que lorsque son premier banquier l'avait félicité pour la croissance à deux chiffres de ses bénéfices nets. Le souvenir du pare-chocs traînant par terre lui donnait encore des frissons de plaisir. Hugo s'étira de tout son long sur le canapé et se releva d'un bond. Il alternait sans transition les phases de laisser-aller, voire de mollesse, avec les phases d'hyperactivité. Il se mit à faire les cent pas autour du canapé, jetant parfois un regard sur l'écran qui faisait se succéder publicités blafardes et visages gris. France 5 n'avait pas le pailleté de MTV. Son poing gauche fermé venait taper avec régularité sa main droite ouverte tandis qu'il marchait en cadence, une manière comme une autre de presser sa pensée.

Donc, ce type les avait contactés. C'était sa chance à lui de se défaire enfin de l'encombrant actionnariat d'Apollonia. Sa femme se faisait de plus en plus tirer par la manche pour remettre la main au portefeuille. Contrairement à Pascal et Isabelle Capitourlan qui se cachaient mutuellement, et avec accord tacite, d'immenses pans de leur passé, Apollonia et lui se disaient tout, en partenaires embarqués sur le même radeau. Jusqu'à ce mail. Il n'en parlerait pas à Apollonia, garderait pour lui cette porte de sortie inespérée et continuerait à mimer le mendiant – puisque apparemment sa femme aimait le voir quémander rallonge après rallonge – jusqu'à s'en libérer d'un seul coup. Apollonia avait toujours été son appui, le carburant de ses projets, et il avait eu des scrupules à lui rappeler combien elle était vulnérable et combien elle avait intérêt à être conciliante. Il connaissait sa femme : elle tordait le nez sans faire de commentaires, puis elle lui servait la soupe à la grimace soir après soir jusqu'au moment où son estomac d'autruche digérait enfin le caillou qu'il lui avait enfoncé dans la gorge, et la vie reprenait, sans heurt et dans une belle unité de mouvement. L'histoire de l'indépendance financière surprise risquait de passer moins bien. Mais tenait-il tant à son couple, à sa petite vie bourgeoise de province ?

Ce jeune interne de Limoges était providentiel avec son projet de développer les miels thérapeutiques. Un gars d'expérience, qui avait lui-même employé le miel à fins médicales, pour ses propriétés cicatrisantes notamment. Il y avait un marché, un vrai, mais, pour y entrer, de solides connaissances médicales s'imposaient. Rien que d'ouvrir la notice en pièce jointe qui listait les différentes normes à respecter dans l'élaboration du miel lui avait donné mal au crâne. L'interne avait été clair : accompagnement, oui, caution médicale sur l'emballage, oui, fric pour tout ce qui était des mises aux normes, oui (ça tombait bien, la miellerie n'était pas encore équipée), temps pour faire tourner le business, non. Ça l'arrangeait. Le business, c'était lui, et lui seul. Augmentation de capital, dilution de la participation d'Apollonia, et va que je t'embrouille, la voilà minoritaire. C'était bien sûr un peu plus compliqué que ça, mais il y avait l'idée. Le type apportait 70 000 euros. De quoi continuer le projet, aller de l'avant, du sang neuf.

— Tu as vu maman ?

La voix d'Ozan le fit sursauter. Il se tourna pour regarder son fils. Non, il n'avait pas vu sa femme. Le dimanche en général, Apollonia remuait la terre dans son jardin, filait déjeuner avec une copine puis revenait consulter les pièces comptables qu'il mettait à sa disposition afin qu'en tant qu'actionnaire, elle puisse suivre la progression fulgurante des ventes de Honey Box. Ce qu'il ne lui montrait pas en revanche, c'étaient les factures d'achat de glucose, de miel chinois et de gelée royale taiwanaise, de qualité et bio, quand même, il avait des principes, congelée et décongelée six ou sept fois avant d'arriver au fond de ses Honey Box, mais qui allait s'en plaindre ? Les beautistas étaient-elles réellement prêtes à payer le prix d'une gelée royale bio française ? Bien sûr que non.

Tout fonctionnait comme sur des roulettes, la hausse de la demande était absorbée par une savante compensation des volumes manquants, jusqu'à ce que ce foutu père la morale vienne fouiner dans les fûts qu'il livrait lui-même à la miellerie du prieuré. Jusqu'alors, personne n'avait pris la peine de les regarder de près. Il veillait à ce que les fûts transitent d'abord par son petit local commercial de Périgueux et gardait les factures pour lui, retirait les adhésifs barbouillés de caractères chinois, puis livrait ensuite le prieuré. Le petit gars chargé de la mise en pots ne voyait aucune différence entre les contenants de Pascal Capitourlan et ceux qui provenaient de l'autre bout du globe, mais le prieur ne s'y était pas trompé. Voilà ce que c'était de sous-traiter le conditionnement des boîtes. Il était temps que les fonds permettant d'équiper leur propre ligne de mise en pots à la miellerie arrivent.

Le petit bâtiment tout neuf avait été construit tout près du rucher le plus productif de Pascal, un peu à l'écart de la route pour ne pas encourager les visites inopportunes. Quarante ruches qui recevaient le soleil du soir, alignées sous les branches basses des acacias. Le bâtiment baptisé « miellerie » était pour l'instant pratiquement vide. Pascal commençait déjà à y entreposer tout un bazar de tasseaux, ruches neuves à faire tremper dans sa mixture de cire et d'on ne savait trop quoi, clous et cavaliers divers pour redresser régulièrement les quatre pieds des plateformes qu'il avait montées sous chaque ruche, pour les hisser à hauteur d'homme. Une installation qui leur avait coûté un bon billet, mais puisque monsieur l'apiculteur estimait qu'il y gagnait en efficacité, donc en productivité, Hugo avait signé le bon de commande. Pascal parlait déjà de piquets télescopiques pour remplacer ceux en bois tout neufs qu'il venait de fixer. Il devenait gourmand. Vivement les 70 000 euros, vivement la ligne de mise en pots tout automatisée, tout hermétique, vivement le moment où il pourrait annoncer à Apollonia : tout est réglé, je ne ramperai plus pour obtenir de toi une maigre rallonge. Pour être honnête, Apollonia n'était pas mauvaise coucheuse. Elle avait mis la main à la poche pour lancer le projet et ne réclamait pas de retour sur investissement immédiat, quoi qu'il en dise à Pascal. Cependant, elle devenait de plus en plus prudente à mesure qu'Ozan grandissait. Elle lui voyait un tempérament d'artiste et, pour ne pas qu'il soit plus tard un crève-la-faim, elle resserrait les cordons de la bourse. Parce que : « Tu comprends, quand on ne sera plus là, il faut qu'il puisse être autonome. »

Il verrait les détails plus tard. Rien ne devait gâcher sa joie de voir peu à peu la route s'aplanir. Les dividendes de Honey Box allaient enfin tomber, le prieur du monastère filerait doux, Pascal ne ferait pas de vague, Apollonia verrait sa sphère d'influence considérablement réduite. Il ne restait que ce cafard de Serge Fos qui comptait bien leur mettre des bâtons dans les roues, furieux de se voir souffler la plantation de châtaigniers du monastère qui touchait son jardin. Il allait gratter légèrement pour voir s'il pouvait trouver de quoi le neutraliser. Sale bonhomme aux dents jaunâtres, petit tracassier qui passait son temps à geindre dans les jupes de l'administration, le secouer un peu se révélerait certainement savoureux.

Les grilles du Laussou s'étaient de nouveau rabattues, poussées par un coup de vent. Isabelle pesta dans sa Nevada, les enfants à l'arrière s'impatientaient. Elle descendit les ouvrir, constata une fois de plus qu'il était temps de passer une couche d'antirouille, puis remonta derrière le volant et se gara sous l'auvent. Les enfants n'attendirent pas qu'elle eût coupé le contact pour jaillir dans la cour et foncer retrouver l'une son tricycle, l'autre son panier de basket.

— Fermez vos manteaux ! rugit Isabelle en attrapant le sac de courses qui s'était renversé dans le coffre.

Elle n'avait aucune, mais alors aucune énergie pour préparer le repas du soir. La scène entre Hugo et Naïri, bien que nébuleuse à ses yeux, avait laissé flotter un malaise toute la soirée de la veille. Elle avait même pensé à annuler ce dîner prévu de longue date avec les Cassague, puis s'était raisonnée. Non, Hugo n'était pas quelqu'un qu'elle appréciait, mais elle sentait chez Apollonia un écho à sa propre nostalgie.

Il existait entre elles une sororité silencieuse qui les réconfortait toutes les deux. Elle avait prévu de cuisiner un welsch, en clin d'œil. Avec quelques arrangements de son cru : coriandre fraîche, un trait de nuoc-mâm, une goutte de whisky pour gommer l'amertume de la bière brune qu'elle n'aimait pas beaucoup. Pascal devait s'occuper du dessert, il aurait déjà dû être derrière les fourneaux. Une fois les courses rangées, elle entrouvrit la porte de la cuisine et cria dans la cour :

— Vous rentrez, au bain ! Maintenant !

Les enfants abandonnèrent là leurs jeux et pénétrèrent dans la cuisine en traînant des pieds.

— Ça sent bizarre mam, grogna le plus grand.

— On mange pas ça, nous ? s'inquiéta la cadette.

— Filez vous laver sans commentaires, gronda Isabelle avec un demi-sourire indulgent.

Plus tard, bien plus tard, alors qu'Isabelle avait couché les enfants et préparé à la hâte une sorte de salade de fruits, Pascal ouvrit la porte qui racla sur le sol. Les reproches qu'Isabelle retenait depuis plus d'une heure moururent sur ses lèvres lorsque son visage creusé passa sous la lumière du plafonnier. Elle posa son économe.

— Quoi ?

— C'est la merde, souffla Pascal, qui l'embrassa sur le sommet du crâne et tira une chaise qui gémit sous son poids.

Il repoussa l'assiette pour planter ses coudes sur la nappe et avisa les quatre couverts.

— On attend quelqu'un ?

— Ton associé et sa femme.

Un hochement de tête absent accueillit la réponse d'Isabelle, qui s'approcha et croisa les bras.

— Alors ? Tu m'expliques ?

D'une main rejetée en arrière de son épaule, Pascal tenta d'éluder la question, trop compliqué, trop à dire, mais Isabelle s'approcha encore et il céda.

— C'est Fos.

— Qui Fos ?

— Le voisin du rucher de Saint-Avit. Il est venu me voir pendant que je prenais les cotes de la miellerie pour l'installation électrique. Il m'a coincé.

— Qu'est-ce qu'il te veut ?

Mal à l'aise, Pascal fit craquer sa colonne vertébrale, hésita puis se lança :

— Il veut pas qu'on demande la préemption de la châtaigneraie du monastère. Il a fait une offre qui a été acceptée, il la veut, cette parcelle. Ça colle chez lui, ça borde la route et il a des projets.

— Pourquoi c'est à toi qu'il en parle ? Il sait bien, j'imagine, que le gérant de Honey Box, c'est Hugo, pas toi.

Le bout des doigts de Pascal sembla à cet instant doté d'un intérêt capital. Il les tapota les uns contre les autres, ouvrit la bouche puis la referma.

— Pascal… j'attends.

Les poings sur les hanches, elle dégageait une autorité difficile à contourner, elle le savait, bombait le torse, l'économe au creux de la paume pointé vers la cuisine.

— C'est parce que c'est pas Honey Box qui dépose le dossier de préemption. C'est moi. Les Miels du Laussou.

Il fallut à Isabelle quelques secondes pour intégrer l'information.

— Tu es en train de me dire que c'est encore toi, et toi tout seul, qui vas raquer ? siffla-t-elle. Comment est-ce qu'il s'y prend ce truand pour toujours faire en sorte que ce soit toi qui craches au bassinet ? Elle en est où la capacité d'emprunt de Honey Box ?

Pascal soupira et se tourna sur sa chaise pour lui faire face. Il avait les épaules basses, mais il ne fuyait pas son regard. Il avait l'argument imparable.

— Pas le choix. La SAFER[1] ne peut examiner que des dossiers déposés par des sociétés agricoles. Honey Box n'est pas une société agricole. Les Miels du Laussou, si.

La bouche ouverte, Isabelle fourbissait une contre-attaque qu'elle ne trouvait pas. Elle finit par agiter dans sa direction la pointe de l'économe d'un geste menaçant. Elle n'avait rien à opposer. Elle se détourna pour faire sauter les tartines de pain complet qui commençaient à roussir dans le grille-pain.

— Et c'est maintenant que tu me le dis ?

Elle n'avait plus dans la voix ni colère ni amertume. Elle constatait simplement qu'elle avait été mise de côté, qu'Hugo réussissait son travail de sape, de division jusque dans son couple.

1. Société d'aménagement foncier et d'établissement rural.

Elle ne laisserait pas faire. Elle lui montrerait que Pascal et elle formaient une équipe liée plus étroitement que deux arbres siamois, racines mêlées, troncs embrassés, ramures entrelacées.

— Et l'argent ? Tu sais bien que le banquier ne suivra pas.

— C'est Apollonia qui me le prête.

— Apollonia ? articula-t-elle. Je vais finir par le tuer, tu sais. Tu le laisses t'écrabouiller, tu as tes raisons. Moi, je ne lui dois rien, il me prend tout. Je nous défendrai pour deux.

Alors qu'elle raclait avec colère les zones carbonisées de ses tranches de pain, elle s'aperçut qu'il ne répondait rien. Elle posa son couteau crénelé au milieu des miettes noircies et posa ses mains à plat sur le comptoir.

— Il y a autre chose ?

— C'est Fos. C'est un fouteur de merde. Il m'a dit que... qu'il allait nous dénoncer.

— Dénoncer quoi ?

— Contrefaçon.

— Contrefaçon...

Après une inspiration qui lui permit de prendre appui sur la table pour se remettre debout, Pascal déroula. Fos avait pris les chiffres annoncés sur le site startup-sur-le-green.com. Il avait multiplié les volumes par petits pots, trois pots minimum par colis, douze colis par abonné sur un an, fois le nombre d'abonnés annoncés sur le site, et il en était arrivé à la conclusion imparable : Les Miels du Laussou ne pouvaient matériellement pas être l'unique fournisseur de Honey Box. Ça ne collait pas. Ce fouineur de Fos avait mis le doigt sur une sacrée incohérence.

Il menaçait d'appeler la DGCCRF[1]. Son silence contre la parcelle de châtaigniers.

Cette fois-ci, ce fut Isabelle qui eut besoin de s'asseoir. Pour s'occuper les mains, Pascal attrapa une éponge et tenta de rassembler au creux de sa main les pépins de clémentines qu'Isabelle avait abandonnés sur le comptoir en préparant le dessert.

— Il a raison tu crois ?

— C'est bien possible, admit Pascal.

— Et toi, tu ne t'es pas posé la question avant ?

— Non. Moi, mon boulot, c'est de produire. Le reste, c'est Hugo.

— Il en a bien profité le fumier. Sous ton étiquette à toi, en plus.

Elle agitait ses cheveux rêches, martelait la table de son poing fermé.

— Je vais le coincer. Je vais le coincer et il ne s'en sortira pas comme ça ! grondait-elle.

— Laisse, Isabelle. On va régler ça entre nous, entre associés. Si tu t'en mêles, ça va péter et on sautera avec. Hein ? Tu m'écoutes ? Je m'en occupe.

Elle ne l'entendait pas.

— Quand je pense qu'il va débarquer ici, petit sourire, petit bouquet de fleurs, faire son charmeur. Et Apollonia... elle est au courant, forcément !

— Pourquoi forcément ?

— Parce qu'ils sont cul et chemise !

---

1. Direction générale de la concurrence, de la consommation et de la répression des fraudes.

— Ils sont mariés, quoi…

Les narines ouvertes, elle se tourna vers lui, la voix mal assurée :

— Oui, mariés. Partenaires. Et entre partenaires on ne se fait pas de coup fourré, Pascal, on se parle, on cherche des solutions ensemble !

Il posa son éponge, tira Isabelle de sa chaise puis l'enserra dans ses grands bras. Elle enfouit le visage dans les pans de sa chemise, les bras ballants qu'elle n'avait plus l'énergie de refermer autour de lui.

— Pardon, ma chouette. Je voulais gérer tout ça sans t'inquiéter.

— C'est réussi !

— J'avais tort. Maintenant, s'il te plaît, pas de scandale ce soir. On en parlera calmement lui et moi demain.

Elle se dégagea après l'avoir embrassé, la mine toujours sombre.

— J'ai du mal à comprendre comment tu peux encore envisager de parler calmement avec lui.

— Les voilà.

La lueur des phares des Cassague caressa la porte de la cuisine et tout le mur extérieur. Les portières claquèrent et la voix d'Apollonia résonna brièvement entre les bâtiments qui bordaient la cour.

— Il va être long, ce dîner, soupira Isabelle qui replaça l'assiette au bord de la table.

Les conversations commençaient à tourner en rond. Apollonia laissait ses pensées s'éloigner de la table où Pascal tenait le crachoir à Hugo tandis qu'Isabelle empilait ostensiblement les assiettes. Dès son entrée dans la cuisine où Isabelle s'affairait à rouler les pruneaux dans leur ceinture de poitrine fumée, elle avait senti qu'elle allait devoir rendre des comptes. Ce prêt, qu'Hugo lui avait supplié d'accorder à son associé pour l'achat des parcelles de châtaigniers, lui pesait sur la conscience et elle aurait été soulagée qu'Isabelle lui dise le fond de sa pensée sans attendre. Les liens qu'elles avaient noués lui semblaient suffisamment précieux pour endurer une désagréable confrontation, mais trop fragiles pour encaisser l'hypocrisie.

Avec ses cheveux blond scandinave, ses yeux bleu glacier et ses traits délicats, Apollonia vivait dans l'insouciance gaie des gens qui n'ont pas particulièrement besoin de compter. Elle se consacrait à son fils, à son mari et à son jardin, globalement heureuse et assez peu consciente des privilèges dont elle jouissait au quotidien, comme regarder à travers des carreaux propres sans jamais avoir à les laver. Malgré tout ce confort qu'elle ne voyait plus, elle gardait au fond d'elle la nostalgie muette des déracinés. Isabelle portait la même blessure. Apollonia s'était immédiatement sentie en résonance avec cette femme un peu rude, qui avait probablement elle aussi suivi son mari par amour dans un endroit où elle n'aurait jamais imaginé poser ses valises.

— Tisane, café ? demanda Isabelle de l'autre côté du comptoir qui séparait la cuisine de la salle à manger.

— Tisane, c'est bien.

Isabelle attrapa un plateau sur le haut du frigo, y disposa les tasses et trouva sur l'évier en pierre la boîte de sucres en morceaux qu'elle cherchait. Les hommes se penchaient sur la nappe où Hugo dessinait du bout du couteau une courbe ascendante qu'il commentait à voix basse.

Apollonia avait rencontré Hugo terriblement jeune. Elle l'avait trouvé fascinant, elle l'aurait suivi partout, sans se demander si un jour l'atmosphère du Nord lui manquerait. Son mal du pays tournait au creux de ses entrailles comme un poisson dans un bocal, silencieux et insoupçonnable. Elle avait quitté ses champs de patates, le culte de ses origines polonaises, la maison de briques rouges, les plages de Knokke-le-Zoute. Il avait fallu habiter Paris, elle avait habité Paris. Il avait fallu déménager à Boulogne, elle avait déménagé à Boulogne. Il avait fallu quitter Boulogne pour Orléans, elle l'avait fait aussi, jusqu'à s'installer entre Villeruch et Périgueux, à cheval entre la zone de production de miel et l'entité commerciale de la florissante, bien qu'endettée, start-up Honey Box.

Dans le silence relatif du salon, Apollonia se prépara à subir les questions aiguës d'Isabelle sur la situation financière qu'elle et Hugo imposaient à Pascal, et donc à elle. Tenir les cordons de la bourse, face à un personnage bouillonnant comme Hugo, n'était pas chose facile. Il alternait caresses et morsures pour s'assurer son concours financier, elle le suivait sans relâche dans ses projets alambiqués où il mettait un point d'honneur à avoir une longueur d'avance. Il devançait parfois tellement le marché qu'il devait fermer une activité qui explosait deux ans plus tard, menée par un autre. Il avait ainsi échoué à convertir les internautes aux sites de rencontres sans lendemain, alors qu'en 2008, Acheteunhomme trouvait la bonne formule, il n'avait pas su rentabiliser son embryon de réseau social professionnel juste avant que FollowUp inonde le marché, il avait fermé son entreprise de livraison de repas en 2010 car salarier les livreurs lui coûtait trop cher et, trois ans plus tard, Onmangequoi devenait leader. Honey Box, la dernière idée en date, n'était pas neuve. De nombreuses sociétés s'étaient montées dans le domaine de la « box », petit colis mensuel thématique qui s'achetait et s'offrait sous forme d'abonnement avec ou sans engagement. Pour une fois, il était dans le mouvement.

Dans le salon, le poêle qui occupait le foyer était allumé et les flammes léchaient avec avidité la vitre sécurisée. La lumière était chichement dispensée par une lampe ventrue posée sur un guéridon et par un luminaire sur trois pieds dont l'abat-jour brun étouffait l'ampoule. Isabelle avait allumé une bougie à trois mèches qui se consumait sur la table basse et projetait des reflets vivants sur le vernis de l'horloge, sur le gong en métal martelé suspendu dans un angle du salon et sur les vitrines qui protégeaient de vieux bouquins. Deux canapés en cuir fatigué se faisaient face. Apollonia choisit un fauteuil installé dans le prolongement de la table basse, de manière à s'adresser au profil d'Isabelle. Il était si large et si profond que deux personnes pouvaient aisément s'y tenir côte à côte. Isabelle ouvrit le feu.

— Tu as pensé à ce qui arriverait si jamais Pascal devait déposer le bilan ? Que feras-tu s'il ne peut pas te rembourser ? Il croule sous les dettes depuis qu'Hugo lui a fait acheter le terrain et les ruches du monastère, et je ne te parle pas de la construction de la miellerie.

— Ça n'arrivera pas, Isabelle. La boîte marche de mieux en mieux.

— Hugo se débrouille pour que le risque pèse exclusivement sur Pascal. Et ce prêt par-dessus tout le reste. C'est la course en avant, Pola. Je suis blessée que tu ne m'aies parlé de rien. Ça me blesse et ça m'angoisse.

Isabelle était trop fine pour lui lancer à la figure des mots irrécupérables comme « trahison » ou « escroquerie ». Cependant, Apollonia n'était pas prête à désavouer son mari, le pli du front commun était pris depuis bien trop longtemps. Elle préférait encore passer pour une femme soumise, brimée même, plutôt que de se désolidariser d'Hugo. Car à quoi sont vouées les familles dans lesquelles le couple ne se serre pas les coudes ? À la dislocation. La leur, plus qu'aucune autre. Elle ne permettrait pas qu'Ozan paie parce que sa mère refusait de jouer le jeu de l'unité.

— Je suis désolée que tu le prennes sous cet angle. Ce n'était pas à moi de t'en parler, mais à Pascal. Sans ce prêt, sans un nouveau rucher, le projet se grippe et tout s'écroule.

Elle déposa un sucre au fond de chaque tasse, suivit la courbe du plateau du bout de l'index et reprit :

— Il faut répondre à la demande qu'Hugo a réussi à créer, c'est impossible d'arrêter la mécanique maintenant. Il aurait pu démarcher un autre apiculteur, mais Pascal est son associé et son ami. C'est lui qui doit bénéficier de l'expansion du projet, pas un producteur de miel lambda qui n'aura pris aucun risque au démarrage.

Isabelle versa l'eau en silence. Les arguments d'Apollonia étaient recevables, louables même. Elle pensa s'être tirée d'affaire, mais Isabelle reposa la bouilloire et plongea ses yeux noirs dans les siens.

— J'ai surtout l'impression qu'Hugo ne travaille qu'avec des gens sur lesquels il a une emprise.

Elles burent en silence. Isabelle était une femme singulière. Il était évident que la vie l'avait malmenée. Elle menait auprès de Pascal une existence simple, l'un s'appuyait sur l'autre de manière à former à deux un seul pilier solide. D'une certaine manière, leur couple ressemblait à celui que formait Apollonia et Hugo, la tendresse en plus. Ils avaient eu des enfants tard, Isabelle travaillait d'arrache-pied au centre d'accueil d'urgence du chef-lieu. Une mission qui l'épuisait et la fortifiait tout à la fois. Elle était le roc de son foyer, malgré, ou grâce à ses affreuses chaussures en cuir végétal, ses tisanes au goût d'artichaut, sa cuisine aux mélanges douteux. Elle n'accordait pas son amitié à n'importe qui et Apollonia se sentait flattée de se savoir proche d'une femme aussi forte, aussi peu accessible. Cependant, sa détermination était à double tranchant. Si Isabelle commençait à se montrer menaçante, Apollonia ne le prendrait pas à la légère. Avec ses cheveux fourchus, ses paupières lourdes et sa voix profonde, Isabelle lui rappelait des gravures de femmes livrées au bûcher des inquisiteurs. Elle était terriblement dense, elle avait une présence dévorante pour peu qu'elle lève le rideau lent de ses paupières. Son regard alors vous perçait sans pitié et vous aviez l'impression d'entendre dans votre dos le grondement d'un brasier qui s'approchait. Puis elle détournait le regard et redevenait cette femme trop précocement ridée pour son âge, coiffée à la diable, un peu austère dans ses habits fantaisistes et dont le rire sonore pouvait à tout instant emplir la pièce.

Le fracas d'un tiroir à couverts tiré trop brutalement jusqu'à la butée tira soudain Apollonia de ses pensées. Isabelle Capitourlan, quant à elle, fit un bond sur le canapé, renversa sa tasse sur ses genoux et, sans se préoccuper de la brûlure, se recroquevilla la tête sous le bras. Cela ne dura qu'une fraction de seconde, après quoi elle reprit sa position initiale, ramassa la tasse qui avait roulé sous la table basse et la reposa sur le plateau. Sa main tremblait mais elle gardait un visage impassible, comme pris dans la cire. Derrière ses paupières semblaient se succéder à toute vitesse une ribambelle d'images terrifiantes sans qu'elle parvienne à en enrayer le défilement. Apollonia la regarda se débattre, immobile, perdue dans un repli de son esprit où rien d'extérieur ne pouvait plus l'atteindre. Puis Isabelle ouvrit la bouche et dit :

— Je vous raccompagne.

Pascal se tenait dans la cuisine, la poignée du tiroir à couverts dans la main, l'air perdu. Il semblait chercher l'air, la main gauche occupée à déboutonner son col de chemise. Hugo, goguenard, lui tapota sur l'épaule.

— Allez, pas d'angoisse, partenaire, ça va nous faire décoller tout ça ! Sois à l'heure demain et tout ira bien.

Isabelle entra juste à temps pour saisir sur les lèvres de son mari trois mots qui lui serrèrent le cœur : « ... fuite en avant. » Il y avait donc eu de nouveau conciliabule, stratégie sur le fil, plan sur la comète. Et Pascal qui galopait derrière les projets insensés d'Hugo. Elle sentit qu'elle ne tiendrait pas parole. Que c'était la manipulation de trop. Elle ne resterait pas extérieure, morte d'inquiétude de savoir son homme englué dans une situation dont il ne maîtrisait plus rien. Elle afficha une expression neutre, décrocha le manteau d'Hugo qu'elle lui tendit en silence et ouvrit la porte de la cuisine.

Apollonia embrassa Pascal et sortit, suivie par Hugo qui boutonnait son manteau de cachemire. Isabelle lui emboîta le pas et referma la porte au nez de Pascal qui voulait les accompagner.

La nuit était fraîche. Le redoux n'était prévu que pour le lendemain. Elle inspira et l'air lui brûla les poumons. Alors qu'Hugo allait descendre les trois marches pour rejoindre Apollonia, déjà assise derrière le volant, elle l'agrippa par l'épaule, le plaqua fermement contre le mur et lui murmura à l'oreille :

— Écoute-moi bien. Tu vas nous lâcher. Trouver quelqu'un d'autre pour marcher dans tes combines. On arrête maintenant.

Elle répéta, les molaires prêtes à éclater comme des glaçons qu'on croque :

— Maintenant.

Passé la surprise de se sentir harponné, Hugo eut un petit rire et se dégagea de la poigne d'Isabelle. Il prit le temps de frotter la poussière sur sa manche avant de le la dévisager.

— Chère Isabelle… Demande-toi plutôt pourquoi Pascal me laisse faire. Qu'est-ce qu'il te cache de si honteux ?

Il lui tapota la joue sans qu'elle puisse réagir.

— Chacun s'y retrouve, crois-moi. Merci pour cette bonne soirée.

Puis il lui tourna le dos et monta dans sa voiture sans se retourner.

Meublant l'attente comme il le pouvait, Pascal tentait de mettre de l'ordre dans le bâtiment de la future miellerie. Les minutes s'égrenaient et le rapprochaient inexorablement du moment où il devrait remonter dans sa voiture pour se rendre à la SAFER défendre l'acquisition d'une parcelle dont il ne voulait pas. Il soupira. Hugo, à l'extérieur, tournait en rond dans l'herbe gelée au centre de la clairière. Il restait vissé à son téléphone portable, guettait les nouvelles du type du CHU qu'ils attendaient depuis maintenant presque trois heures. De report en report, il avait bien fallu attendre sur place et se geler. L'enjeu était trop important pour le manquer. L'enjeu pour Honey Box. Pascal se frotta les mains l'une contre l'autre et regarda sa montre. Il devait vraiment partir. Depuis le dîner de la veille, il sentait Hugo sur la défensive alors qu'il avait encaissé, une fois de plus, à s'en rendre malade. Un jour, il parlerait à Isabelle, il s'en trouverait libéré, il pourrait enfin se dégager de cet étau mortifère qu'était devenu Honey Box. Bientôt, il parlerait. Ça libérerait tout le monde.

— Je file, Hugo, sans ça je manque le rendez-vous et la parcelle nous passe sous le nez.

Il eut un rire sans joie. Si la parcelle leur passait sous le nez, finalement, c'était un mal pour un bien. Dans cette fuite en avant, il ne savait plus discerner ce qui le coulait de ce qui pouvait le sauver. Le miel de châtaignier s'arrachait, se valorisait bien au-delà de son coût de revient. Après tout, c'était peut-être une solution, cette parcelle de châtaigniers. Il ne savait plus, il était fatigué.

Nerveux à l'extrême, Hugo leva le nez de son téléphone et toisa Pascal.

— Tu gardes ton téléphone allumé. Le gars voulait des infos précises sur l'équipement, l'extraction. Fait chier qu'il soit en retard. Comment tu veux que je réponde à ses questions, moi ?

— Sinon, on échange, proposa Pascal. Tu vas à la SAFER, je reste pour l'investisseur.

— Certainement pas. Le business, c'est ma partie. Je me débrouille et je t'appelle après.

D'un hochement de tête, Pascal prit congé et emprunta le petit sentier qui menait à sa voiture à travers l'épais rideau d'acacias et de hêtres qui masquait le rucher de la route.

L'humidité grimpait le long des jambes du jean d'Hugo. Il retourna se placer dans la flaque de soleil, à une vingtaine de mètres du bâtiment, dos aux ruches. Un lent, ce Pascal. Lent mais besogneux. Une fois le nouvel actionnaire entré au capital, il réfléchirait à comment récupérer les parts de Pascal tout en le conservant comme fournisseur. Zélé et soumis, comme il convenait.

Un choc mat lui fit lever le nez. Presque immédiatement, alors qu'il se tournait vers le bâtiment en fronçant le sourcil, un vrombissement sourd démarra du fond de la clairière. Un roulement lointain, un son retenu en gorge comme un chant inuit, qui s'amplifia brutalement, prenant de la hauteur dans la clairière comme un drone qui décolle à la verticale. Il ne voyait pas, ne comprenait pas d'où venait le son qui s'enroulait dans la clairière, se répercutait contre le mur en béton de la miellerie, contre le tronc des arbres. Le murmure enfla en un mugissement qui commençait à vibrer sur une note unique et grêle. Hugo tourna sur lui-même, ne voyait rien, formulait des hypothèses qu'il rejetait de plus en plus vite à mesure que l'angoisse montait en flèche.

Les abeilles.

La panique alors coula dans son abdomen, remplit sa gorge, comprima son larynx. Il croyait les voir partout, sa vision se piquait de mouches et il n'arrivait plus à savoir s'il lui restait une chance de se mettre à l'abri, à évaluer le nombre de secondes qui lui restaient avant qu'elles ne fondent sur lui. La miellerie n'était qu'à une quinzaine de mètres, il laissa ses jambes engloutir la distance tandis qu'à ses oreilles la vibration de l'essaim se rapprochait à une vitesse affolante. La première piqûre au cou lui administra une décharge fulgurante. Il brassait l'air autour de son visage pour éloigner les premières attaquantes immédiatement rejointes par la nuée des butineuses, des nourricières, des architectes, des ventileuses, des nettoyeuses, agglomérées en une masse vibrante qui l'aveuglait. La porte de la miellerie était à quelques pas, il ne la voyait déjà plus, tournoyait sans réussir à distinguer le bâtiment qui pouvait l'abriter. La panique lui brûlait le sang, il serrait les lèvres à s'y planter les dents, pour éviter qu'une abeille ne pénètre dans sa bouche. Elles lui cognaient le visage, s'engouffraient dans ses narines, il ne pouvait plus respirer. Par son col de chemise, elles se faufilaient, lui criblaient le dos d'aiguillons venimeux. Il ne sentait déjà plus ses doigts, ses mains qu'il agitait encore alors qu'elles étaient déjà toutes sur lui, le couvraient de leur corps rayé, de leur aiguillon saillant. À ses oreilles gonflées, le bruit de leur fureur ne formait plus qu'un long cri qui ne faiblissait pas. Il fallait courir, essayer d'échapper à la nuée furieuse. Il se prit les pieds dans une taupinière et finalement trébucha. Au choc qui lui traversa le corps lorsque son genou toucha terre, il sentit sa vessie s'ouvrir et son pantalon devenir brûlant. Il s'en déchira la pulpe des joues dans une morsure sans retenue, puis, de tout son long, il tomba sur le côté. La fraîcheur de l'herbe qui accueillit son front lui offrit un répit minuscule. Couché sur le dos, il ne pouvait plus ouvrir ni les lèvres ni les paupières, et son cœur cognait sans ordre dans sa poitrine. Il dérivait, le crâne aspiré dans un gouffre où il allait basculer tout entier, dans le silence rétabli. Dans son cou, il sentait les soubresauts des abeilles agonisantes, le dard arraché, qui mouraient en même temps que lui. À travers un halo brumeux, il perçut une présence qui se penchait sur lui. Il mourait dans une flaque de soleil et dans un spasme silencieux, tandis qu'à son oreille, quelqu'un se mettait à murmurer.

Isabelle et Apollonia se tenaient côte à côte sur le parking des cars scolaires, au pied de Montraguil. Isabelle était debout devant sa voiture. Le bus scolaire n'allait pas tarder à cracher sur le bitume sa quinzaine d'adolescents bruyants. Un brouhaha confus allait emplir la place, mélange d'agressivité mal contenue et de cris d'enfants en pleine récréation. Apollonia percevait dans les rires nerveux, moqueurs ou à gorge déployée des morceaux d'enfance qui lui serraient le cœur. Ozan grandissait si vite. Il poussait silencieusement, avec application. Ses grands yeux doux et son sourire la touchaient si profondément qu'elle se forçait parfois à détourner le regard pour ne pas trop s'émouvoir. Il était un faon jeté dans la laideur du monde, sa fragilité, sa créativité en faisaient probablement la cible de ses camarades de classe, ces petits cons incultes et grégaires. Mais il était beau aussi, et bon en sport, ce qui le préservait certainement des attaques trop virulentes. Les bons en sport s'en sortaient toujours dans la jungle du lycée. Apollonia repoussa avec vigueur les images de son fils acculé dans un angle de la cour, moqué pour ses trop bonnes rédactions, pour son refus de participer aux lynchages organisés sur les réseaux sociaux. Il se défendait. Ozan n'était pas une victime. Elle pouvait étendre ses ailes au-dessus de lui pour lui éviter les pluies de gravier, les flèches et les crachats que le monde se plaisait à larguer sur les créatures les plus belles et les plus fragiles. Il était grand, il était baraqué, il se faisait respecter par son silence même. Apollonia se redressa. Les pensées contradictoires cognaient dans sa tête et elle ne parvenait pas à les empêcher de se précipiter les unes contre les autres, de se blesser en s'écrasant sur les parois de son esprit. Elle devait se distraire d'elle-même.

— Ça va, Pascal ?

Isabelle sursauta, peut-être elle aussi prise dans des tourments dont elle ne disait jamais rien.

— Pascal va bien. Il avait rendez-vous avec la SAFER cet après-midi.

— Oui, tu m'avais dit.

— Je radote.

— Tu es inquiète ?

Isabelle s'arracha à la contemplation d'un lampadaire dont la lumière sautait par intermittence.

— Bien sûr que je suis inquiète, Pola. Encore un investissement, encore des dettes, on en a déjà parlé.

Les phares du bus percèrent la nuit précoce de février. Les deux femmes ne se parlèrent plus jusqu'au simple « À demain » qu'elles échangèrent par-dessus la tête de leurs enfants.

Ozan s'approcha de sa mère, la lanière du sac à dos passée sur une seule épaule. Apollonia suivit des yeux quelques secondes la voiture d'Isabelle qui s'éloignait.

— C'était bien aujourd'hui ? demanda-t-elle avant de se mordre les lèvres.

Jamais de questions fermées, oui, non, la conversation se terminait avant même d'avoir commencé. Elle aurait dû dire « Qu'est-ce que tu as appris de nouveau aujourd'hui ? », comme lorsqu'il était en CP et qu'il ne comprenait pas qu'elle attendait de lui le récit détaillé de tous les moments qu'il avait passés loin d'elle.

— T'étais pas obligée de venir me chercher, je peux rentrer seul, tu sais. On a quoi pour le dîner ?

Et voilà, seul sujet digne d'intérêt, après cependant les dernières publications Insta de ses maîtres absolus : Tadao Ando, Rudy Ricciotti, Zaha Hadid et autres monstres de l'architecture tandis que ses petits camarades pistaient Gigi Hadid ou Mister V. Il évoluait en marge de son âge, allait prendre des décisions l'année suivante qui l'éloigneraient à jamais d'un avenir balisé. Déjà tout petit, dans la case « Quel métier veux-tu exercer plus tard ? », alors que ses camarades visaient la sécurité de l'emploi, pompier, maîtresse, il écrivait « Funambule » ou bien « Inventeur de monuments » de son écriture en pattes de mouche. Il fallait, avec délicatesse, lui préparer un filin d'assurage solide. Lui qui voulait faire de l'alpinisme, elle lui prévoyait une via ferrata. Des mousquetons, une ligne de vie qui ne lâchait jamais, l'illusion de l'altitude, du danger, de l'autonomie.

— Du magret de canard et des carottes.

— Cool.

— Tu as cherché les dates des portes ouvertes des formations que tu voudrais mettre en vœux ?

— Tout est dans quinze jours j'ai l'impression. On pourra pas aller partout en même temps.

— Non… on va devoir faire des choix.

— J'en parlerai à Asma, elle connaît les écoles les mieux cotées.

Apollonia leva discrètement les yeux au ciel. Que son fils juge sa grand-mère mieux au fait des parcours étudiants que sa propre mère était à la limite du vexant, mais elle savait faire la part des choses. Ils marchèrent un peu en décalé sur le trottoir qui s'amenuisait à la sortie du village.

— Idéalement Bordeaux, Poitiers, Toulouse, Agen.

— Je pensais plutôt Paris, glissa Ozan en la regardant à travers une mèche de cheveux tombée sur le front.

— C'est loin, se récria Apollonia.

— Oui, mais c'est là que sont les vraies bonnes écoles d'archi et de design.

Il n'y avait pas matière à discuter, Paris éclipsait tout pour un adolescent qui avait grandi à Montraguil. Elle tremblait déjà de le savoir dans le métro, à rater ses changements, à perdre son passe Navigo, à errer le soir autour des gares. Il faudrait qu'elle le loge dans un beau quartier, là où on ne se fait pas agresser. Le pouvait-elle encore ?

Le canapé des Capitourlan n'était pas assez large pour contenir la silhouette de Pascal, qui avait passé les genoux par-dessus l'accoudoir et somnolait en attendant qu'Isabelle termine de vérifier les habits du lendemain dans les chambres des enfants. Il avait passé deux heures épuisantes avec la SAFER. Il était arrivé rouge et suant au rendez-vous à cause du contact d'Hugo qui annonçait retard après retard. Il avait hâte d'avoir le résumé de l'entrevue. Il avait fini par se persuader, sous le rouleau compresseur des arguments de son associé, que ce nouvel investisseur allait leur donner un peu d'oxygène. Il se forçait à faire taire l'idée que partager de nouveau l'actionnariat de Honey Box était périlleux. De loin en loin, la voix d'Isabelle lui parvenait, à travers le gros plancher disjoint qu'il rêvait de faire isoler par le dessous. Il glissait dans le sommeil. Le brouhaha lointain des enfants se fondit en toile sonore et il décrocha d'un coup, englouti dans une scène qu'il revivait avec une régularité terrifiante.

Il se trouve dans une cuisine d'étudiants où l'on ne tient pas à trois sans s'enfoncer mutuellement les coudes dans les côtes. La préchauffe monte doucement en puissance dans un salon minuscule. Pascal se sent mal à l'aise sans savoir pourquoi. Il tient à la main une bouteille d'alcool fort et ne sait pas exactement s'il a le droit d'être là. Il n'ose pas sortir de la cuisine pour retrouver ceux qui l'appellent de plus en plus fort : « Pas-cal, Pas-cal. » Il va être obligé d'entrer dans le salon, poussé au milieu des épaules par une main ferme, sa bouteille toujours à la main. Il sourit bêtement, emprunté et immense dans le salon minuscule qui semble se réduire de minute en minute. « Pas-cal, Pas-cal. » Il regarde sa bouteille et comprend qu'on attend de lui qu'il remplisse les verres. Il s'approche de la table basse encombrée de mégots fumants, de verres à demi pleins, et verse dans ceux qu'on lui tend une large dose d'un liquide vermillon. Arrive alors le tour d'un type beau comme un dieu, habillé en jaquette, un vrai marié de magazine. Il tend lui aussi son verre. Pascal s'aperçoit avec horreur que le verre tient entre deux moignons de bras, coupés à mi-radius et qui se terminent avec un petit trou plissé comme l'anus d'un bouledogue. Sa main tremble en servant le type, la bouteille cogne contre le verre, le type finit par lâcher et le liquide en tombant lui éclabousse le visage et la chemise d'un long trait rouge. Une grappe de vers blancs se met alors à sortir des trous de ses moignons sans que personne paraisse s'en préoccuper. Pascal se tient toujours debout, nauséeux et désolé, tellement désolé d'avoir déclenché ce phénomène hideux qui semble n'affecter que lui. Le marié regarde quant à lui les vers grouiller hors de son corps, tomber en paquet mou sur son beau pantalon noir, impassible et résigné, le visage traversé de ce trait de sang que Pascal voudrait tant essuyer du revers de sa manche. Mais il reste là, sa bouteille à la main, incapable de prendre une décision qui soit suffisamment radicale pour arrêter tout ça. Lorsque enfin il regarde sa propre main, celle qui tient la bouteille, il se rend compte que les vers remontent le long de sa manche à lui, s'infiltrent dans la boutonnière de sa chemise et se mettent à creuser sa peau pour s'en repaître et s'y nicher comme au creux d'une viande faisandée.

Le visage d'Isabelle penché sur lui le tira de son cauchemar. Elle le secouait franchement et il lui était reconnaissant de le débarrasser de cette vermine grouillante. Il se redressa violemment sur le canapé et se frotta les avant-bras avec frénésie jusqu'à ce que la voix d'Isabelle achève de le réveiller.

— Ce n'est que moi, Pascal, c'est moi, Isabelle. Réveille-toi.

Hagard encore, Pascal regarda sa femme, le poêle où rougeoyait une bûche, le gong en métal familier.

— C'était quoi, ce cauchemar ?

Le malaise et la panique menaçaient de l'engloutir de nouveau. Pascal évacua la question d'un revers de la main et chercha quelque chose à dire qui détournerait l'attention d'Isabelle, lorsqu'elle rapprocha son visage du sien, yeux noirs et brûlants, et déclare :

— C'est terminé tout ça, tu m'entends ?

À peine couchés, les enfants Capitourlan se mirent à réclamer à tour de rôle un verre d'eau, une veilleuse, un Doliprane. Isabelle opposa fermement un non sonore et descendit l'escalier en pin qui avait pris le relais de l'échelle de meunier l'hiver précédent. Pascal avait fini par la juger dangereuse. Le bois trop clair jurait avec les poutres presque noires, mais la maison, retapée avec les moyens du bord, était de bric et de broc depuis tant d'années qu'Isabelle ne voyait plus les incohérences décoratives. Le plâtre en bas du mur se couvrait régulièrement de salpêtre que les enfants s'amusaient à recueillir sur une feuille blanche pour fabriquer de la poudre explosive. Il suffisait de le mélanger à de la poussière de charbon de bois et d'y jeter une allumette. Les quantités produites ne permettaient pas de produire une explosion réellement dangereuse, mais Isabelle sursautait fréquemment.

La sonnerie de la ligne fixe résonna dans la cage d'escalier. Les ondes du portable ne passaient pas à travers les murs épais du Laussou. Pascal décrocha.

— Toujours pas ? Tu veux que j'aille à la miellerie ? Je ne vois pas ce qu'il y fabriquerait depuis tout ce temps, mais bon... comme tu veux. Tiens-moi au courant.

Il raccrocha alors qu'Isabelle entrait dans le salon.

— C'est Hugo. Pola me dit qu'il n'est pas rentré.

Elle tourna la tête pour regarder par la porte ouverte l'horloge accrochée dans la cuisine.

— C'est inquiétant ? Il n'est que 20 h 15.

— En général, il va jouer au squash près de son bureau de 18 à 19 heures et ses partenaires ont appelé Apollonia pour lui dire qu'il n'était pas venu.

— Et toi, tu l'as quitté à quelle heure ?

— Un peu après 15 heures, j'avais le rendez-vous avec la SAFER.

— Il est resté au rucher ?

— Oui.

Pascal sembla sur le point d'ajouter quelque chose et se ravisa.

— Il y a sûrement une explication. Que va faire Pola ?

— Elle appelle l'assistante d'Hugo au coworking.

— Il fallait commencer par là... Tu as faim ?

— Comme un ogre.

— Tian de légumes d'hiver et confit de canard.

— Parfait. Tu es une perle.

— Pas de flatterie, tu cuisines bien mieux que moi !

— Peut-être n'aurais-je pas dû m'avancer en effet... Qu'as-tu ajouté dans ton tian ? De la vanille ? Du pastis ? Des champignons japonais ? interrogea Pascal, l'air de plus en plus inquiet.

Avec un grand éclat de rire, Isabelle lui jeta à la figure un journal posé sur la table basse et se dirigea vers la cuisine.

— De l'huile de sésame, voilà ce que j'ai ajouté !

— Décevant, marmonna Pascal en ramassant les feuilles éparses.

— Que dis-tu ?

— Que je m'attendais à quelque chose de plus flamboyant.

— C'est une bonne idée, tian flambé à l'alcool de prune ! Apporte-moi la bouteille du père machin, on va tester.

Pascal esquissa un sourire ravi qui effaçait les plis d'amertume qui s'étaient creusés de part et d'autre de sa bouche au fil des mois. Les bases de leur entente avaient sévèrement vacillé la veille. Une nuit de discussion et de promesses était parvenue à rétablir la communication, mais il faudrait beaucoup d'autres moments de tendresse, et une rupture définitive avec Honey Box, pour que les blessures cicatrisent et que la confiance revienne pleinement. Ils avaient tous les deux la volonté de ne pas se laisser diviser. Isabelle avait tout de même gardé pour elle la scène finale qu'elle avait jouée avec Hugo.

La perspective d'un dîner plein de fantaisie les aidait à se retrouver, un geste après l'autre. Pascal fredonna un air qui rappelait de loin le générique de l'Eurovision. Elle l'aimait tant ainsi.

Elle était disposée à lui cuisiner des beignets de pissenlits ou de la soupe framboise-courgette uniquement pour voir la fatigue s'envoler le temps de l'annonce du menu. Seulement, après, il fallait manger et c'était parfois moins réjouissant.

— On va s'en tenir à l'huile de sésame pour cette fois, recommanda-t-il avant de l'enlacer, la bedaine plaquée contre ses reins, le menton dans ses cheveux noirs mal peignés.

— Alors à table.

Une fois qu'ils furent installés, la fourchette en main, Pascal inspira profondément et se lança :

— Le type un peu bizarre qui traîne sur la place, celui de l'accueil d'urgence, tu le vois souvent ?

— Fernando ? Oui, plutôt.

— Et... il n'est pas dangereux ? Je veux dire, s'empêtra Pascal, Hugo me dit que vous êtes souvent ensemble, je m'inquiète juste parce qu'il a quand même une tête à faire peur... avec sa main qui tremble et tout, ses yeux qui roulent dans tous les sens. Je ne voudrais pas que tu prennes de risques, tu vois ?

— Hugo. De quoi se mêle Hugo ?

Les narines frémissantes, Isabelle posa son couteau et planta son regard noir dans les yeux de son mari, qui courba instantanément l'échine.

— Je suis tous les jours au contact de paumés. Certains sont imprévisibles, tous ont souffert ou souffrent encore. Ce qu'Hugo raconte, je m'en fous et tu devrais t'en foutre aussi. Je connais Fernando mieux que personne. S'il devenait dangereux, ça ne serait pas contre moi.

— Bon, bon, n'en parlons plus.

Avec un geste conciliant de la main, Pascal évacua l'orage qui menaçait et la tension s'évapora peu à peu. Il n'était pas souhaitable de redescendre dans l'arène.

— Pas mal ton tian. Tu nous en referas ?

— Tu sais bien que je suis incapable de cuisiner deux fois la même chose.

Le téléphone sonna de nouveau. Pascal et Isabelle échangèrent un regard blasé avant de se souvenir en même temps de l'inquiétude d'Apollonia Cassague.

— J'y vais, soupira Pascal qui fit racler sa chaise sur le carrelage.

Isabelle se leva à son tour et s'approcha du large dos de son mari.

— Calme-toi, je ne comprends rien. Où es-tu ? Est-ce que tu as appelé les secours ? Quoi ? Merde, mais quel con, qu'est-ce qu'il a foutu... Où est Ozan ? Tu veux qu'on aille le chercher ? Tu m'appelles sur mon portable pour me dire où on peut te rejoindre ?

Le visage de Pascal était crayeux. Il se tourna vers Isabelle.

— Hugo est mort.

Le dernier virage laissa Jaureguy nauséeuse, le front appuyé contre la vitre. Elle faisait bonne figure autant que possible, mais la route de nuit ne lui valait rien. Au bord de la route, le camion de pompiers projetait contre les troncs une lueur bleutée de phare en haute mer. La voiture du médecin de garde était garée juste derrière, deux roues sur le bitume, deux dans l'herbe.

— C'est où exactement, ce rucher ? demanda Ainoha en débouclant sa ceinture.

— Il faut passer à travers bois, il y a un petit sentier, répondit Fourbach qui claqua la portière.

Le silence les prit par surprise. Le gyrophare tournait en silence, les moteurs éteints ne ronronnaient pas. Ils se hasardèrent à la lumière de leur portable dans l'étroit passage qui débouchait sur la clairière du rucher. Un bâtiment en long, quarante ruches alignées, et le mort, allongé comme pour une sieste sur l'herbe. Les silhouettes des quatre pompiers se tenaient en retrait, muettes, brancard tenu à la verticale, en attente. Agenouillé dans une attitude de pietà, le médecin rangeait son stéthoscope et se releva péniblement. Jaureguy le vit s'approcher d'une silhouette claire et lui tapoter brièvement l'épaule.

— C'est sa femme, chuchota Ainhoa, plus pour elle que pour Fourbach, qui se tenait coi, lui aussi.

Passé l'instant de recueillement de rigueur, le temps reprit son cours et chacun se bougea. Les pompiers posèrent le brancard à plat et s'apprêtèrent à faire glisser le corps lorsque Fourbach s'approcha, la main levée.

— Deux secondes, les gars, on fait les photos.

Le corps était boursouflé à en faire éclater les chairs. Le visage du cadavre prenait déjà des teintes bleutées, accentuées par la pâleur de la lune presque pleine. Le col de chemise était ouvert et laissait voir sur le haut du torse d'innombrables marques de piqûres. Certains points d'impact portaient encore le dard fiché dans la chair. Jaureguy pensa à des harpons lorsqu'elle approcha l'objectif pour saisir les traits du mort. *A priori*, pas d'hématome, le médecin qui griffonnait dans un carnet confirmerait probablement.

L'odeur de la terre couvrait presque entièrement celle du cadavre. Eau de Cologne très chère, santal, vétiver... Une odeur vivante qui s'accordait mal avec ses paupières bouffies, avec ses lèvres sans forme qui découvraient ses dents dans un rictus pitoyable. Les sourcils formaient un arc déstructuré sous l'influence de l'œdème.

— Envenimation ? demanda Fourbach, le poing fermé dans le dos, la main droite tendue vers le médecin qui la lui serra vigoureusement.

— Ça ne fait aucun doute. Je vous envoie mes conclusions dans la matinée. Je rentre, j'ai des amis à dîner.

Le médecin se tourna vers la femme qui se tenait raide, les doigts crispés sur son col comme pour se protéger du froid.

— Je vous vois demain, madame Cassague. D'ici là, prenez deux comprimés et tâchez de dormir une fois que le corps de votre mari aura été pris en charge au funérarium. Est-ce que vous êtes seule à la maison ?

— Je… Mon fils compte dormir chez un ami.

— Alors ne restez pas seule. Allez vous aussi dormir chez quelqu'un. Quelqu'un de la famille, idéalement. Je vous laisse.

Il semblait ennuyé de partir si vite, fourra une demi-plaquette de médicaments dans la main inerte de Mme Cassague, puis se caressa la peau du crâne, indécis.

— Si besoin, vous en prenez trois. Mais pas plus.

L'œil fixe, Mme Cassague suivit des yeux le médecin, puis les deux pompiers qui portaient le brancard la tête baissée, peut-être pour ne pas croiser son regard. D'un geste, elle les arrêta, franchit la distance qui la séparait de son mari, se pencha et lui effleura la joue du bout des doigts. Elle gardait un visage sans expression où se dessinaient des ombres en clair-obscur. Jaureguy l'entendit murmurer :

— Ce n'est plus toi... Tu n'es plus là.

Elle releva la tête, égarée, brusquement tremblante, et d'une voix rauque leur demanda à tous :

— Et maintenant ? Il est où ? Où est Hugo ?

La main encore posée entre les omoplates de son mari, Isabelle observa sur son visage la stupeur fondre sous l'effet d'un déferlement d'émotions contradictoires. Elle y lut l'horreur, le soulagement, la honte, l'inquiétude, le désarroi, l'angoisse, la rancœur, la colère presque, le dégoût et, pour finir, le trop-plein et l'hébétude.

— Je me fais peur, murmura-t-il, la main sur le combiné.

— Tu ne me fais pas peur à moi. Regarde-moi.

Pascal se tourna, un pied qui pivote puis l'autre, comme une armoire très lourde qu'on cherche à déplacer seul, puis se laissa envelopper dans les pans du châle de sa femme. Il avait le regard vide, fixait la lampe à gros pied de terre cuite. Isabelle se dit qu'il remarquait sans doute la poussière tombée sur le haut de l'ampoule.

— Prends le temps de digérer tout ça.

— Ça ne te fait rien à toi ?

Que répondre. Les sentiments d'Isabelle pour Hugo tenaient en un mot : mépris. Elle avait pitié d'Ozan et d'Apollonia qui allaient voir leur vie renversée cul par-dessus tête, comme un plateau de cantine qui s'écrase au sol. *Les équilibres que nous passons une vie entière à chercher, à travailler, à étayer restent d'une fragilité de cristal. Un rien les souffle et nous laisse nus et tout étonnés qu'il ne reste rien, absolument rien, de ce que nous avions fini par croire si solide.*

— Bien sûr que si, murmura-t-elle.

— Alors, pourquoi tu ne dis rien ?

Elle inspira. Elle n'allait pas dire « Bien fait pour lui », Pascal et son cœur tendre en seraient meurtris. Il était bon au point de réussir à aimer la source de ses tourments. Quant à elle, elle n'avait pas la charité chevillée au corps, pas pour ce genre de gars. Cependant, elle jouait le jeu, elle l'avait joué pendant les dix-huit mois Honey Box qui les avaient lessivés, Pascal et elle. Jamais elle n'avait dénigré Hugo devant Pascal, elle se contentait de soulever de loin en loin les aberrations de gestion que son mari laissait passer, candide et confiant. Que soit maudit le jour où Pascal, mi-ravi mi-gêné, avait débarqué avec son vieux copain de jeunesse, Hugo Cassague, qui venait de perdre son père et revenait dans la région de ses parents pour veiller sur sa mère. Isabelle connaissait de loin Asma Cassague – qui ne la connaissait pas à Montraguil – et avait douté immédiatement du bonhomme et de son prétexte bidon. Comme par hasard, Hugo arrivait dans le coin avec dans sa manche un super projet start-up dont le produit premier était, je vous le donne en mille, le miel ! Incroyable coïncidence, il venait de tomber sur Pascal Capitourlan, son vieux camarade, qui se trouvait être justement apiculteur.

Isabelle caressait le dos de son mari, de la base de la nuque jusqu'aux reins, qu'il avait toujours douloureux.

— Je dis que c'est triste. Tu sais comment c'est arrivé ?

— Il s'est fait attaquer par les abeilles. Il ne portait jamais sa combi de protection. Son rayon, c'étaient les affaires, le marketing digital, à la rigueur la miellerie.

— Et justement, qu'est-ce qu'il faisait là ?

— On attendait un gars, un type qui avait une idée de développement et qui avait pris contact avec lui. Le type était en retard et j'ai dû partir à la SAFER. De toute façon, ils allaient parler business et normes, j'étais pas vraiment indispensable.

— Bon... Mais ça n'explique pas cette attaque.

Un gros soupir plein de sanglots secs échappa à Pascal.

— Elles savent quand quelqu'un qui ne les aime pas est dans les parages. Il était habillé en sombre, il sentait un peu l'alcool du déjeuner... Il suffit parfois de pas grand-chose, il faudrait que j'aille voir quelles ruches ont attaqué, ça va encore me faire des pertes.

— Tu iras demain. En attendant, qu'est-ce qu'on est censés faire ? On va chercher Ozan ?

— Pas besoin, il est chez un copain pour préparer un truc de BTP. Il dort là-bas.

— TPE.

— Oui, voilà. Pola va s'occuper des formalités, elle lui annoncera demain. J'ai proposé qu'on la rejoigne, mais elle ne veut pas.

L'idée d'Apollonia rentrant seule chez elle après de longues heures d'attente et de formalités émut Isabelle. Remise du certificat de décès, mise au frigo, carrelage gris sous néon blanc, puis le bruit solitaire de la clé qui tourne dans la serrure de sa grande maison vide, le brossage des dents en silence, le lit grand et froid, la nuit sans sommeil peut-être. Quelle horreur. À sa place, elle laisserait tout allumé et mettrait la radio à fond. C'était peut-être ce qu'Apollonia allait faire après tout. Ou alors, elle allait appeler quelqu'un pour dormir sur un canapé de fortune, juste pour cette nuit. Qui Pola allait-elle appeler ? Qui était sa meilleure amie ? Avec son grand front et son port de tête d'ancienne danseuse, Apollonia semblait tellement se suffire à elle-même. Son univers s'organisait autour de son fils et de son mari, son fils surtout, elle jardinait, lisait, allait de temps en temps chez le coiffeur pour déjaunir son balayage nordique, marchait des heures au pied des remparts de Montraguil. Drôle de femme. Peut-être que Pola l'appellerait, elle, pour dormir sur leur canapé, malgré la scène de la veille.

— Ça va changer pas mal de choses pour nous tout ça, constata Pascal.

— On y pensera demain. Ça prendra du temps de toute façon. Dessert ?

— Oh, non. Champagne.

Sans faire de commentaires, Isabelle sortit du Frigidaire une bouteille de petit champagne de coopérative qui ne cessait jamais de fraîchir. Elle l'ouvrit et sortit deux coupes du buffet Ikea qui penchait un peu. Dans la pièce voisine,

Pascal s'écroula sur le canapé. Elle le trouva les coudes sur les genoux, le regard toujours vide. Il se redressa lorsqu'elle posa le plateau sur la table basse. Une fois le champagne versé, il prit sa coupe et leva les yeux vers le plafond.

— À toi, mon vieux copain de jeunesse et mon associé. Paix à ton âme.

— À Hugo, répondit-elle.

Ils burent tous les deux en silence, conscients l'un et l'autre de l'incongruité de la bouteille qui crépitait sur son plateau, et pourtant heureux d'avoir trouvé un geste à la mesure du choc qu'ils venaient d'encaisser.

La clé au bout de laquelle pendait une boule de billard miniature tourna sans peine dans la serrure. Géraud Dambérailh ouvrit la porte de la chambre numéro 8 de l'*Hôtel de l'Europe*. L'hôtel sentait l'encaustique et le produit d'entretien « senteur pin des Landes ». La décoration n'avait pas bougé depuis la dernière rénovation, qui datait manifestement de la fin des années soixante-dix. Les murs étaient tapissés d'une moquette marron. Le parquet ciré grinçait un peu et les plinthes étaient peintes d'une curieuse couleur menthe à l'eau.

Le major avait eu quelques craintes quant à l'allure de la chambre où il allait passer au moins deux semaines, mais le lit était net et il y dormait bien. La gendarmerie n'avait pas de logement disponible, *a priori* il n'était détaché que pour quelques semaines. Deux couvertures en laine saumon étaient posées en supplément sur un fauteuil en rotin assorti aux tables de nuit. Les taies d'oreiller étaient en lin, ce qui dénotait la volonté des propriétaires d'atteindre un certain standing. La chambre était très grande, à moitié sous pente. Il referma la porte avec délicatesse, bien qu'il eût l'impression d'être le seul client du couloir, puis se cambra, les mains sur les reins pour faire craquer ses vertèbres, et fit quelques pas. Un secrétaire à droite de la porte servait de bureau. Il alluma la lampe qui y était posée en actionnant du pouce un vieil interrupteur en forme de fusée ou, plus exactement, de suppositoire. La lampe dispensa une lumière chaude à travers ses franges bordeaux. Deux autres luminaires placés dans les angles de la pièce arboraient des abat-jour peints à l'aquarelle et bordés d'un galon vert-jaune.

Géraud retira son manteau et le jeta sur un lit d'appoint poussé sous la pente du toit. Le dessus-de-lit en chenille vert kaki lui rappelait celui qui recouvrait les lits du dortoir des garçons chez sa grand-mère. Le choix des couleurs était particulièrement automnal et lui donnait l'impression de pénétrer dans une chênaie au mois d'octobre. L'ambiance n'était pas désagréable et la profusion de coussins en tapisserie, qui aurait semblé étouffante aux mois chauds de l'année, faisait barrage au froid perçant qui régnait en février dans les rues de Montraguil. L'*Hôtel de l'Europe* était douillettement désuet.

Son portable afficha un appel manqué. Le réseau était capricieux, il n'avait pas entendu sonner.

Major, c'est Fourbach. Juste pour vous informer, on part avec Jaureguy sur une intervention des pompiers, un gars qui est mort à cause d'une attaque d'abeilles. Vous aurez le rapport demain, le médecin est déjà sur place.

Pensif, le major jeta son portable sur le lit et se dirigea vers la salle de bains. La lumière blafarde tapait crûment sur son crâne et mettait en évidence la raréfaction de ses cheveux blonds. Il s'aspergea le visage et décida de ne pas s'attarder sur les progrès de son alopécie. Il était moins épuisé qu'à l'ordinaire, ses poches sous les yeux semblaient moins marquées, son teint moins gris qu'à la sortie de la période de Noël. Les excès des repas de fin d'année avaient fini par être digérés, à coups de diète et de légumes verts.

Il jeta un bref coup d'œil à son poignet. Il n'était que 21 heures. Il avait repéré sur la place principale une brasserie qui diffusait les matchs du Tournoi des Six Nations. La télévision de l'hôtel placée dans le bar tenait du timbre-poste et ne diffusait que la chaîne Equidia, d'après ce qu'il avait pu comprendre. Tous mordus de courses hippiques, du patron au pilier de comptoir. Un bon match, voilà de quoi meubler sa soirée.

Sa clé logée au creux de la main, le major dévala l'escalier aussi sombre que bien ciré et faillit glisser sur la dernière marche. Il admira quelques secondes la cour intérieure où une série de fils de fer guidaient une glycine qui courait à trois mètres au-dessus du gravier. En été, l'écran de verdure devait être appréciable. Un brouhaha diffus provenait du couloir d'entrée, qui communiquait avec le bar de l'hôtel. Il accrocha sa clé au tableau suspendu dans le petit hall et huma avec surprise une odeur de cigarette en pleine combustion.

Derrière le comptoir, le patron actionnait les poignées chromées des tireuses à bière avec concentration. Deux femmes d'âge mûr papotaient devant un thé fumant, la cigarette à la main. Trois compères accoudés au bar discutaient le bout de gras, l'un fumant une roulée, l'autre un cigarillo. Le troisième ne fumait pas. Le gérant de l'hôtel, la cigarette vissée au coin de la bouche, salua d'un coup de menton le major, éberlué. Le *Bar de l'Europe* était probablement l'un des derniers coins de France où les fumeurs faisaient de la résistance et se fichaient royalement de l'interdiction de fumer dans les lieux publics. Un lieu de rébellion en quelque sorte. Le major hésita à rappeler sa qualité de sous-officier de la gendarmerie nationale. Il s'approcha du patron et déclina d'un geste sa proposition de lui en servir une bien fraîche.

— Vous êtes bien installé ? s'enquit le type, sans que la cigarette quitte le coin de sa bouche.

— Parfait, parfait...

— Ça va à la brigade ? Pas facile de passer derrière Peramel. On le regrette bien, c'est sûr que sans lui ça ne va pas rouler pareil. Il devrait pas bosser autant, après ce qu'il a eu... faut se ménager. Ce que j'en dis, moi...

À aucun moment le patron ne fit mine de se sentir gêné par les nuages de fumée qu'il dégageait. Le pli était pris depuis bien longtemps. Le major désigna le cendrier qui débordait.

— En service, je ne pourrai pas faire comme si je n'avais rien vu, vous savez...

L'autre considéra avec surprise le geste du major, puis retira lentement la cigarette de sa bouche.

— Ah, ça… faudrait faire comme Peramel, je vois que ça… Sans vous commander bien sûr, major.

— Et comment faisait Peramel ?

Un gars en casquette qui laissait traîner l'oreille saisit la question au bond.

— Peramel, c'est un saint. Sa main gauche ignore ce que donne sa main droite. Mathieu, chapitre 6, verset 3.

La main levée pour couper court aux commentaires qui se préparaient dans les bouches à demi ouvertes des buveurs de bière, le gérant conclut :

— Il ne passait pas aux heures d'apéro et tout le monde était content. Voilà comment faisait Peramel.

— Sauf que je loge ici, fit remarquer le major.

— Sauf que vous logez ici, répéta l'autre, et tout le monde poussa un gros soupir.

Pensif, le major pesa le pour et le contre. Chaque fois qu'il avait été détaché, il avait pris le temps de l'observation. Se pousser du col dans le *Bar de l'Europe* pour faire respecter la loi ne ferait que compliquer les choses. S'il ne voulait pas passer quinze jours, voire plus, à patauger sans saisir les tenants et les aboutissants de chaque affaire, il valait mieux se montrer souple. Personne n'était plus coopératif qu'un rebelle qui se sent compris dans sa rébellion. Il trancha :

— C'est amusant, j'ai la curieuse habitude de siffloter quand je suis sur le point de rentrer à la maison. Ça agace ma femme, mais comme elle n'est pas là, je m'en donnerai à cœur joie en traversant la place d'Armes ! Bonne soirée.

Lorsqu'il sortit, il eut le temps de percevoir un murmure appréciateur avant que la lourde porte à vitraux ne se referme dans son dos.

— Alors, Caragule, il t'a dit quoi le patron ? T'es resté une heure dans son bureau ! T'as pas craqué j'espère ?

Du bout du pied, Crochat tapait dans la roulette de la table mortuaire en inox qu'il venait de passer au désinfectant. Il avait recollé sa semelle avec une colle jaunâtre qui faisait des filaments lorsqu'on tentait de séparer les deux surfaces fixées ensemble. La semelle était en train de se désolidariser de nouveau du fond de chaussure et Crochat cessa de taper.

— Il voulait savoir pourquoi je consommais autant de Zip Lip.

— Ah oui… Et tu as dit quoi ?

— Que j'en avais besoin pour bien refermer la bouche des macchabées à qui on pique des molaires en or.

L'angoisse se lut instantanément dans les yeux du grand Crochat. Il se mit à cligner des yeux de manière compulsive.

— Arrête, t'as dit ça ? Sérieusement ?

La lumière joua sur le crâne lisse de Caragule qui pencha la tête de côté.

— Tu me prends vraiment pour un abruti ma parole. Bien sûr que non, j'ai pas envie de moisir en prison ! J'ai raconté que j'avais oublié une mallette à toilette mortuaire sous l'Abribus et que j'avais tout le stock de Zip Lip dedans.

Les épaules de Crochat se dénouèrent et il se mit à masser sa nuque douloureuse. L'idée des dents était excellente, il n'en démordait pas, mais il devait reconnaître qu'il avait mal évalué les effets collatéraux.

— Il t'a cru ?

— Non. En réalité, il me soupçonne de sniffer la colle. Il paraît que ça s'est vu au Roc du Souvenir. Il m'a menacé de me faire sauter mon habilitation.

— Tant mieux, ça le détourne du vrai sujet. Bon, combien de clients ce matin ?

La salle de préparation baignait dans une demi-lumière grise. Crochat n'allumait jamais, par habitude de ne négliger aucune économie. Une fois l'alerte passée et le feu éteint, il était de nouveau tout disposé à poursuivre son petit trafic. Caragule ne manifestait rien, il subissait la situation sans plus tenter de se rebeller. Il ouvrit la cellule réfrigérante et soupira. Une touffe de cheveux épars se présentait à l'entrée du caisson. Une vieille dame. Potentiellement une multitude de plombages, couronnes, faux palais et, s'ils avaient de la chance, une ou deux dents en or. Il tira sur le panneau glissière et transféra le corps sur la table mortuaire. Les petits bras secs, les joues creusées déclenchaient en lui une émotion qui se rapprochait de la tendresse. Petit moineau décharné dont le corps avait porté d'autres corps, avait couru, avait aimé. La présence de Crochat l'indisposait, il aurait voulu démarrer immédiatement les soins, rendre à cette mamie le visage serein qui apaiserait ses proches. Il commença par se désinfecter les mains tandis que Crochat s'adossait à l'autre bout de la pièce et observait les manipulations de Caragule. La maison funéraire avait entamé une démarche de certification écologique et les tampons d'ouate jetables dont il se servait auparavant pour désinfecter les corps avaient été remplacés par des carrés de tissu éponge. Pourquoi pas. Il enfila ensuite des gants et massa longuement les membres de la vieille dame pour leur rendre un semblant de souplesse. Crochat le surveillait du coin de l'œil.

— Alors, qu'est-ce qu'il y a dans la bouche ?

— Laisse, j'ai pas fini, elle est encore trop raide.

Avec d'infinies précautions pour ne pas faire craquer l'articulation temporo-mandibulaire, Caragule ouvrit la bouche de la vieille dame et poussa un soupir de soulagement.

— Rien, Crochat, elle est morte sans avoir mis son râtelier.

— Pas une seule dent ?

— Pas une seule.

— Pas de bol.

— Au suivant alors, tu la prépareras après.

— Pas question, s'insurgea Caragule. Je termine de la préparer avant d'en sortir un autre. T'as qu'à t'occuper du suivant.

Crochat ouvrit sans ménagement les huit portillons du caisson réfrigéré puis émit un grognement désabusé.

— Personne. Ça meurt pas assez en ce moment.

Les portes battantes du salon funéraire s'ouvrirent sous la poussée d'un chariot. L'employé des Rives Éternelles s'essuya le front et chercha dans la poche de sa blouse un paquet de Gauloises écrasé.

— Livraison, les gars ! Ça nous est arrivé dans la nuit. Je vous préviens, il y a du boulot...

— Daphné ? C'est bien vous ?

— Oh, Seigneur, me montrer à vous dans cet état, c'est le coup de grâce. J'ai les tympans tellement gonflés que je ne vous ai pas entendue frapper.

— C'est votre femme de ménage qui m'a ouvert.

— Elle n'en fait qu'à sa tête, je lui avais dit « aucune visite ».

L'adjudante Géraldine Amblevert considérait avec perplexité la silhouette de Daphné Dambérailh, courbée au-dessus d'un récipient fumant et coiffée d'un torchon rouge et blanc qui lui masquait le visage jusqu'au menton. La cuisine de l'abbaye était envahie de vapeur à l'eucalyptus.

— Ne riez pas, avertit Daphné avant de relever le torchon, à la manière d'une jeune promise qui s'arrête devant l'autel et se dévoile devant son fiancé.

La robuste gendarme s'en serait bien gardé. Elle planta solidement les mains sur ses hanches et pencha la tête sur le côté. Daphné Dambérailh semblait en piteux état. L'arrête courbe de son nez était rougie à force d'avoir été frottée par les mouchoirs en lin rêches qu'elle affectionnait. Ses yeux embués laissaient échapper de grosses larmes dont le chemin se perdait entre les ailes du nez et la commissure des lèvres. Daphné baissa la tête et la larme suivante termina sa course pendue au bout du nez, en suspension au-dessus du vide. Elle l'essuya du revers de la main.

— J'ai une fièvre de cheval, ne vous approchez pas trop, conseilla-t-elle en nasillant avant de démarrer une quinte de toux sèche qui la secoua des épaules jusqu'aux orteils.

— Avez-vous vu un médecin ?

— Bien sûr, il m'a prescrit un semi-remorque de pilules diverses, je n'y comprends rien. C'est ce fichu climat océanique qui veut me terrasser : soleil, pluie, gel... on ne sait plus à quel saint se vouer. Je savais bien que je prenais un risque à planter mes bégonias sous l'averse, mais je n'ai jamais su résister à de jolis bulbes. Et maintenant, paf, le redoux. Mon organisme ne tient plus.

La cuisine offrait un spectacle de laisser-aller peu commun chez Daphné. L'alignement des pots bleu et blanc en faïence de Delft était légèrement de guingois, comme si les yeux gonflés de leur propriétaire l'avaient privée du recul nécessaire pour les disposer correctement. L'évier de pierre, qui débordait avec constance depuis que Daphné l'avait relié à l'eau courante, surnageait dans une mare mousseuse qui coulait jusqu'au sol le long des portes de placard. La belle table en chêne ciré sur laquelle Daphné se tenait, coudes plantés de part et d'autre de sa mixture fumante, était constellée de miettes de pain. Dans son état normal, Daphné les aurait jetées dans le saladier où elle collectait de quoi réaliser son pudding bimensuel. Alors que Géraldine promenait un regard déconcerté le long des murs couleur terre de Sienne, Daphné marmonna sous le torchon qu'elle avait rabattu au-dessus de son inhalateur artisanal.

— Je vous demande pardon ? lança Géraldine.

— Que me vaut votre visite, ma chère ? répéta Daphné, qui retira son torchon et le posa sur la table avec un soupir de résignation.

— J'ai pensé que la nouvelle vous avait affectée, que vous auriez besoin de réconfort, voire d'un remontant, répondit Géraldine, qui retrouvait avec soulagement un terrain de conversation plus confortable.

— La nouvelle, marmonna Daphné qui sembla fouiller dans ses souvenirs. Quelle nouvelle ?

Les craintes de Géraldine se confirmaient. Personne n'avait jugé bon de prévenir la tante du major Dambérailh. Elle tira une chaise à elle et s'assit face à Daphné. Sans ses boucles d'oreilles en forme d'escargot doré, sans son brushing bouffant, la pauvre femme paraissait singulièrement diminuée. Elle essuyait avec impatience ses paupières rougies au bord desquelles tremblait une nouvelle série de larmes, elle parlait d'une voix rauque entrecoupée d'une toux persistante, et le châle qu'elle serrait autour de ses épaules pendait tristement sur ses genoux. Pour la première fois, Géraldine lui trouva l'air vieille.

— Le major a été détaché, expliqua-t-elle.

Elle marchait sur des œufs et avançait ses pions à petits pas.

— Qu'est-ce que c'est que cette histoire ?

— Il a dû prendre momentanément la tête d'une autre brigade.

— C'est-à-dire, quelle brigade ?

— Une petite ville en Dordogne.

Daphné posa ses mains pâles sur la table, l'une couvrant l'autre. De la part de la tante du major, Géraldine s'attendait à une explosion d'invectives policées et d'insultes surannées à l'égard de la hiérarchie du major, mais rien ne vint. D'une toute petite voix, Daphné demanda :

— Pour combien de temps ?

— Le temps que leur chef de brigade sorte de l'hôpital. Il est resté fragile après avoir vaincu une leucémie, d'après ce que j'ai compris. Ça lui arrive souvent de retourner à l'hosto. Ça peut prendre deux semaines comme un bon mois, répondit tristement Géraldine.

Sur la table, les mains se crispèrent.

— Ah ça... ah ça, mais ces corniauds d'abrutis n'ont pas digéré le succès de mon neveu ! Il a fait profil bas mais ça n'a pas suffi, l'affreux Delval en a pris ombrage, lui qui était prêt à lâcher les chiens sur un tout autre suspect[1]. Je lui dirai ma façon de penser, sitôt remise, il va me voir faire le siège devant son bureau, cet incapable ! Mettre ainsi au placard le plus talentueux de ses officiers !

1. Voir *L'année du gel*.

— Sous-officier, corrigea Géraldine, attachée à ce que, même dans son emportement, Daphné respecte les grades de la gendarmerie.

— Eh bien ! rétorqua Daphné, qu'est-ce que ça change, je vous le demande ! Que dit sa femme ? La pauvre Anne doit être effondrée. Vont-ils déménager ? Je resterai donc seule au monde dans ma vieille abbaye, quelle tristesse ! Abandonner leur seule parente proche, je ne les en aurais jamais cru capables.

Et Daphné laissa tomber sa tête sur la table, le front entre les mains. Elle avait un certain sens du mélodrame. L'abattement ne dura pas et l'insubmersible tante du major se redressa. Une fois debout, elle retrouva un peu de sa superbe, du haut de son mètre quatre-vingts. Elle tapota l'épaule de Géraldine, abasourdie, puis se détourna vers le buffet pour y attraper sa théière habituelle.

— Un thé nous fera le plus grand bien.

Une nouvelle quinte de toux la coupa dans son élan et elle dut se rattraper au dossier de sa chaise pour ne pas perdre l'équilibre sous la violence des sursauts.

— Daphné, prenez votre traitement correctement. Votre rhume ne passera pas avec quelques gouttes d'huiles essentielles, vous m'inquiétez.

Le front barré d'une ride préoccupée, l'adjudante Amblevert prit Daphné par les épaules pour la raccompagner à sa chaise, puis se réinstalla sur la sienne. Daphné soupira profondément. Elle prit une expression souffreteuse, ses sourcils se rejoignirent au milieu du front pour former un accent circonflexe désespéré.

— Je goberai toute cette pharmacopée. Pour vous complaire. En attendant, comme je suis pratiquement infirme, je vous laisse nous faire chauffer de l'eau. Vous trouverez les sachets de thé dans la coupelle au-dessus des confitures.

Avec docilité, l'imposante Géraldine Amblevert se dégagea de son siège et dénicha sans peine les sachets déjà utilisés que Daphné conservait en vue d'une seconde infusion. Son sens de l'économie était extrêmement pointu et s'accompagnait étrangement d'une grande générosité. Il suffisait de ne pas se formaliser à l'idée de boire du thé recyclé, sucré avec des sachets récupérés au *Café du Commerce* de Lafontac, le tout accompagné d'une tranche de pudding issu des miettes ramassées sur la table du petit déjeuner.

— Ne nous laissons pas abattre, ma chère Géraldine. Géraud sera de retour avant que la brigade ne soit complètement désorganisée. Qui prendra la main en son absence ?

Géraldine versa avec précaution un peu d'eau bouillante dans le fond de la théière et lui fit faire un tour pour réchauffer la porcelaine avant de la jeter dans l'évier et de remplir pour de bon la théière.

— Delval me la confie. Il m'a annoncé que je serais promue adjudante-chef.

— Vous voilà bien traitée, commenta Daphné. Je suis heureuse de voir que vous ne rechignez pas à danser sur le cadavre encore chaud de mon neveu.

— Voyons, Daphné ! protesta Géraldine qui agita sa queue-de-cheval blonde avec indignation.

— Je plaisante, je plaisante, soupira Daphné avec lassitude. Trouvez-nous la petite prune dans le salon pour nous corser un peu ce thé. Il est en fin de course, l'eau est à peine brunie.

La cuisine de l'abbaye communiquait directement avec les salons en enfilade. Géraldine en connaissait chaque secrétaire, chaque fauteuil molletonné, et savait également que derrière le paravent du salon à musique elle trouverait le coffret à liqueurs d'où elle sortit l'inépuisable bouteille de prune de Daphné. La grande fenêtre en ogive donnait sur le cloître où Daphné cultivait un potager soigné. Les larges carrés étaient recouverts de chaume en attendant de retrouver leur belle tenue de printemps. Les tuteurs à tomates se dressaient, nus et tristes. À l'angle du cloître potager, deux potiches ventrues marquaient l'accès vers le jardin d'agrément et le verger. Il suffisait de quitter le dallage en empruntant une porte cintrée à demi masquée par un jasmin d'hiver qui dégringolait le long des montants de pierre. Avec le redoux, les bourgeons commençaient à éclater et quelques touffes de narcisses éclaboussaient de jaune le pied des colonnes qui faisaient le tour du cloître.

Géraldine découvrit dans le coffret deux verres en corolle où quelques gouttes de liqueur brune avaient séché. Une mouche morte restait collée au fond, engluée dans le sirop alcoolisé. Géraldine emporta les verres au creux de sa paume et referma le coffret du dos de la main qui tenait fermement le col de la bouteille de prune.

— Que m'apportez-vous ? questionna Daphné, la tête renversée en arrière comme pour faire refluer à l'arrière du crâne la migraine qui lui martelait le front.

— Deux verres sales que vous aviez laissés dans le coffret.

Les yeux vifs de Daphné s'ouvrirent instantanément.

— Que j'ai laissés ? Me pensez-vous capable d'une telle négligence ? Ce sont ces affreux Américains en voyage de noces qui se sont permis d'aller se servir de mon excellent cognac. Ils ont semé derrière eux une pagaille terrible.

Daphné émit un petit rire satisfait.

— Je leur ai posté un commentaire des plus salés. Figurez-vous que j'ai passé les dix jours de Noël à me boucher les oreilles à toute heure du jour et de la nuit tant leur période postnuptiale s'est révélée… expressive. Je vous passe les sous-vêtements retrouvés après leur départ sur le haut des armoires.

Le souvenir des tourments endurés lui arracha un gémissement.

— L'avantage de ces sites de mise en relation est que toute vérité éclate au grand jour ! Je n'ai épargné aucun détail à ces deux personnages.

— Je ne doute pas que vous ayez été particulièrement inspirée…

Géraldine riait sous cape, imaginant Daphné face à son écran, à fourbir des expressions au double sens salace.

— Je ne m'en suis pas mal sortie… Ils ont d'ailleurs préféré effacer leur profil, sans doute pour se recréer une virginité sous un autre compte, oh, comme je les comprends ! J'avais tout un fourbi à leur renvoyer, ils ont semé leurs affaires dans toute l'abbaye. J'ai même retrouvé une montre. Tant pis pour eux ! Je reconnais qu'accueillir ces deux copulateurs compulsifs après les touristes russes qui me réclamaient avec leur accent à faire peur « Où est la piscine ? », comme s'il était possible de se baigner ici en plein mois de décembre, n'a pas été de tout repos. Qu'imaginaient-ils ceux-là, que j'allais leur servir des vodkas frappées pendant qu'ils barbotaient sous la glace ? Nous ne jouons pas au Dr Jivago chez moi.

Attentive à ne pas renverser une goutte de prune en dehors de la tasse de Daphné, l'adjudante, bientôt adjudante-chef, ne put rire qu'après avoir reposé la bouteille sur la table. Son ceinturon lui entrait dans les côtes, mais elle n'aurait pour rien au monde accepté de le desserrer d'un cran. L'uniforme lui tenait autant à cœur que le bon usage des appellations. Il était impossible de soupçonner que ses bras épais puissent trembloter tant ils étaient contenus dans son polo bleu clair. Il en allait de même pour ses cuisses. Amblevert tenait à ressembler à une boule de muscles plutôt qu'à une boule de gras et elle y parvenait au prix de savants calculs de taille sur le catalogue en ligne des uniformes et équipements. Elle travaillait également sa souplesse chaque jour et ne laissait personne deviner que ses genoux la faisaient intensément souffrir. L'expression martiale qu'elle affichait à la brigade achevait de parfaire sa carapace de militaire aguerrie et dure à cuire. Les jeunes recrues la craignaient au premier regard. Une fois qu'elle trouvait son autorité suffisamment bien établie, Amblevert se permettait alors quelques manifestations de gentillesse. Elle avait entendu un jour Péon et Frégé, ses deux collègues les plus proches en grade, dire d'elle qu'elle dissimulait un cœur d'or. Quelle idée romantique ! Enfin, si ça leur faisait plaisir... Elle répondit à Daphné avec sollicitude :

— Ma parole, mais vous ne pouvez qu'être épuisée avec ces allées et venues.

— Je suis en pleine forme, protesta Daphné, qui tenta de se redresser pour ne pas risquer de paraître diminuée. J'ai simplement attrapé un rhume carabiné. Une pneumonie, en réalité.

Son dos courbatu lui tira une grimace et elle se recroquevilla de nouveau dans une position moins vaillante mais plus confortable.

— Dans ce cas, prenez votre traitement maintenant. J'attends.

L'adjudante croisa les bras sous sa poitrine et fixa Daphné avec autorité jusqu'à ce que celle-ci se lève et empoigne le sachet de papier posé dans l'obscure entrée de l'abbaye. Elle déplia sur la console cirée son ordonnance, fit sauter l'opercule des trois cachets qu'elle était censée avaler en milieu de repas et les goba l'un après l'autre, sans eau, avec une grimace comique.

— Mission accomplie, adjudante. La chimie nous sauvera tous. Et à présent, je file à Montraguil, le marché aux truffes est ouvert jusqu'à la fin du mois seulement. Si j'en veux pour ma table d'hôtes, je n'ai pas le choix.

— Besoin urgent de truffes, ben voyons, soupira Amblevert qui hocha la tête avec un mélange d'amusement et de désespoir.

— Parfaitement. J'adore ça et ça fait toujours bon genre auprès des touristes. Hop sous vide, au congélo et j'en ai pour toute la saison. Si avec mes menus grand luxe je n'arrive pas à dépasser Sophie Larmoyer, qui caracole en tête des maisons d'hôtes de la région, je n'y comprends plus rien.

D'un geste preste, Daphné décrocha son increvable Barbour et s'enroula dans un tartan vert et bleu qui semblait plus rugueux qu'un tapis de selle.

— Je ne vous mets pas dehors, ma chère, mais j'ai une heure de route au bas mot.

Puisqu'il fallait continuer à vivre, Pascal avait choisi l'action. Il savait que tarder à revenir sur le rucher où Hugo était mort sous les aiguillons de milliers d'abeilles ne ferait que rendre les choses plus difficiles. Il avait rendu visite à Apollonia, si digne dans son chagrin, si lointaine aussi. Il l'avait assurée de son soutien, bien sûr. Il avait ensuite appelé les bureaux de Honey Box, dans la friche industrielle revalorisée en résidence d'artistes, bureaux partagés et cantine végane. L'assistante d'Hugo, si pétulante habituellement, avait accusé le coup par un silence de cinq secondes. Ils avaient l'un et l'autre soupesé chaque option, chaque manière d'aborder le problème. La première des choses : endiguer le flux de commandes des box qui croissaient comme un cancer. Expliquer ensuite que les prochaines livraisons pouvaient avoir du retard. Clara avait fait une formation en *community management* dans les bureaux de la start-up voisine en utilisant son droit individuel à la formation, et elle pensait qu'il était opportun d'impliquer la communauté des clients dans le drame que traversait Honey Box. Elle comptait donc préparer un communiqué de presse, créer une pop-up noir et blanc avec la photo d'Hugo et un message sobre annonçant que le fondateur du concept Honey Box venait de s'éteindre, que tous les messages de soutien seraient imprimés et remis à la veuve lors de la cérémonie d'adieu, que la production ne s'interrompait pas, mais qu'une certaine désorganisation était à prévoir, ce dont Honey Box s'excusait par avance.

Pourquoi pas.

Pascal avait ensuite repris la route dans sa guimbarde, spéculant sur le coût d'un dépôt de bilan. Les rouleaux de grillage fin tintaient dans son coffre contre les sacs d'équerres métalliques. Il comptait préparer les plateformes pour la quinzaine de ruches qu'il avait mises à tremper dans un mélange de miel et de cire. Les cadres nourrisseurs avaient absorbé de la cire microcristalline pendant deux jours, leur étanchéité serait parfaite. Penser au travail tenait éloignée la vision d'Hugo au milieu d'une nuée d'abeilles furieuses. Pascal avait honte, mais il s'inquiétait surtout des dégâts dans le rucher. Combien d'abeilles mortes en arrachant leur dard du corps agonisant d'Hugo ? Combien s'étaient déchiré l'abdomen ? Qu'est-ce qu'Hugo avait bien pu inventer pour déclencher leur courroux ? Malheureuse idée que cette association avec un gars qui n'y connaissait rien, tout vieux copain qu'il était. Dans quelle mesure Pascal était-il aujourd'hui empêtré dans ce bordel de start-up ? Il portait à ébullition une marmite entière d'idées à mettre en œuvre pour se dégager de Honey Box. Il n'aspirait depuis des mois qu'à retrouver son indépendance, à regarder ses abeilles produire à leur rythme, sans les empoisonner de glucose pour que le processus aille plus vite. Il voulait avoir de nouveau le temps de semer des jachères fleuries autour de ses ruches, il voulait explorer l'idée de Naïri Bedrossian et se tourner vers les compléments alimentaires vendus en pharmacie. Pourquoi pas aussi reprendre contact avec le type du CHU de Limoges qui avait l'idée de les accompagner sur le miel thérapeutique. Bref, tout sauf la pression écrasante des abonnées Honey Box qui réclamaient à date fixe leurs petits pots de miel, d'onguents, de gelée royale fraîche sous emballage réfrigéré. Une usine à gaz, ce principe d'abonnement. C'était totalement déconnecté de la réalité d'un rucher.

La muraille du prieuré surgit au bout de la route. Pascal ralentit. Il avait déjà failli renverser deux types en baskets qui suaient sur leur parcours d'entraînement. Au pied de la longue côte qui menait à l'entrée du prieuré, il se gara sur le bas-côté. L'herbe était grasse et mouillée, il prit garde à laisser deux roues sur le bitume pour éviter de patiner en repartant. Ils avaient parlé dix fois avec Hugo du meilleur endroit où percer un accès et ménager un parking, mais Pascal répugnait à créer une saignée dans le bosquet qui cachait le rucher de la route. Bien sûr, quand la miellerie sera en fonction, il faudrait songer à en rendre l'accès plus facile. Pour le moment, il se contentait de porter sur l'épaule à travers le sous-bois les tasseaux en pin, les cadres de nucléi qu'il montait lui-même au Laussou sous l'auvent, les bacs à faire tremper, les outils divers et variés qu'il stockait ensuite à la miellerie. Un vrai débarras cette miellerie, qu'il faudrait intégralement vider et nettoyer en vue d'accueillir le cœur du réacteur : extracteurs, pressoirs et maturateurs chromés, doseuse et table tournante pour remplir les pots, stérilisateur, car il voulait des pots en verre consignés, machine à désoperculer. Il restait un gros billet à mettre pour équiper de neuf la miellerie. Pour le moment, l'équipement vieillot du monastère faisait l'affaire. C'était Hugo qui voulait à tout prix s'affranchir des bénédictins. Leur racheter le rucher et louer l'équipement d'extraction et de conditionnement avait été l'une de leurs meilleures affaires, Pascal le reconnaissait. Ces ruches étaient plus productives que celles du Laussou, et de loin. Le monastère cultivait un potager en permaculture, les abeilles pollinisaient à cœur joie. Les frères installaient des centaines de pièges à frelons tout autour du monastère, sur l'impulsion du vieux frère apiculteur qui refusait de se désengager totalement de sa mission. Pascal le trouvait parfois devant les ruches, un bâton à la main relevé au-dessus de la tête. Le frère Mathieu-Marie avait beau friser les quatre-vingts ans, il mettait à profit son passé de batteur, du hard rock murmurait-on, et guettait le frelon asiatique avec un calme de bonze. Aussitôt le frelon entendu et repéré, le moine se détendait comme un ressort et frappait un coup d'une efficacité foudroyante. Le frelon tombait à terre assommé et le frère Mathieu-Marie l'achevait sous le plat de sa sandale. Pour se détendre des affres du management, le prieur venait parfois lui aussi se prêter à l'exercice. Il était moins efficace que le frère Mathieu-Marie, mais Pascal n'allait pas mégoter sur un service gratuit de protection des ruches. Trouver de temps en temps un homme en robe et en sandales lorsqu'il débouchait dans la clairière ne le dérangeait pas outre mesure.

Avec un « han » de cantonnier, Pascal jeta au sol les rouleaux de grillage contre la porte de la miellerie. Il regarda autour de lui. Il s'attendait à trouver la clairière ravagée, mais tout était en ordre, comme si rien ne s'était passé la veille. Les herbes hautes se relevaient après le passage du camion de pompiers, rien ne permettait de savoir où exactement Hugo avait été découvert.

Pascal se tenait dos au bâtiment, face à la clairière herbeuse que bordaient une quarantaine de ruches. De là où il se trouvait, il entrevoyait la route déserte à travers cinquante mètres de sous-bois, noisetiers et trembles entremêlés derrière les acacias qui abritaient les ruches. Plus haut vers le nord, la ramure nue des arbres laissait paraître des fragments de la muraille du monastère. Il remarqua que ses passages répétés entre la voiture et le rucher commençaient à créer un petit sentier brun au milieu des feuilles mortes. Il ne fallait pas donner l'idée aux gamins qui venaient se promener près du prieuré de s'y engager. Il allait couper une branche bien ramifiée pour dissimuler l'embryon de chemin qui menait aux ruches.

Ses quarante ruches semblaient calmes. Il poussa la porte de la miellerie, enjamba des tasseaux tombés à terre et décrocha de la patère son équipement. Casqué, ganté, il attrapa l'enfumoir en inox bosselé et l'alluma. Il devait faire attention que la fumée ne soit pas trop chaude. Les gardiennes le repérèrent rapidement, il n'avait que quelques secondes pour enfumer correctement les ruches et éviter que leurs phéromones d'alerte ne sèment l'état d'urgence dans les colonies. Les toits en chalet des ruches étaient bien en place. Hugo n'avait pas eu l'imprudence de les manipuler sans protection. Il en aurait été capable, tellement ignorant du fonctionnement d'un rucher. Pascal les souleva un à un, prenant garde à faire entrer la lumière sans à-coups. La douzième ruche était la bonne. Dix ou douze mille ouvrières, au maximum, restaient engourdies entre les cadres. Dix-mille autres manquaient. La reine, qu'il avait marquée d'un point bleu l'hiver précédent, était apparemment en bonne santé. La colonie avait retrouvé la sérénité, mais les manquantes pèseraient lourd sur la production des premiers mois.

Les attaques survenaient parfois sans raison. Un type qui passe au mauvais moment, au mauvais endroit. Un gars qui s'approche trop, qui sent l'alcool, qui dégage un truc qui ne plaît pas aux gardiennes. Pascal soupira en reposant le toit. Le fait que dix mille abeilles ne rentreraient pas à la ruche le plongeait dans un drôle d'état de deuil. Il y avait les impératifs financiers, bien sûr, qui plombaient le moral, mais l'amour d'un apiculteur pour chacune de ses abeilles, qui d'autre qu'un apiculteur pouvait le comprendre ? Une colonie qui décroissait était un aveu d'échec. Les véganes qui rugissaient contre la spoliation du produit du travail des butineuses passaient complètement outre les soins dont l'apiculteur entourait ses abeilles. Combien il se dépensait pour leur assurer une sécurité, un confort suffisants pour qu'elles puissent produire sereinement. Comment s'opérait le partage d'un travail commun, comment il veillait à laisser à ses ouvrières une large part de leur production afin qu'elles se nourrissent grassement. Il refusait, avant Hugo, de les complémenter en glucose. Hérésie que le glucose. Mais il avait cessé de pouvoir se permettre ces scrupules avec l'irruption dans sa vie d'une trentaine d'influenceuses qui ne juraient plus que par le produit de ses ruches. Une horde piaillante de youtubeuses était plus urgente à satisfaire que les trente mille travailleuses qui faisaient croître dans chaque ruche un trésor qu'elles étaient – Pascal voulait y croire – disposées à partager équitablement. L'équité était un luxe dont Honey Box les avait privées.

Pascal renifla, se frotta la bouche du dos de la main et donna un coup de pied fataliste dans une taupinière. Il allait monter les plateformes des nouvelles ruches, qui devaient, en principe, trouver leur place dans la parcelle voisine, celle des châtaigniers pour laquelle il s'était battu dossier en main auprès de la SAFER. En réalité, le gars de la SAFER était tout à fait enthousiaste à l'idée de voir un apiculteur faire vivre la châtaigneraie plutôt que de la laisser filer chez un particulier qui allait s'empresser de tout faire abattre. Ça rapporte, le châtaignier. Surtout quand on savait que le particulier était Serge Fos.

Les ruches furent essuyées avec soin, les équerres fixées en dessous des plateaux de soutien, les tasseaux vissés aux équerres. Quatorze plateformes pour commencer, cinquante-six pieds carrés, en pin imputrescible passé au feu. Il refusait de les traiter, espérant pouvoir les remplacer dans les trois ans par des piquets télescopiques qui devaient grandement simplifier la transhumance. Du boulot pour deux bonnes heures. Pascal œuvrait, visseuse brûlante au creux de la paume, trois vis dans la plateforme, trois vis dans le tasseau, à la chaîne. La sueur coulait dans ses yeux et il avait retiré la combinaison et le gros pull à torsades qu'il portait en arrivant. Il était bras nus dans l'air tiédissant de février et il ne pensait qu'au boulot abattu. À la dernière ruche, il se releva, avant-bras sur les cuisses, puis se redressa complètement en faisant craquer ses lombaires. Il lui manquait deux pieds. D'un pas lourd, il entra dans la pénombre de la miellerie – il n'avait pas encore vissé d'ampoules dans les douilles nues – et chercha les deux tasseaux manquants. Il les avait lui-même passés au feu une semaine avant, il les avait comptés. Est-ce qu'Hugo avait été pris d'une lubie, est-ce qu'il avait pensé intelligent de changer lui-même deux pieds qui lui semblaient fragiles ou pourris ? L'idée d'Hugo prenant ce genre d'initiatives était plus que saugrenue, mais Pascal y voyait le début d'une explication à l'attaque des abeilles. Il sortit et inspecta les ruches les unes après les autres, en commençant par les plus anciennes, celles qui avaient le plus besoin de nouveaux pieds. Ce ne fut qu'une fois arrivé à la ruche attaquante qu'il se rendit compte que, oui, deux pieds avaient été remplacés. Mais pourquoi, bon Dieu ? Du bout du pouce, Pascal toucha le bois autour de la première équerre. Des éclis sortaient de part et d'autre sous le plateau de la ruche, comme si les vis du premier piquet avaient été arrachées. Pascal tâta le sol et trouva rapidement deux vis rouillées sur la terre froide, cachées sous les herbes coupantes. Accroupi sur ses talons, il avait le nez sur le caisson qui sentait la cire. Quelques abeilles tournaient autour de lui, il n'avait pas de protection, mais ne songeait pas à retourner enfiler sa combinaison. Il toucha l'arête de la ruche et fit crisser entre son pouce et son index un peu d'humus. L'angle supérieur du caisson était humide et maculé de terre, il ne l'avait pas vu en soulevant le toit. Le sol était couvert d'herbe et de feuilles mortes, il était difficile de lire ce qui avait pu se passer sans se tenir le visage à quelques centimètres de l'herbe. Pascal recula sur les genoux et se pencha. Une odeur de champignon le saisit, l'humidité du sol lui rafraîchit le front. Il écarta les herbes du bout des doigts jusqu'à trouver ce qu'il cherchait, à un mètre environ devant la ruche. Une trace bien nette, un trou en pyramide tête en bas, creusé dans la terre par le coin de la ruche qui s'y était encastré. La ruche était tombée, cul par-dessus tête, puis deux pieds avaient été remplacés.

Toujours à genoux, ne sentant pas l'humidité qui traversait son pantalon, Pascal plissait les yeux. Les évidences s'articulaient avec lenteur, formaient un enchaînement logique et glissant. Il regarda autour de lui, déconcerté par le contraste entre la quiétude du rucher et la conclusion à laquelle il venait de parvenir. On avait poussé la ruche. On avait créé les conditions d'une attaque pour faire croire à un accident. On avait vissé de nouveaux pieds une fois le calme revenu.

Il fallait voir Peramel. Peramel saurait quoi faire.

Comme le major Dambérailh regrettait la truculence de Jean Péon, la grogne bienveillante de Géraldine Amblevert, et même l'agaçante maniaquerie de Louis Frégé, ses piliers de brigade à Lafontac[1]. La gendarmerie de Montraguil était impeccablement tenue, calme, propre, moderne. On n'y reconnaissait pas la chaleur brouillonne du Sud-Ouest. La Dordogne était réellement un autre pays. Les mots qu'employaient les sous-officiers pour lui présenter les dossiers, le fonctionnement de la machine à café dernier cri, son bureau étaient tous parfaitement calibrés. Pas d'exagération gasconne, on se rapprochait du taiseux Limousin.

Pour couronner le tout, son bras droit s'appelait Fourbach. De Strasbourg. Expert en classement à deux entrées : ordre alphabétique au nom de la victime ou du plaignant, ordre de gravité. Quelle chance. Ses qualités à lui, rigueur, modération, recul, empathie, semblaient déjà

1. Voir *L'année du gel*.

largement répandues chez les gradés de la brigade et jusqu'aux moins déliés des GAV[1]. Comment y trouver sa place puisqu'il se sentait privé d'entrée de jeu de la valeur ajoutée qu'il pensait apporter ? L'aura du lieutenant Peramel irradiait la brigade : cadre de ses enfants posé sur le bureau qu'on lui proposait, enveloppe de collecte pour lui offrir un week-end de thalasso, dossier dans lequel chacun glissait les doubles des PV saisis et les résumés d'affaire. Géraud supposait que les gendarmes se relayaient pour lui apporter le dossier tous les deux jours afin que le pauvre Peramel soit tenu étroitement au courant de la vie de ses équipes. Étonnant, ce type qui faisait l'unanimité.

— Besoin d'un complément d'info, major ? Sur l'accident d'hier, vous avez eu mon message ?

La voix profonde de Zacharie Fourbach le fit sursauter. Avec ses joues longues, son nez tombant et ses sourcils fournis qui lui descendaient sur les tempes, son bras droit tenait plus du croque-mort que du farfadet. Seules les magnifiques moustaches aux extrémités entortillées avec soin apportaient un peu de fantaisie à un visage qui en était par ailleurs totalement dépourvu. Il baissait les yeux en silence, attendant sagement que son supérieur lui réclame un éclaircissement.

— Merci, Fourbach, oui, j'ai eu votre message. Le gars, les abeilles, l'accident. Voilà une passation bien préparée et bien gérée, dans tous les cas.

1. Gendarmes adjoints volontaires.

Les yeux mi-clos, le major guettait chez son subordonné l'éclair de fierté qui transformait parfois les faces les plus funèbres en visages disons... normaux. Il en fut pour ses frais car pas un muscle ne trembla chez Zacharie Fourbach. Son front luisant et ses joues maigres restèrent immobiles. Il lui fallait un café.

À Montraguil, le café matinal en salle de repos ne s'éternisait pas. Chacun patientait le temps nécessaire devant la machine rutilante qui broyait le café puis redescendait presque aussitôt le boire devant un écran où s'affichaient les rapports en cours de rédaction. Dans sa brigade de Lafontac, c'était là qu'on entendait mugir Amblevert quand la cafetière débordait, qu'on entendait râler Frégé quand d'autres gendarmes venaient piétiner ses plates-bandes, et rire Péon quand... la plupart du temps en fait, sauf quand le papier-toilette venait à manquer. À Montraguil, il semblait qu'une bonne humeur policée régnait. Pas d'éclats de voix, quelques rires contenus, tout le monde parlait à mi-voix. Il y avait là cinq gendarmes dont le major n'avait pas encore retenu les noms, ainsi que le sinistre Fourbach. La pétillante Ainoha Jaureguy arrosait avec soin une plante verte bien grasse. Fourbach tenait rassemblé autour de lui le reste de l'effectif et bourdonnait à voix contenue, il récitait probablement des passages entiers de la procédure pénale.

Jaureguy posa son arrosoir et s'approcha au moment où le major ouvrait un tiroir immaculé à la recherche de sucre.

— Bonjour, major, bien dormi ? Pas trop de punaises de lit à l'*Europe* ?

Elle retira du mur à papiers officiels le planning de la semaine qu'elle remplaça par une version plus récente. Le major y lut qu'on y précisait le nom des « premiers à marcher[1] », ceux en quartier libre, mais également le nom du responsable de la « tenue de la maison » entre les passages de l'équipe de nettoyage, du responsable de l'arrosage des plantes vertes, du préposé au poisson rouge qui nécessitait apparemment des soins quotidiens.

— Quand on dépasse un certain nombre, on est obligés de formaliser l'informel, s'excusa Jaureguy. En revanche, on s'est toujours refusés à noter le nom de ceux qui doivent apporter les croissants. Vous êtes libre de le faire ou pas.

— Et comment savez-vous à qui est le tour ?

— On m'a dit que demain c'était vous, major !

Avec un sourire taquin, elle acheva de punaiser sa feuille puis descendit quatre à quatre les marches qui débouchaient juste derrière le « bocal » : cinq mètres carrés coincés entre la porte d'entrée du bâtiment et une vitre de séparation où s'entassaient les visiteurs et les plaignants. La salle d'attente tenait plus du guichet que du boudoir. Le major la suivit des yeux et remarqua qu'elle avait le crâne bardé de pinces pour faire tenir ses cheveux noirs en queue-de-cheval. Le salon de coiffure avait coupé trop court.

---

1. Gendarmes qui, passé 18 heures, sont les premiers appelés pour se rendre en intervention.

Avant de descendre à son tour, Dambérailh contempla quelques instants la salle que venaient de quitter les autres gendarmes. Il était loin de retrouver l'atmosphère foutraque de la brigade de Lafontac. Tout était impeccable : du blanc, du verre, pas de ronds de café sur les tables. « Le lieutenant Peramel est immunodéprimé, alors on brique, on brique », lui avait confié Jaureguy. Même les interrupteurs étaient d'une propreté chirurgicale. Quel cafard.

En redescendant, le major salua derrière la vitre un type emprunté qui attendait qu'on vienne prendre sa plainte, probablement. Fourbach s'avança pour s'en occuper.

L'Opel Corsa 1986 qui s'arrêta sur la place d'Armes avait connu des jours meilleurs. Daphné claqua la portière et reconnut avec ravissement la voiture de son neveu. La proximité de l'*Hôtel de l'Europe* lui donna à penser qu'il y était logé. Elle ne savait pas encore exactement comment profiter de son escapade périgourdine pour se présenter à Géraud. Un simple crochet par la brigade lui paraissait manquer de superbe. Elle comptait déjeuner à Montraguil après avoir acheté les huit cents grammes de truffes qu'elle était venue chercher. Cela lui laisserait le temps de réfléchir à une tactique éblouissante.

La place de la Prévôté se vidait petit à petit de l'affluence des premières heures du matin. Le stock de truffes de la semaine s'était probablement vite évaporé, la saison tirait à sa fin et Daphné eut un mouvement d'humeur en constatant qu'elle était probablement arrivée trop tard pour faire de bonnes affaires. Les bonnets et les écharpes étaient de rigueur, le vent soufflait avec violence sous les arcades et portait des effluves de parfum truffé qu'elle huma avec gourmandise jusqu'à s'en faire tourner la tête. Elle chercha le trufficulteur à qui elle s'adressait occasionnellement, avec l'espoir de se faire passer pour une cliente très régulière qui méritait qu'on lui trouve une belle truffe conservée sous le boisseau.

Les producteurs avaient dressé leurs tables sous la halle et ceux qui avaient tout vendu commençaient déjà à plier bagage en se donnant rendez-vous, les uns chez Philémon, les autres au PMU près de la pompe à essence. D'autres encore annonçaient qu'ils allaient « s'en griller une » au chaud, à l'*Europe*. Les rires joyeux résonnaient contre les façades, couvraient même les cris d'enfants qui profitaient de ce que la place était fermée à la circulation pour galoper sans ordre et sauter par-dessus les grilles d'égout. Une douzaine de gros trufficulteurs avaient encore un peu de stock et proposaient leurs dernières truffes « brossées, lavées, essuyées » dans des corbeilles en osier, sur une serviette rouge qui mettait en valeur le noir ébène qui faisait toute leur fierté.

Puisqu'elle ne retrouvait pas celui qu'elle connaissait vaguement, elle choisit la table du trufficulteur qui lui semblait le plus bonhomme : ses joues vermillon bombaient sous les pattes-d'oie qui couraient sur sa tempe. Il souriait sans discontinuer et riait de bon cœur aux plaisanteries de ses voisins. Il salua Daphné et lui montra la qualité de ses dernières truffes en grattant leur surface d'encre du bout de l'ongle. Il avait les doigts usés. Alors que Daphné sortait son porte-monnaie, il y eut un mouvement général : tous les trufficulteurs attrapèrent leurs corbeilles et les cachèrent sous un pan de leur nappe. Un murmure se propagea entre les piliers :

— Planque tout, c'est Fos qui arrive.

Avec curiosité, elle leva le nez et chercha à qui était due cette opération d'escamotage. Un grand type voûté passa, les mains crochetées dans le dos, l'œil torve et la canine qui pointait sous sa lèvre supérieure. Il avait la dent Mitterrand. Avec un haussement d'épaules, l'homme se détourna des tables vides et traversa la place. Chaque trufficulteur replaça alors sa corbeille comme si de rien n'était.

— Qu'avez-vous à cacher à cet homme ? demanda Daphné, ses billets à la main.

— C'est un sale type, bougonna le producteur. Il raconte que nos truffes sont véreuses, et surtout il les lance sur la table pour voir si elles rebondissent. Ça les bigne.

— Pourquoi fait-il ça ?

— Pour s'assurer que ce ne sont pas des chinoises. Les truffes chinoises n'ont pas de goût, mais à l'œil c'est difficile de les différencier des nôtres. Un pschitt d'huile de truffe dessus et je vous mets au défi de les reconnaître. Le seul truc, c'est qu'elles sont élastiques et qu'elles rebondissent. Donc il les teste. Mais il ne les achète pas, il ne fait que s'amuser. Donc on planque.

Avec un geste expert, le trufficulteur compta les billets et les plia dans son portefeuille déjà gonflé de liquide, dont une bonne part devait probablement ne jamais entrer dans les colonnes du cahier de comptabilité.

Daphné ouvrait ses oreilles en fourrant ses achats sous vide dans son sac. Les derniers trufficulteurs, qui soufflaient dans le creux de leurs mains, s'apostrophaient.

— Et Farah alors, elle me fait quand une portée ? Mon chien de cavage perd son flair, je vais finir par travailler à la mouche, lançait un jeune trufficulteur à son voisin.

— Laisse, depuis qu'elle est passée à la télé, il les vend hors de prix ses petits, répondait un autre, plus loin.

Le propriétaire de Farah haussa les épaules et murmura à l'intention du plus jeune :

— Lui, c'est sûr que je lui vendrai jamais ! C'est un voleur, quand tu vois la tronche de sa truffière et ce qu'il nous met dans ses corbeilles… Sûr qu'elles viennent de chez nous !

Une femme en anorak s'approchait, un thermos fumant à la main, et fut accueillie par une clameur de soulagement. Le temps s'était radouci, mais les heures passées debout sur le sol encore dur des froids de janvier avaient éprouvé les plus résistants. Au clocher, midi sonnait et Daphné se dit qu'elle commençait à avoir faim.

— Tiens, le monsieur des ruches. Vous venez au sujet de l'accident ?

Perdu, Pascal secoua la tête, ni oui ni non, il dodelinait. Le gradé à moustaches en guidon de vélo plissa les yeux avec intérêt derrière sa vitre de séparation.

— Vous avez bien une tête d'innocent, je vous acquitte. Pour quelle raison nous rendez-vous visite ? C'est trop tard pour les calendriers, on n'en a plus.

Pascal ne savait plus comment démarrer. Son grand corps et ses pieds crottés l'encombraient dans le bocal immaculé de la salle d'attente. Percevant son malaise, le gendarme se présenta.

— Adjudant-chef Fourbach. Que puis-je pour vous ?

— C'est particulier, se lança Pascal.

— C'est toujours particulier.

— Il y a eu un accident hier soir. Enfin, hier après-midi. Mon associé s'est fait attaquer par des abeilles.

— En effet, on a été appelés par le procureur pour enquêter sur les causes de la mort. Le monsieur était couvert de dards, ça n'a pas été difficile de conclure à l'envenimation.

— Oui, mais c'est pas ça. Enfin, ça n'est pas *que* ça.

Avec une expression indéchiffrable, le gendarme hocha la tête derrière la vitre du guichet, comme à la SNCF avant les bornes automatiques.

— Ce midi, je suis retourné au rucher. Je me suis rendu compte qu'il me manquait deux pieds et j'ai bien examiné mes ruches. Quelqu'un a remplacé deux tasseaux qui n'étaient pas abîmés.

Cherchant ses mots, Pascal ne trouvait pas comment continuer. Il réalisait en parlant que son interprétation de la situation se fondait sur peu de chose. Fourbach le regardait avec patience, les deux mains à plat sur le comptoir vierge. Il l'encourageait du regard.

— Je vois...

— En soi, ça ne signifie pas grand-chose, j'ai les frères de Saint-Avit qui passent de temps en temps, c'est peut-être eux... tiens, je n'y avais pas pensé en fait. Bref, j'avais le nez sur la ruche, celle qui a attaqué Hugo, et je me suis rendu compte qu'elle était tombée.

— Comment vous vous êtes rendu compte de ça ?

— Parce qu'elle avait le coin tout mouillé, tout brun de terre. Et quand j'ai regardé au sol, j'ai trouvé le trou qu'elle avait fait en tombant. Il n'y a pas de doute, elle est tombée et c'est pour ça que les abeilles ont attaqué.

Entre le pouce et l'index, Fourbach roula le bout de sa moustache gauche. Il avait la narine frémissante. Pascal y accrocha le regard et ne quitta plus des yeux ces naseaux en amande qui semblaient flairer la piste.

— Il vaudrait mieux en parler avec le major.

L'adjudant-chef déverrouilla la porte de verre qui donnait accès au guichet puis au couloir qui desservait les bureaux. Pascal remarqua que l'inox des poignées rutilait. Il devait pourtant y avoir du passage.

Dans le couloir, Fourbach se retourna.

— Vous dites qu'elle est tombée, et que quelqu'un l'a remise sur pied, c'est bien ça ?

— C'est ça.

— Pas remarqué une ruche à terre hier soir, grommela Fourbach pour lui-même. Et vous pensez que ça signifie que l'accident de votre ami n'était pas un accident ?

— Ça m'a traversé l'esprit, oui. Je veux dire, si quelqu'un était là pour remettre la ruche, est-ce que ce quelqu'un était là aussi pour la pousser ? Enfin, si c'était un accident, quel intérêt de remettre la ruche en état alors qu'Hugo était en train d'agoniser ? Ou alors... c'est le frère apiculteur qui a débarqué la nuit, qui a vu la ruche par terre et qui l'a remise d'aplomb. Mais il a quatre-vingts ans, et une ruche, ça pèse son poids. Je ne sais pas.

La poitrine de Fourbach se souleva et il expira pensivement, la bouche serrée sous sa moustache. Il émit un petit bruit d'aspiration et hocha la tête.

— C'est embrouillé tout ça, et quand c'est embrouillé, c'est qu'il faut débrouiller. Le major Dambérailh saura prendre tout ça par le bon bout. Suivez-moi.

D'un pas plein d'énergie, l'adjudant-chef entraîna à sa suite le pauvre Pascal, tout empêtré dans ses hypothèses. La porte du major était ouverte. Pascal n'avait pas souvent eu l'occasion de pénétrer dans le bureau de Peramel, mais il fut quand même surpris de trouver, à la place de la calvitie bienveillante du lieutenant habituel, un type blond, large d'épaules et le dos droit, une silhouette un peu épaissie d'ancien athlète. Le major leva les yeux de sa pile de formulaires et se leva. Ah, une petite bedaine tout de même, qui gonflait un peu le polo au-dessus du ceinturon. Pascal en fut réconforté.

— Oui, Fourbach ?

— Je vous amène monsieur… Comment vous vous appelez ?

— Capitourlan.

— Monsieur Capitourlan, l'apiculteur chez qui s'est produit l'accident cette nuit. Il a… une interprétation à vous soumettre.

Le major Dambérailh avait une bonne tête, lorsqu'il défronçait les sourcils. Il avait l'air humain, un peu comme Peramel, dans un autre genre, mais pas si éloigné. D'ailleurs, il perdait ses cheveux lui aussi. Pascal voyait la peau de son crâne sur le dessus.

— Oui, j'ai l'impression que c'est pas tellement un accident. Ou alors que quelqu'un était sur place et n'a rien dit.

— Je vous laisse, major, j'ai déjà entendu l'histoire. À bientôt, monsieur Capitourlan.

Après le départ de l'adjudant-chef, le major proposa un siège à Pascal et prit place en équilibre, une fesse sur le bureau. Pascal tenta de reconstituer le plus dans l'ordre possible : les tasseaux, le coin de terre, le trou, les pistes auxquelles il pensait. Le major se mordillait l'intérieur de la joue, les bras croisés sur la poitrine. Quand Pascal n'eut plus rien à ajouter, il cogna plusieurs fois le talon contre le pied de son bureau.

— On va commencer par mettre ce monsieur en lieu sûr, déclara-t-il avant de décrocher son téléphone. Jaureguy ? Vous pouvez appeler le bureau du procureur et me le passer ? On a besoin de rapatrier un corps à l'unité médico-judiciaire du CHU. Il ne faut pas traîner, si la famille prévoit une crémation, ça peut aller très vite.

Une fois l'ordre passé, le major se leva et fit quelques pas dans le bureau, pensif.

— Le proc' va forcément requalifier l'enquête. On va s'assurer que nous ne passons pas à côté d'un homicide. On va prendre votre déposition. Oui, on va faire dans cet ordre-là. L'enquête sera peut-être ensuite confiée à la brigade de recherches[1], mais il faut tout consigner tant que c'est frais. Je vous laisse avec Fourbach, j'ai de la paperasse urgente à expédier. Deuxième bureau à droite.

---

1. La BR, qui dépend de la compagnie de gendarmerie départementale et est entièrement dédiée à la police judiciaire.

Gauche et reconnaissant, Pascal serra la main du major et sortit dans le couloir. La pièce sembla tout à coup plus vaste.

Le téléphone grésilla sur le bureau. Jaureguy avait le procureur au bout du fil, elle bascula la ligne sur celle du major.

— Monsieur le procureur ? Major Dambérailh, de la brigade de Montraguil. Non, Peramel est en arrêt maladie, il est hospitalisé. Oui, pauvre vieux. Je lui dirai.

Dambérailh leva les yeux au ciel. Encore un adhérent du fan-club de Peramel.

— Voilà, on a un soupçon d'homicide sur un type, Hugo Cassague, qui a été retrouvé mort dans un rucher, attaqué par des abeilles. On a un témoin qui juge que la scène a été modifiée de manière à laisser croire à une attaque spontanée des abeilles. Voilà, ça aurait pu être provoqué. Le corps est au salon mortuaire, j'ai peur que les soins de conservation aient déjà été menés, mais on peut toujours démaquiller… bleus, traces d'injection, ça pourrait étayer la théorie de l'assassinat. Parfait, on lance la réquisition. La veuve nous dira quelle boîte de pompes funèbres elle a choisie, je vous tiens au courant de la suite. J'attends vos indications quant à l'affectation de l'enquête… Bien, merci.

Une fois le combiné reposé sur sa base, le major poussa un profond soupir. Il avait une relation houleuse avec le commandant de compagnie à qui il avait affaire en temps normal[1]. Il espérait vivement que celui dont il dépendait

1. Voir *L'année du gel*.

à Montraguil était d'un autre type. Il était tenu d'informer sa hiérarchie de cette ouverture d'enquête. Il décrocha de nouveau le téléphone et chercha du bout de la fesse un angle de son bureau, de manière à ce que son corps reste en alerte dans l'inconfort. L'idée d'appeler sa tante juste après lui trottait dans la tête, il ne savait que décider.

— Major Dambérailh, brigade territoriale de Montraguil, j'aimerais parler au commandant de compagnie s'il vous plaît... Non, je n'ai pas de nouvelles de Peramel. Merci, je transmettrai.

Impossible d'échapper à la popularité invraisemblable du lieutenant Peramel. Le major donnait des coups de talon agacés dans le pied de son bureau et formait de noirs projets pour écorner la légende encombrante de son prédécesseur, encouragé dans ses élucubrations par la musique d'attente réglementaire qui résonnait dans le téléphone.

La conversation fut brève. Le commandant de compagnie était une commandante de compagnie. Sobre, efficace. Le major respirait plus librement, délivré de l'angoisse de se trouver confronté à un second exemplaire de Thierry Delval, boursouflé de certitudes. L'enquête de flagrance allait pouvoir commencer. Le rucher devenait potentiellement une scène de crime, à geler immédiatement afin que ce qui pouvait encore être analysé le soit. Pascal Capitourlan avait sans doute copieusement piétiné autour de ses ruches et le major se faisait peu d'illusions. Une fois les techniciens convoqués, il enfila sa parka, son écharpe et, après réflexion, il ajouta un bonnet en jugeant que ses cheveux ne le protégeaient plus assez contre les frimas, et il sortit.

La faim faisait gronder l'estomac de Daphné qui envisagea un instant de répondre à l'urgence de se nourrir en achetant un sandwich à la boulangerie du coin, devant laquelle un clochard faisait la manche. Cependant, un brouhaha réconfortant s'échappait d'une double porte ouverte à deux pas de la pharmacie. L'enseigne indiquait *Chez Philémon – Brasserie* et elle songea qu'il était préférable à tous points de vue de s'y trouver une place. L'endroit brassait certainement davantage de mauvais thé et de pastis que de bière artisanale, mais elle ne boudait pas ce mélange des genres qui lui semblait constituer le sel même de la vie rurale. Où, sinon ici, le jeune citadin en vacances pouvait-il échanger trois mots aimables avec les locaux qui, hors de cet espace de trêve, le regardaient avec dédain s'inquiéter pour ses mocassins à glands ?

Un long miroir faisait face au comptoir et courait au-dessus des tables bondées. Le brouhaha qui avait attiré Daphné provenait surtout de trois gros bonshommes en pull kaki et couperose flamboyante attablés autour de tasses fumantes. On déjeunait probablement à 11 h 30 dans ce patelin reculé, ils en étaient au pousse-café. Les trufficulteurs s'étaient rassemblés dans le fond de la salle et dévoraient de roboratives platées de moussaka maison. Elle fit signe au barman, un jeune barbu en reconversion à en juger par ses tatouages à ombres floues. Philémon. C'était bien un nom de barman bobo. Il portait d'ailleurs un T-shirt noir moulant barré d'un éclair.

— Alors, on vient faire son marché ? Nouvelle dans le coin ?

— Si on veut.

Les conversations de comptoir n'étant pas sa tasse de thé, Daphné tenta de mettre fin à l'échange en dirigeant ostensiblement le regard vers les coupures de journaux et les affiches colorées qui tapissaient le mur derrière le comptoir. Peine perdue, le barman tenait à bavarder.

— Vous connaissez Adrien ?

— Qui ?

— Adrien Moignard, l'enfant du pays ! Il est passé jouer hier, mais il devrait revenir demain, venez l'écouter !

— Si c'est de la musique de jeune pleine de basses et d'incohérences harmoniques, merci bien.

— C'est le petit-fils spirituel de Django. Il passe de temps en temps, il faut saisir l'occasion.

— Je n'aime pas non plus le tango.

— Aïe, aïe, aïe… Django, ma petite dame ! Django Reinhardt, le plus grand des grands ! Guitariste de jazz manouche mondialement connu.

Ce type lui tapait clairement sur les nerfs. Elle demanda d'un ton sec un plat du jour et dénicha une table à deux pas des bruyants chasseurs. Allait-elle pouvoir supporter leurs éclats de voix ? Elle se sentait aussi peu de patience que lorsqu'elle devait lire une notice de montage en caractères minuscules. C'était la cortisone.

Ça modifiait son humeur à tous les coups, elle en devenait agressive.

Le barman renonça à éveiller l'intérêt de Daphné et retourna derrière son comptoir pour fourbir les manettes de ses tireuses à bière. Le coup de feu du déjeuner était passé. Il servait de temps en temps un café, les clients se renversaient sur les pieds arrière de leur chaise, repus et ravis de prolonger le déjeuner au chaud plutôt que de retrouver l'air piquant de février.

Lorsque son plat lui fut servi, une sorte de ragoût d'aubergines généreusement gratiné, Daphné se détendit et laissa ses oreilles capter quelques mots épars de la conversation animée qui se déroulait dans son dos. Il était question de plan de chasse foutu, de mitage du territoire, de règles ineptes que des gens qui n'y connaissaient rien voulaient imposer aux ruraux.

— Le plus couillonné dans l'affaire, c'est Fos.

— Qu'est-ce qu'il veut encore ce trou du cul ?

— C'était lui le premier acquéreur de la parcelle des moines. Ça touche chez lui et ça fait la jonction avec le condensateur électrique du champ aux panneaux solaires.

— Et alors ?

— Et alors, notre ami Serge Fos comptait bien faire couvrir ses vingt hectares par de nouveaux panneaux. Il lui manquait que le bout de terrain pour se relier au condensateur. Une jolie vue sur un vallon plastifié, il trouve que ça fait contemporain.

— Ça fait surtout une belle rentrée d'argent sans bouger le petit doigt. Il reculerait devant rien pour une poignée de biffetons celui-là.

— C'est bien pour ça que je te dis qu'il s'est fait couillonner. La SAFER préemptera la parcelle pour les Capitourlan, ça fait pas un pli. Ces gens-là adorent les apiculteurs, biodiversité mon cul et va que j'encule les mouches.

— Sois pas vulgaire ! Et dis, c'est pas toi qui as monté le dossier contre le premier projet de panneaux solaires en disant qu'on allait abattre des chênes centenaires et que c'était criminel ?

Le vulgaire gonfla d'un bloc comme s'il avait été mordu au visage par un aspic.

— Bien sûr que c'était criminel ! Ça l'est toujours ! Une forêt comme ça, c'était cent ans d'amour et de soins ! Des abris pour les bestioles et des fleurs pour leurs putain d'abeilles !

— T'énerve pas, je taquine. En tout cas, s'il nous met des abeilles dans la châtaigneraie, tu peux être sûr que ça sort du territoire de chasse. Faudra contourner, ça va pas nous simplifier la tâche.

— Et c'est là-bas qu'on sort les plus belles bécasses. Quelle pitié…

— Moi, je dis qu'on devrait pas se laisser faire. L'association de chasse, ça rassemble quoi, cinquante gars ? C'est autant d'électeurs. On devrait voir le maire.

— Il fera rien, il est copain comme cochon avec les Capitourlan. Et puis, honnêtement, tu crois qu'il a le pouvoir de tordre le bras aux bureaucrates de la SAFER ?

— Pas faux. Bah, faudrait comme qui dirait… décourager Pascal.

Le deuxième larron, aussi large que rouge, s'agita sur sa chaise trop étroite.

— Comment tu voudrais t'y prendre ?

— Faut penser. De toute façon, on est déjà dans le collimateur, j'ai entendu que des ruches ont été foutues par terre par nos chiens. C'est fou la malhonnêteté des gens. Comme si un épagneul pouvait renverser ces boîtes-là, ça pèse un âne mort.

— Ouais, c'est bien triste.

Degré par degré, Daphné effectua un quart de tour sur sa chaise de manière à tenir les trois compères à la lisière de son champ de vision. Le plus bavard, le plus radical aussi, portait des favoris broussailleux jusqu'au milieu des bajoues. Il avait le poing posé sur la table avec autorité. Ses coudières en cuir étaient assorties aux empiècements des épaules, c'était un beau pull de chasse. Le deuxième, qui faisait à Daphné l'effet d'un suiveur servile, n'était pas aussi charpenté. Il portait sur ses cuisses étroites une bedaine ramassée en forme de tonnelet et sur la tête une casquette en tweed râpé. L'un et l'autre secouaient la tête avec consternation. Celui qui n'avait pas ouvert la bouche, le plus maigre, tira de sa poche intérieure une flasque argentée et versa une large rasade d'un liquide volatil dans chaque tasse. Il ouvrit enfin la bouche.

— Je sais que Fos monte un dossier contre les Capitourlan, gendarmerie et compagnie. On devrait peut-être unir nos forces ?

— Parce que si Fos gagne, tu crois que les bécasses continueront à se remiser dans la jolie forêt de panneaux solaires qu'il compte nous planter ?

L'homme se renfrogna et signifia d'un geste qu'il arrêtait là sa contribution au débat.

— En tout cas, il paraît que le remplaçant de Peramel est raide comme la justice. Ça va moins rigoler à la brigade, dit le tonnelet.

— Ah, Peramel… c'est un saint. Il s'appelle comment le nouveau ? C'est pas celui qu'on avait eu il y a six ans, qui débarquait comme une fleur de Mont-de-Marsan ? Qu'est-ce qu'on lui en avait fait voir à celui-là… Mais un Landais, faut lui montrer que c'est pas lui le patron, sinon il te les brise menu. Et que la corrida, et que les bandas, et que le rugby c'est pas pour les tapettes…

L'homme s'interrompit pour boire le fond de sa tasse et fit un signe au barman afin de se faire servir un deuxième café.

— Non, non, reprit le tonnelet, pas le même genre du tout. Il vient de Lafontac, là où habite ma sœur.

— La grosse ?

— T'as pas toujours dit ça. Enfin bref, Fourbach m'a raconté qu'il était plutôt lugubre, ce nouveau chef. Tu me diras, il doit s'emmerder comme pas permis, il ne se passe jamais rien ici.

À ces mots, Philémon, sorti de son comptoir pour recharger le poêle qui dispensait une chaleur d'enfer au fond de la salle, se redressa.

— Justement, ça va lui faire de l'animation, on m'a dit qu'un type était mort hier soir. Attaque d'abeilles.

Les trois chasseurs échangèrent un regard.

— Tu crois que ça pourrait…

— Non, s'esclaffa le gros tonitruant, ça serait trop beau ! Tu sais qui c'est, Philémon ?

— Le type de Honey Box, le fils d'Amanda Lear !

— Pas possible ! souffla le tonnelet. Hugo Cassague. Quelqu'un a enfin tué ce parasite.

— Apparemment, c'est un accident, corrigea Philémon en essuyant ses mains charbonneuses sur les poches arrière de son jean.

Le tonnelet se récria :

— Un type pareil ? Ça ne peut être qu'un meurtre !

Daphné ne put se retenir de tourner vivement la tête vers les chasseurs et sentit un ligament claquer sur le côté de sa nuque. Pour noyer son geste dans un mouvement qui pouvait avoir du sens, elle se donna une grande tape dans le cou, comme pour écraser un insecte, ce qui décupla sa douleur, puis adressa un sourire d'excuse aux hommes qui s'étaient interrompus. Le feu aux joues, elle retourna à son thé, se palpa le lobe des oreilles pour s'assurer de la bonne tenue de ses boucles dorées en forme de coquille Saint-Jacques. Son cou la lançait, mais elle sentait à peine la brûlure du torticolis qui lui irradiait l'épaule.

Une enquête se profilait, et très probablement sous la responsabilité de son neveu. Enfin, renouer avec le frisson de l'aventure ! Il n'y avait plus qu'à se présenter à la brigade, un calepin déjà noirci d'hypothèses à la main. Aussi brusquement qu'elle s'était animée, elle se rembrunit. Il lui fallait réfléchir à une approche moins directe. Après tout, le major Dambérailh lui avait faussé compagnie sans plus de mots que de scrupules. Il méritait de culpabiliser un peu. Elle allait se faire une joie de contempler sa mine contrite lorsqu'elle arriverait à la brigade, éperdue, décoiffée même, afin de rapporter un méfait qu'elle n'avait pas encore imaginé. « Oh, tante Daphné, vous ici, vous victime, mais de quoi ? Comme je me sens coupable de vous avoir laissée sans nouvelles, comment obtenir votre pardon, ma tante ? » L'idée ne manquait pas de charme. Un soupçon mélodramatique peut-être mais, flûte, Géraud n'avait-il pas rompu sans sourciller leur lien privilégié ?

Elle engloutit en deux coups de fourchette la fin de son assiette et réclama un thé. Elle disposait de tout son après-midi, la nuit tombait de plus en plus tard et elle songeait à reprendre le volant aux alentours de 17 heures. D'ici là, elle allait flâner, tenter de grappiller quelques informations auprès des commerçants. Elle ne pouvait arriver les mains vides devant son neveu. Elle commencerait par la pharmacie, dont elle apercevait l'enseigne clignoter à l'angle de la place. Ça papote toujours, dans une pharmacie.

— Si, elle est bizarre, je te jure. Ce matin, elle est arrivée complètement à côté de ses pompes. Elle avait oublié son badge et sa blouse était toute crottée derrière. Heureusement que je lui ai dit parce qu'elle ne s'était aperçue de rien.

— Elle n'a pas pris ses grands airs ?

— Pas du tout, c'était comme si elle avait vu un fantôme, elle l'a frottée, frottée, mais rien à faire. Heureusement, elle en avait une de rechange.

— Elle est bizarre, quand même.

— Comme tu dis.

Fabienne ajusta sur ses doigts dodus le chaton de sa bague plaqué or et donna un coup de coude à sa collègue. Naïri Bedrossian venait de surgir de la réserve, une liasse d'ordonnances en main qu'elle avait récupérée dans la boîte aux lettres vissée sur le pilier de l'entrée. C'était une de ses bonnes idées, permettre aux gens pressés de se faire préparer leur « poche » de médicaments. Ils n'avaient plus qu'à passer prendre le tout. Ceux qui étaient enregistrés dans la base de la pharmacie n'avaient même pas besoin de présenter leur carte Vitale, tout était déjà passé et hop, ils n'avaient plus qu'à partir, leurs médicaments sous le bras. Fabienne reconnaissait que c'était ingénieux. Pas comme l'idée du volet roulant qui devait protéger la vitrine la nuit. Protéger de quoi, de qui ? À Montraguil, les gens dormaient, la nuit. On n'était pas sur les Champs-Élysées ici.

Une dame au nez incroyablement crochu se posta devant un comptoir vide en grillant la queue déjà formée. Fabienne soupira et laissa là le joli assemblage de gel douche surgras dont elle mettait en scène la promotion.

— En quoi puis-je vous aider, madame ? demanda-t-elle.

— Je suis au fond du seau, gémit la patiente. Je traîne une pneumonie depuis des jours et des jours et je suis à plat comme un vieux pneu. Que pouvez-vous me donner ?

Elle fit bouffer son brushing démodé et toucha les boucles dorées qui pinçaient ses lobes. Sans son Barbour fatigué, Fabienne l'aurait immédiatement cataloguée « bourgeoise de Périgueux ». Après observation, elle ressemblait davantage à une espèce en voie de disparition : ces aristos sans le sou qui résistaient à l'invasion de la modernité dans leur campagne, cultivant l'entre-soi, le petit doigt en l'air au milieu de leurs vieilleries.

Alors que Fabienne se tournait vers la partie réservée aux acérolas et aux potions miraculeuses, une onde de chuchotis se propagea du comptoir à la salle, en passant par la file d'attente que la dame venait de couper sans vergogne. Elle dressa l'oreille, tout comme la patiente devant elle. *Une enquête, un type attaqué par des abeilles à Saint-Avit de Villeruch, des soupçons, Hugo Cassague, le mari de la grande blonde si froide.* La rumeur eut un effet électrisant sur la cliente qui se redressa d'un bloc. Elle ne semblait plus du tout à plat. Alors que Fabienne tentait désespérément d'en apprendre davantage sans en avoir l'air, la cliente se détourna et rejoignit le cercle de curieux qui se formait au centre de la pharmacie pour mieux partager les maigres informations.

— Il paraît qu'il était gonflé comme un pruneau à la liqueur, chuchota une mamie permanentée de frais.

— Devait pas être beau à voir...

— Alors que sa femme est tellement chic, ajouta une autre.

— C'était hier midi ! assura un homme qui hochait la tête à s'en décrocher les oreilles.

— Non, le soir. Mon frère est pompier volontaire, alors je sais, hein.

— Si ça se trouve, ça a été fait exprès, insinua la cliente, qui, manifestement, n'y connaissait rien.

Chacun soupesa l'hypothèse, puis certains haussèrent les épaules.

— On commande pas aux abeilles !

— On sait jamais qui elles choisissent d'attaquer, c'est vrai. C'est arrivé à ma sœur une fois, mais elle s'en est pas mal sortie.

— Il paraît que l'apiculteur est allé aux flics ce matin, chuchota la plus âgée.

— Celui qui vient tout le temps à la pharmacie ? demanda la préparatrice avec qui Fabienne papotait quelques minutes auparavant. À croire qu'il y a quelque chose entre la pharmacienne et lui ! Moi, je dis ça…

Fabienne connaissait les liens de la pharmacienne avec les apiculteurs de Saint-Avit-de-Villeruch. Elle voyait souvent Pascal Capitourlan passer derrière le comptoir pour consulter d'épais dossiers, penché aux côtés de Naïri sur des brochures colorées. Un fait divers qui touchait les Capitourlan devait la toucher elle aussi. Elle n'était pas née de la dernière pluie. Elle remarquait le feu aux joues et l'œil brillant de Naïri Bedrossian lorsque Pascal Capitourlan débarquait dans la pharmacie, tout emprunté dans son pull bouloché et son pantalon qui pochait aux genoux. Un homme à conforter, à pousser hors de lui-même pour qu'il se révèle, voilà un défi qui avait certainement fait vibrer la solitaire pharmacienne. Seulement, la place était prise. Isabelle Capitourlan n'était pas jalouse, mais elle remplissait parfaitement l'espace aux côtés de son mari. Pascal ne remarquait jamais le trouble de Naïri, Fabienne en était sûre. Il sortait de la pharmacie exactement comme il y était entré : gauche et souriant, égal à lui-même. Si encore il s'était redressé, avait lissé ses cheveux, avait allongé le pas en sortant, Fabienne aurait pu en déduire que Pascal n'était pas de marbre. Mais non. La petite Bedrossian restait donc avec son amour inemployé, son désir d'être soutien, son besoin de justifier son existence ici, à Montraguil, où personne ne l'attendait.

— Non, non, la femme à Pascal n'est pas du genre à se laisser piquer son mari, rétorqua une mamie. Je la connais du centre social, c'est une sacrée bonne femme. Et elle l'aime, son mari. Elle a sa photo sur son bureau alors qu'elle n'en a même pas de ses gosses.

— C'est pour tenir les cassos à distance, persifla l'homme aux oreilles paraboliques.

— En tout cas, c'était sûrement pas une bonne personne ce Cassague, quand on voit sa mère, déjà...

L'homme aux oreilles décollées plissa les lèvres dans une moue désapprobatrice. La cliente tentait toujours de s'immiscer dans la conversation, ce qui agaçait Fabienne. Les affaires d'ici devaient être commentées par les gens d'ici.

Sa collègue alors la pointa du doigt :

— Et Fabienne qui m'a dit tout à l'heure que la pharmacienne avait sa blouse pleine de terre. Si ça se trouve, elle s'est fait ça en allant voir l'apiculteur ? Chaque fois qu'elle lui apporte des papiers, elle revient avec les chaussures boueuses. Je sais, hein, c'est moi qui passe derrière pour nettoyer.

— Vous croyez qu'elle a vu quelque chose ? demanda la cliente avec avidité.

— Retournez à vos comptoirs, je vous prie.

La voix de Naïri Bedrossian coupa court au bavardage. Fabienne lui jeta un regard en coin. La jeune pharmacienne était pâle à faire peur. Elle avait les joues grises, la pupille dilatée et pourtant mate. De temps à autre, Fabienne cessait d'être agacée et la plaignait avec sincérité. À ce qu'on lui avait dit, les gens dont le nom se terminait en « ssian », ou même juste « ian », faisaient partie d'un peuple martyr. Ça modelait forcément le caractère. Quand on est martyr, on est victime et justicier, on cherche sa place, inlassablement. Fabienne songeait souvent à en parler à son mari, qui était plus cultivé qu'elle puisqu'il passait une bonne partie de la journée devant la télé. Il saurait certainement lui expliquer ce qui était arrivé aux « ssian ». Mais elle oubliait toujours ce qu'elle voulait lui demander puisque, aussitôt quittée sa blouse blanche, elle devait remplir le frigo, tirer les couvertures sur les draps, jeter dans la machine des piles de linge taché… elle n'avait pas le temps de se cultiver, elle.

La route entre Montraguil et Saint-Avit-de-Villeruch serpentait sous les branches noires. De loin en loin, la muraille du prieuré apparaissait entre deux vallons. Le major serrait les mains sur le volant de son utilitaire sérigraphié, tout à fait conscient de s'offrir une escapade en solitaire sous couvert d'enquête alors qu'il aurait dû emmener l'un de ses gendarmes. Il profitait du fait que le procureur n'avait pas encore envoyé ses instructions : qui serait responsable de l'enquête ? La brigade de recherches ou lui-même ? Après tout, il avait fait ses preuves par le passé, et la brigade de Montraguil n'était pas débordée au point de nécessiter un suivi de chaque instant. L'heure du repas approchait, il espérait pouvoir combiner la découverte du rucher avec un déjeuner monacal aux côtés de son fils. L'idée de mastiquer dans le silence ou, pire, au son des Saintes Écritures, ne lui faisait pas particulièrement plaisir, mais il songeait que les moments partagés avec Baptiste n'étaient jamais des moments perdus. Avec un peu de chance, la commandante de compagnie aurait déjà obtenu l'intervention des TIC, les techniciens en identification criminelle, et il les croiserait sur place.

Une silhouette surgit sur le bas-côté et le major fit une embardée pour l'éviter. Il poussa un juron, perdit immédiatement sa belle assurance au volant et fit descendre de vingt kilomètres-heure l'aiguille du compteur. Il eut le temps d'apercevoir dans son rétroviseur un visage émacié aux yeux exorbités. Une tête à faire peur, plantée sur un corps maigre et trop peu couvert pour lutter contre le froid. Prendre un autostoppeur dans une voiture de la gendarmerie n'était pas recommandé. Mais le type ne faisait pas du stop. On pouvait donc considérer que Géraud allait simplement porter secours à un pauvre gars qui marchait tête nue dans le froid mordant, à peine couvert par un manteau épais comme du papier à cigarettes. Le major s'arrêta sur une portion d'asphalte à peu près droite et attendit que le vagabond apparaisse dans son champ de vision. Il lui ouvrit la portière et lui fit signe de monter.

— Installez-vous, je vais vous faire gagner quelques kilomètres. Vous allez où ?

Le fort accent du bonhomme empêcha Géraud de saisir du premier coup. Le type répéta en articulant exagérément, ce qui permit au major de compter les dents encore bien plantées dans ses gencives grisâtres. Trois.

— À Saint-Avit-de-Villeruch.

Le major entendit « Saint-Abit-de-Billeruch », mais il avait compris et redémarra. Voilà qui ne lui ferait pas faire un gros détour. Il observait entre ses cils le profil du gars. Ses mains tremblotaient sur ses genoux maigres. Il était brun et fripé comme une noix, ses yeux trop enfoncés ne cillaient pas. Cependant, il ne sentait pas l'alcool, il n'avait pas l'air shooté, n'exhalait pas cette odeur aigre et douceâtre du type qui ne se lave jamais. Drôle de personnage. Il avait posé à ses pieds un petit sac à dos crasseux qui semblait contenir trois ou quatre boîtes de conserve.

— Vous habitez là-bas ?

— Oui, j'ai un logement social. C'est Bela qui me l'a eu.

Le type souriait tout seul, presque tendrement, à l'évocation de cette Bela. Il parlait un peu comme un enfant, avec des phrases simples, sujet, verbe, adjectif dans le meilleur des cas. Pas l'air méchant.

— Vous faites la route tous les jours jusqu'à Montraguil ?

— Oui. Bela s'occupe de moi. Elle me donne un sandwich tous les jours.

Avec un hochement de tête, le major manifestait son intérêt. Il songea à Fourbach qui serait certainement à même de le renseigner un peu plus sur ce type étrange, sans âge, un peu ralenti mais apparemment sensé. Il croquait sa langue quand il ne parlait pas, comme un vieux.

Alors que l'utilitaire dépassait une voiture garée sur le bas-côté, le marginal tendit le bras vers le sous-bois.

— C'est là qu'il est mort.

Pour la seconde fois, le major fit une embardée.

— Qui ?

— Hugo Cassague. C'est pour lui que vous venez, non ?

— Je… Oui. Comment le savez-vous ?

Le type se referma comme une huître et ne parla plus. Il allait falloir le convoquer rapidement, la nouvelle avait à peine eu le temps de circuler, le vagabond était particulièrement bien informé. Trop bien. Le major lui demanda son nom, Fernando Jordi, orthographe à vérifier sur ses papiers d'identité lorsqu'il le recevrait à la brigade. Au ton de sa voix, le major comprit qu'il avait épuisé son crédit de questions pour la journée. Il valait mieux ne pas braquer Fernando d'entrée de jeu, d'autant qu'il savait pouvoir le retrouver au pied de la boulangerie de Montraguil où il l'avait déjà vu plusieurs fois, adossé à la vitrine tiède.

Le centre de Saint-Avit-de-Villeruch était minuscule : une petite église paroissiale dominée par l'imposant prieuré dont la muraille prenait racine juste derrière le clocher, une place sous quatre platanes, un café-bar-tabac-presse et une boulangerie associative. Dambérailh s'arrêta et attendit que Fernando descende. Fernando ne descendait pas. Il fixait d'un œil morne le panneau d'affichage placé par la mairie sur le tronc d'un des gros arbres.

— Il était méchant de toute façon.

Puis il sortit sans un mot de plus, referma la porte avec soin, sans la faire claquer, et traversa la place jusqu'au café, traînant à peine des pieds malgré l'ourlet du jean qui lui pendait sur la semelle. Interloqué, le major le suivit des yeux et décrocha son portable qui vibrait sur le tableau de bord.

— Oui ? Ah, monsieur le procureur. D'accord. Jules Louvain. Bon.

On lui collait un représentant de la brigade de recherches. Comme si découvrir les gendarmes de Montraguil ne suffisait pas à lui embrouiller le cerveau. Le major soupira et se frotta les yeux du dos de la main. Les bières qu'il avait bues la veille devant le match commençaient à présenter la facture, il récupérait moins bien qu'avant. Jules Louvain. Il ne savait pas pourquoi, mais il sentait le petit jeune, de la nouvelle vague des vieux prénoms, copain d'un Lucien et d'une Louise, promo 2018, qui allait fourrer son nez partout et critiquer sans cesse sa façon de faire. Le travail d'équipe, quel effort permanent. Mais Peramel l'aurait fait, et avec le sourire s'il vous plaît, évidemment. Il accueillerait donc sans sourciller cet adjoint qui remplirait la fonction de mouche du coche et d'œil de Moscou à la solde du procureur. Non pas qu'il songe à mener l'affaire en marge de la procédure, mais il avait quand même passé l'âge de se faire fliquer par un OPJ[1] tout frais.

Le demi-tour entre les platanes se révéla plus ardu qu'il ne l'aurait cru. Le major s'y reprit à deux fois, maudissant la vitre dépolie qui le privait de la vision arrière, et se débrouilla tant bien que mal avec ses rétroviseurs. L'emplacement exact du rucher lui avait été donné par Jaureguy, qu'il avait appelée à peine sorti de la brigade,

1. Officier de police judiciaire.

lorsqu'il s'était rendu compte qu'il ne savait pas où il allait. Il espérait arriver un peu avant les techniciens, ne serait-ce que pour dérouler une bande rouge et blanc autour de la scène et empêcher les premiers curieux de débarquer, leur iPhone en bandoulière. Jaureguy avait peut-être balisé l'emplacement du corps, quoique dans une enquête sur les causes de la mort cela ne se faisait pas systématiquement, mais la requalification en homicide élargissait brutalement le périmètre à sanctuariser.

La voiture qu'il avait dépassée avec Fernando était toujours garée à cheval sur le bas-côté. Aucun sentier officiel ne menait au rucher. Jaureguy l'avait prévenu : l'accès se faisait à travers bois. Alors qu'il coupait le moteur, le major vit sortir d'un entrelacs de branches nues un adolescent mal peigné et une grande femme blonde. Ils avaient tous deux les épaules basses et le bout du nez rougi. La veuve et l'orphelin. Le major sortit de la voiture au moment où ils remarquaient sa présence. La femme lui tendit la main sans montrer de surprise. L'adolescent fixait le sol, comme la plupart des adolescents que l'on salue un peu trop franchement.

— Toutes mes condoléances, madame Cassague.

— Merci. Vous êtes le remplaçant du lieutenant Peramel je crois ?

Elle avait manifestement pleuré, serrait contre elle les pans de son manteau blanc cassé, mais elle regardait droit dans les yeux le major, qui se sentait empêtré dans sa compassion.

— C'est ça. J'ai besoin de vous poser quelques questions, à la brigade si vous voulez bien.

La veuve hocha la tête et répondit :

— Je crois que j'ai tout dit à M. Fourbach hier soir, mais soit.

L'expérience avait montré plusieurs fois au major Dambérailh que les questions à brûle-pourpoint produisaient parfois des réactions spontanées qui en révélaient bien plus qu'une litanie interrogative menée dans l'espace confiné d'un bureau. Les pieds dans l'herbe trempée et l'œil qui luttait contre la brise, ils étaient tous les trois dans la situation parfaite pour un échange informel.

— Quand vous avez trouvé votre mari (il répugnait à prononcer le mot « mort »), avez-vous remarqué quelque chose d'anormal dans le rucher ?

— Je n'ai pas regardé le rucher. J'ai regardé Hugo, répondit Mme Cassague sans hargne.

Elle passa autour des épaules de son fils un bras assuré. Le major insista :

— Est-ce que toutes les ruches étaient à leur place ? Vous auriez noté si l'une d'entre elles avait été déplacée ?

Le major observa le visage de son interlocutrice se plisser sous l'effet de la concentration. Elle secoua la tête.

— Je n'ai pas vu, pas regardé. Je viens rarement ici. Si quelque chose avait été anormal, je ne m'en serais sans doute pas rendu compte. J'avais d'autres priorités, conclut-elle, presque sur un ton d'excuse.

Son manteau s'était ouvert et elle frissonnait. Une chaîne très fine lui tombait au creux de la fourchette sternale, en cet endroit mystérieux où la dureté de la clavicule cède à la mollesse de la gorge. Elle était émouvante et le major se méfia de lui-même. Il se racla la gorge, convoqua en esprit la si brune et si drôle Anne Dambérailh, qui glissait des bouteilles de cognac dans sa valise et lui lisait ses copies les plus loufoques avec l'accent alsacien.

— Il semblerait que nous devions approfondir l'enquête ouverte concernant les causes de la mort de votre mari. J'ai besoin de recueillir votre déposition et le rucher va être balisé le temps que nous fassions les analyses nécessaires. Je vous prie donc de ne pas revenir sur place avant que les relevés n'aient été faits.

Ozan, muet jusqu'alors, releva vers sa mère un regard éperdu. Il lui arrivait à l'épaule seulement.

— Il y a une enquête ?

Sa voix qui avait récemment mué n'était pas très assurée. Le major leva la main droite en signe d'apaisement. Il n'allait pas d'entrée de jeu prononcer les mots « meurtre » ou « assassinat » devant un adolescent probablement en état de choc.

— De manière systématique, les pompiers nous appellent dès qu'ils sont confrontés à un décès. C'est une enquête que nous pourrions qualifier de « routine » pour définir les causes de la mort.

L'explication du major ne produisit aucun signe de soulagement ni d'angoisse chez la mère ni l'enfant. Apollonia Cassague frotta le bras de son fils, le regard lointain, puis tendit la main au major.

— Alors à bientôt, major. Vous saurez où nous trouver.

Elle avait une poigne franche et même dure, la peau rêche et la paume marquée par des durillons. Le major en fut surpris et ne songea même pas à rétablir la situation. Il était acquis pour Apollonia Cassague qu'il se rendrait chez elle, et non qu'elle se présenterait à la brigade pour y être entendue.

La voiture redémarra, un modèle aux quatre roues motrices inhabituel pour une femme, pensa le major qui se corrigea presque immédiatement. Son adjointe à Lafontac ne lui passait aucune réflexion machiste et il avait fini par s'appliquer une autocensure sévère. Modèle de voiture tape-à-l'œil, reformula-t-il, assez peu en accord avec l'image de modération et de retenue que lui avait offerte la blonde Apollonia. Peut-être avait-elle emprunté la voiture de son défunt mari, le « méchant », selon les mots du marginal.

Les techniciens tardèrent un peu et le major eut le temps de s'approcher du rucher en évitant le sentier mouillé que prenait habituellement l'apiculteur. Il leva haut les pieds pour éviter les rejets d'aulnes qui poussaient entre les grands fûts de hêtres, trébucha plusieurs fois sur une branche, une ronce, un invisible lien sous les feuilles, et s'arrêta à la lisière de la petite clairière. Sur la droite, un bâtiment neuf formait une barre au sol, avec porte à double battant peint d'un blanc frais. Sans doute la remise où

Pascal Capitourlan rangeait quelques outils. Les ruches étaient alignées sagement sur leurs quatre pieds, une astuce pour ne pas avoir à se pencher pour effectuer les manipulations. Pascal Capitourlan était grand, il lui fallait des ruches hissées à bonne hauteur.

La voiture des techniciens arriva. Le major entendit le fracas de la porte coulissante de leur camionnette, les jurons lorsque les gars s'aperçurent qu'ils allaient devoir se coltiner le matériel à travers bois, une vieille toux de fumeur. Il eut toutefois le temps de s'interroger sur un point délicat. Il n'avait pas d'arme du crime à chercher, puisque les abeilles avaient laissé deux ou trois mille dards plantés dans le corps d'Hugo Cassague. Cependant, deux pieds neufs avaient bien remplacé deux pieds d'origine. Où étaient les pieds d'origine ? Pascal Capitourlan s'était probablement posé la question. S'il les avait cherchés sans les trouver, et si ces bouts de bois étaient bien quelque part dans l'enceinte du rucher, ils n'échapperaient pas aux techniciens.

— Équipe des TIC du groupement de Périgueux. Je vous présente les adjudants Falloux, Zerbib, Guerchenzon et moi-même, adjudant-chef Fabien Vuillard.

Les noms énoncés tournoyèrent dans l'esprit du major sans s'y fixer. Il serra la main qui s'offrait à lui, moins ferme que celle d'Apollonia Cassague, et se présenta à son tour. Il attendit, un peu crispé, l'exclamation de déception classique s'élever, oh, qu'est-il arrivé à Peramel. Rien ne vint et il en fut soulagé.

— L'une des ruches est tombée ou a été poussée, c'est ce qui a entraîné la mort de la victime. Le témoin s'en est rendu compte parce qu'il a remarqué que deux pieds en bois avaient été changés sur la ruche qui a provoqué la mort. On cherche les deux pieds d'origine, non pas que ça signifie grand-chose, mais on aura peut-être la chance de tomber dessus lors d'une perquisition. Dans un coffre de voiture, peut-être.

— Compris. C'est grand, il y a du boulot, soupira Vuillard, une main en visière. On s'arrête où, derrière les ruches ? On ne va pas étendre jusqu'à la route, ça ferait deux mille mètres carrés de broussailles à passer au peigne fin pour rien. C'est fermé à clé ça ?

Le doigt pointé sur le bâtiment, l'adjudant-chef attendait une réponse du major qui tiqua.

— Peut-être. J'appelle l'apiculteur.

— On l'attend pour ouvrir. Pendant ce temps, Guerchenzon, balisez-moi tout ça.

L'équipe se déploya dans un ballet organisé qui rappelait un vol d'abeilles. De loin, celui qui dirigeait les opérations demanda, les bras écartés pour embrasser le demi-cercle de la clairière.

— Et le corps ? Il a été trouvé où ?

Ni Jaureguy ni Fourbach n'avaient balisé le rectangle d'herbe où ils avaient découvert Hugo Cassague. Aucune indication ne permettait de situer le lieu exact de la mort. Ils s'étaient probablement contentés de prendre une série de photos. Passer pour un touriste, rien ne hérissait plus le major, qui se faisait prendre en flagrant délit de sous-information sur sa propre affaire. Il sortit son portable et pria pour que Jaureguy réponde à la première sonnerie. Les indications étaient floues, Hugo Cassague s'était écroulé à quinze ou vingt mètres des ruches, pas tout près du bâtiment. Elle avait les photos sur son disque dur, le major était parti trop vite. De toute façon, rien ne ressemblait plus à de l'herbe que de l'herbe, commenta en arrière-plan l'adjudant-chef Fourbach, lugubre. Pas de regret donc.

Une exclamation s'éleva au milieu de la clairière.

— Il était là, je pense.

Dans un mouvement de convergence organisée, les hommes se rassemblèrent sur la pointe de leurs surchaussures.

— Là, j'ai trouvé un bouchon de stylo tout mâchouillé, posé sur l'herbe. Et là, d'ici à ici, l'herbe est un peu écrasée. Et enfin, les deux lignes là, c'est la marque du brancard cuillère.

— Bravo, Sherlock, ironisa Vuillard, pas ravi de se faire voler la vedette.

Le bouchon fut immédiatement glissé dans une pochette plastique et consigné dans une mallette noire. Le major jeta un œil à sa montre et s'aperçut que l'heure tournait plus vite qu'il ne l'aurait cru. Il songea que les moines étaient une espèce ponctuelle qui déjeunait probablement à midi et demi tapants, comme les vieux. Il n'avait pas faim mais il allait faire comme si. Il aurait dû rester sur les lieux pendant les constatations des techniciens, mais il ne voulait pas manquer son fils.

— Je repasse dans une heure et demie, d'ici là on aura obtenu le transfert du corps au CHU, j'espère.

Les hommes concentrés grommelèrent quelque chose et le major sortit à reculons de la clairière, toujours en évitant d'emprunter le sentier avant qu'il ait été ratissé lui aussi. Alors qu'il pestait encore contre les branches souples qui lui fouettaient le visage, une silhouette entra dans son champ de vision. Une silhouette de film d'horreur, encapuchonnée, noire et furtive.

— Hé, vous, qu'est-ce que vous faites ici ? C'est une zone protégée pour enquête.

L'homme au capuchon s'immobilisa et releva la tête. Le major reconnut le prieur du monastère. L'impression étrange dégagée par la scène précédente s'évanouit, le moine rabattit sa capuche et s'avança avec un large sourire vers le major.

— Bonjour, major, qu'avez-vous dit ?

— Que vous n'avez plus accès à la zone, une enquête est en cours.

Afin de ne pas troubler le religieux, le major avait adouci sa voix. Le père Jacques-Marie remonta sur son nez ses petites lunettes cerclées et se frotta le menton.

— Une enquête… concernant le miel ?

— Non.

Avant de trop en dire, le major analysa la situation. Le prieur traversait le sous-bois d'un pas sûr, il savait où il allait, n'avait pas cherché à l'éviter, mais il n'avait aucune raison de se trouver ici à ce moment-là.

— Le miel devrait faire l'objet d'une enquête selon vous ?

Une expression neutre recouvrit les traits du religieux qui agita la main en l'air comme pour dire, oh, vous savez, j'ai des idées saugrenues parfois.

— Vous alliez rencontrer quelqu'un au rucher ?

Avec un petit rire qui secoua sa robe, le prieur Jacques-Marie opina. Il montra le bâton qu'il tenait à la main.

— J'ai mes petites lubies quand j'ai besoin de réfléchir. Je fais comme le frère Mathieu-Marie, c'est lui qui m'a enseigné la chasse à la reine.

— La reine...

— La reine des frelons. Elles sont en pleine période de reconnaissance pour implanter leur colonie en vue du printemps. Je me poste près des ruches exposées au soleil, comme ça...

Il tendit le bâton au-dessus de sa tête, bras arqués prêts à se détendre.

— Quand j'en vois une qui s'approche de la ruche, je frappe, comme ça.

Le bâton fut arrêté par les branches nues d'un aulne qui poussait à quelques mètres. Le prieur rit de nouveau et remit en place ses lunettes.

— Les ruches appartenaient au prieuré voilà deux ans. Comme notre frère apiculteur se faisait vieux, nous les avons vendues à M. Capitourlan qui y a installé sa miellerie. Future miellerie, devrais-je dire. Nous avons cependant gardé quelques vieilles habitudes de propriétaires qui ne dérangent pas l'apiculteur, au contraire je crois. C'est excellent pour ma concentration, une sorte de méditation active.

— L'image est assez déroutante, commenta le major.

— Oh, les gens se font un tas d'idées sur la vie monastique. La vérité est bien moins terne que ce que les uns et les autres se plaisent à imaginer. Le frère Mathieu-Marie, par exemple, nous est arrivé alors qu'il venait de dissoudre son groupe de hard rock. Le frère Jean-François a publié cinq ou six romans policiers. Quant à moi, j'étais marathonien de métier. Je cours toujours bien sûr, mais sans sponsor et sous le dossard 33, l'âge du Christ. Savez-vous comment le frère Jean-François, qui a le sens de la formule, nomme notre monastère ? Le Saint Benny's Club.

Devant la mine perplexe du major, le prieur ajouta :

— Benny comme Benoît, nous sommes bénédictins et suivons la règle de saint Benoît.

Le major ignorait qu'un type portant soutane puisse faire preuve d'autant de fantaisie. Il avait un peu moins de mal à imaginer son Baptiste passer ses journées avec ce genre de personnages. Quelque chose au fond de lui se dégela. Il trouvait toujours que Jean-Chrysostome était un nom à rayer à jamais du calendrier, que vivre sans femme et sans enfants était comme entrer volontairement dans un tombeau glacé, que les prières s'apparentaient aux tables de multiplication, mais l'idée de son Baptiste GO au Saint Benny's Club lui semblait brusquement acceptable.

Alors que le prieur rebroussait chemin, son bâton sur l'épaule, le major le héla :

— Par le plus grand des hasards, vous ne seriez pas venu ici hier ?

— Si, mais je suis reparti. Il y avait quelqu'un.

— Vous disiez que vous aviez l'accord de Pascal Capitourlan ?

— Ce n'était pas Pascal Capitourlan.

Le ton s'était durci, inexplicablement. Le prieur marchait vite et le major eut de la peine à se maintenir à sa hauteur tout en évitant les branches basses.

— Je vous rejoins pour le déjeuner !

— Avec plaisir, major.

Le prieur posa le pied sur la chaussée avant Géraud et marcha à grandes enjambées en direction du monastère. Sa capuche se gonflait de vent à chaque pas, le bâton se balançait d'avant en arrière, en rythme. Le major renonça à le suivre et sortit de la poche de son pantalon de service un petit carnet en moleskine dans lequel il avait coincé une recharge de stylo à bille. Il inscrivit en premier :

• *Convoquer Fernando -> comment savait-il pour la mort d'Hugo Cassague ?*

• *Voir à quelle heure le prieur est arrivé au rucher hier.*

• *Qui a-t-il vu ?*

Il allait refermer le carnet mais, pris d'une inspiration subite, ajouta :

• *Pourquoi miel -> enquête ?*

La marche accélérée l'avait tout à fait dérouillé. Le major laissa là son véhicule et emboîta le pas au prieur, quoique avec un retard qui ne cessa de croître jusqu'à son arrivée aux portes du monastère. Il était transpirant et heureux de sentir chacun de ses muscles chauffer. Il avait peu à peu laissé le footing sortir de sa routine hebdomadaire et des fourmis montaient dans ses jambes à l'idée de courir de nouveau. L'appétit bien ouvert, le major se dirigea vers l'accueil où le même vieux moine somnolent lui indiqua la direction du réfectoire avant de fermer la porte derrière lui. La surprise de Baptiste lui remplit le cœur de contentement. Le menu, moins.

L'arrivée à la brigade fut un brutal retour à la réalité. Les oreilles encore bourdonnantes d'épîtres et de musique sacrée, le major ne s'attendait pas à être accueilli par un Fourbach tout essoufflé.

— Ah, major, le gars de la BR est arrivé. On n'arrivait pas à vous joindre.

En effet, les murs du monastère ne laissaient aucune chance au réseau de se déployer dans les salles calfeutrées. Le major fit un signe de tête bref, sans chercher à se justifier, et pointa du pouce la salle de repos.

— Il attend là ?

— Non, dans votre bureau. On lui a dit que ça serait plus confortable d'attendre en haut, mais il n'a rien voulu savoir.

Aïe, un fouille-merde. Le prénom vintage du type que le procureur lui avait collé aux basques lui échappait. Marcel, Jacques… Jules. Le major tira la porte de son bureau avec une telle énergie que la poignée manqua de lui rester dans la main. Il s'attendait plus ou moins à surprendre le gars de la BR le nez dans ses dossiers. Il fut étonné de le voir avachi dans son fauteuil, renversé en arrière et ronflant bouche ouverte. Il n'était pas du tout de la promo 2018. Plutôt de la promo 1978. Jules Louvain avait une bonne soixantaine d'années, le cheveu long peigné en arrière et une allure pas très militaire avec sa vieille veste de tweed rapiécée aux coudes.

Le major s'approcha en retenant son souffle. Il ne savait plus comment s'annoncer puisque le type ne s'était pas réveillé malgré le fracas de la porte poussée sans ménagement contre le mur. L'adjudant-chef Fourbach passa dans le couloir et Dambérailh lui fit un signe d'impuissance. Fourbach jaugea la situation, se posta dans l'ouverture de la porte, gonfla le torse et éructa d'une voix terriblement sonore : « Allons enfants de la patrie... » Dès les premières notes, l'OPJ défraîchi fit un bond. Le temps qu'il réalise l'endroit où il se trouvait, l'adjudant-chef avait disparu dans le couloir. Dambérailh se retint de rire ou même de sourire, pour laisser croire à Jules Louvain qu'il avait rêvé.

— Major Dambérailh, excusez mon retard.

— Adjudant-chef Jules Louvain de la brigade de recherches. Le procureur a dû vous prévenir.

Le sous-officier avait une belle voix grave qui résonnait à ses narines, une voix de conteur radiophonique. Le major remarqua ses lobes, terriblement détendus, comme si Jules Louvain avait porté sa vie durant de lourdes boucles d'oreilles. Un relâchement dû à l'âge, tout simplement, qui allait le toucher lui aussi. Le major écarta cette pensée désolante et reprit en s'avançant jusqu'à son bureau :

— Je suis allé accueillir les TIC. Pour le moment, ils ont trouvé trois fois rien : un capuchon de stylo. Il manque bizarrement les deux pieds de la ruche qui ont été remplacés par des neufs, mais ils restent introuvables.

Le regard papillotant, Jules Louvain cherchait à assembler les informations que lui lançait le major.

— Une ruche... La victime a été tuée dans un rucher ?

— C'est ça.

— Par les abeilles ? Elles ont attaqué et vous pensez que l'attaque a été provoquée ?

Un peu déconcerté de se rendre compte dans le même mouvement que : 1) Louvain n'avait aucune idée de l'affaire sur laquelle il était affecté ; 2) il se débrouillait sacrément bien pour reconstituer tout seul la situation, le major balbutia :

— Je pensais qu'on vous avait fait un topo. Mais c'est ça, l'attaque pourrait avoir été provoquée. Une ruche est tombée, mais quelqu'un a jugé bon de la remettre en place.

— Avec deux nouveaux pieds, souligna Louvain.

— C'est ça.

— Est-ce qu'on peut constituer la liste des personnes à convoquer ?

Le major refusa d'un geste de récupérer son propre fauteuil où l'OPJ s'était redressé et s'approcha de la chaise habituellement réservée aux témoins. Il sortit son carnet en moleskine et commença à lister à voix haute :

— Victime : Hugo Cassague. Je n'ai pas encore d'informations précises sur lui, d'après l'âge de son fils et de sa femme, il doit avoir une bonne quarantaine d'années. J'ai croisé un témoin qui m'a dit qu'il était « méchant », à creuser. Pascal Capitourlan, l'associé. Il est apiculteur. Hugo Cassague a monté une structure dans le genre start-up et Pascal est actionnaire et fournisseur. C'est lui qui nous a alertés sur la ruche tombée à terre. Apollonia Cassague, la veuve. Une belle femme, elle semblait réellement affectée par la mort de son mari. Je l'ai croisée sur le rucher où elle a emmené son fils.

— Vraiment ? Drôle d'idée.

Coupé dans son élan, le major suspendit sa phrase suivante.

— Pourquoi ? N'est-il pas naturel de venir sur le lieu où le drame s'est passé ? Pour, je ne sais pas, se recueillir ?

— Je ne sais pas si j'aurais emmené mon fils sur le lieu où son père est mort, moins de vingt-quatre heures après… Quel âge a le fils ?

— Un adolescent. Difficile de leur donner un âge. Quinze, seize ans peut-être ?

— Bon. Ensuite ?

Le major pointa du doigt la page où figuraient ses premières notes.

— Un vagabond, Fernando, connaissait la victime et, surtout, savait qu'Hugo Cassague était mort au rucher. Ça m'a semblé étonnant, vu que personne à part les Capitourlan et les Cassague n'était censé être au courant.

— Ça circule vite, ne vous faites pas d'illusions… Ensuite ?

— Le prieur du monastère qui surplombe le rucher. Il est venu la veille, il a l'habitude de chasser le frelon autour des ruches. Il m'a dit qu'il était reparti car il y avait quelqu'un au rucher.

— Cassague ?

— Probablement, mais je n'ai aucune certitude. Pas Capitourlan en tout cas. Il faut l'entendre au calme.

— Et ensuite ?

Dambérailh écarta les mains, d'un geste qui embrassait un terrain d'investigations encore bien vague.

— Ensuite, tout est à faire. Frères, sœurs, parents, autres membres du monastère, voisins, ennemis, concurrents… Je ne sais encore rien de lui.

— C'est vrai que vous n'êtes pas du coin.

Avec une certaine crispation dans la mâchoire, le major attendit que Louvain soupire après ce bon Peramel, voire suggère de lui rendre visite pour l'interroger sur la famille Cassague, lui, l'enfant du pays qui devait connaître tout un chacun. Mais Louvain ne s'engouffra pas dans la brèche. Il sortit de sa poche intérieure un carnet rouge à tranche dorée, recopia avec soin les noms des premiers témoins à interroger, le referma avec un claquement et regarda le major.

— Comment voulez-vous qu'on procède ? On se répartit les dépositions ou on fait tout ensemble ?

Abasourdi devant une telle souplesse et une telle considération pour son rôle d'enquêteur principal, le major prit quelques secondes avant de répondre.

— Dans un premier temps, j'aime autant qu'on soit présents tous les deux à chaque prise de déposition. On part comme ça avec une vision d'ensemble commune. Pour les auditions complémentaires, on pourra se les répartir.

— On commence par qui ?

La réactivité du bonhomme impressionnait Dambérailh qui s'en voulait intérieurement de l'avoir jugé inapte au travail sous prétexte qu'il s'autorisait une sieste. Lui-même, de temps en temps… S'il avait fait un déjeuner copieux, il aurait peut-être lui aussi piqué du nez. Mais le bœuf bouilli et les épinards en branches du prieuré ne l'avaient pas particulièrement inspiré, pas plus que cet infâme entremets au chocolat qui fripait sur le dessus et lui avait rappelé la cantine de l'internat. En revanche, il aurait bien pris un café.

— On commence par les Cassague, la veuve nous attend chez elle.

— Chez elle ?

— J'ai pensé que la situation s'y prêtait, éluda le major qui se voyait mal expliquer comment Apollonia Cassague lui avait coupé l'herbe sous le pied. Café ?

— Pas besoin. Mais vous, allez-y. Je vous suis.

La machine à café de l'étage cracha en un jet impeccable un expresso parfaitement dosé. La lumière grise de l'après-midi projetait dans la salle immaculée des lueurs d'aquarium. Jules

Louvain promena le regard comme le major l'avait fait à son arrivée sur les poufs colorés, les surfaces impeccables, le yucca dont on lustrait régulièrement les feuilles acérées.

— L'ambiance est bonne à la brigade, on dirait.

Dambérailh hocha la tête. Jules Louvain se dirigea vers le tableau des tâches et suivit des doigts l'une des lignes.

— Je peux vous dire un truc ? C'est votre tour de changer l'eau du poisson.

— Non ?

— Et si !

— La barbe... Je suis sûr que c'était déjà moi la semaine dernière.

— Le bizutage continue ! lança Jules Louvain avec un sourire en dévoilant une dentition anarchique qui n'était pas sans rappeler au major celle de sa propre tante.

— Il est où ce poisson ?

— Au rez-de-chaussée, dans la salle d'attente.

— J'y vais. Terminez votre café, après on file. J'aime bien les poissons rouges.

— C'est un combattant.

— Tant pis.

La salle de repos retrouva le silence quand Louvain acheva de descendre les marches en soufflant. Un fond de toux asthmatique le désignait comme fumeur incurable et une jambe un peu raide le forçait à prendre les marches de biais. Le major le trouvait franchement sympathique et termina son café avec la certitude qu'à eux deux, ils élucideraient le meurtre du rucher en deux coups de cuillère à pot.

Quelqu'un frappa discrètement à la porte.

— Oui, Jaureguy ?

— Encore ce racle-bidet de Serge Fos. Il veut absolument vous voir. Il parle de lettres de menace.

— Vous avez pris sa déposition ?

— Il refuse de montrer le courrier à quelqu'un d'autre qu'à un officier.

— Je ne suis pas officier, objecta le major.

— On n'a pas mieux à la brigade, fit Jaureguy en souriant.

— Je ne peux pas lui consacrer plus de dix minutes.

Avec une grimace, la major avala son café trop chaud et suivit Ainoha jusqu'à son bureau.

Le soleil de midi ne perçait pas encore la couche de nuages bas qui noyait la cime des arbres nus. Le verre dépoli de la salle de préparation n'aurait de toute manière pas permis d'admirer quoi que ce soit. À part à dispenser une lumière laiteuse, ces fenêtres ne servaient à rien. Crochat et Caragule se tenaient face à face, chacun occupé à vider sur la table mortuaire le contenu de leur mallette. Ils passaient chaque ustensile au désinfectant, tubes de fond de teint compris. Le nettoyage de leurs outils de travail leur prenait au bas mot trois quarts d'heure, pendant lesquels ils se contentaient d'attendre qu'un nouveau mort leur arrive sur une civière.

— T'as compté les tiennes ? demanda Crochat qui tenait une paire de ciseaux de dissection à hauteur des yeux pour vérifier qu'ils brillaient recto autant que verso.

— Les tiennes de quoi, marmonna Caragule qui comptait ses aiguilles serpentines.

— De dents tiens !

— Si tout va bien, j'en ai autant que toi, répliqua Caragule, toujours concentré.

— Ouais, bien sûr. Alors t'en as vingt-sept. Je les ai comptées hier. Ça commence à faire un joli paquet pour la petite souris, ricana Crochat.

— Qu'est-ce que tu comptes en faire ?

Crochat posa ses mains à plat de part et d'autre de sa mallette et chercha le regard de Caragule. Il avait une idée à exposer, qui nécessitait un contact visuel et, idéalement, une approbation franche et enthousiaste.

— J'ai vu sur eBay des annonces pour des bijoux en or dentaire.

Caragule s'interrompit, conscient que Crochat utiliserait tous les moyens à sa disposition pour lui faire relever le nez de ses aiguilles. Il le regarda de côté.

— C'est con de signaler que c'est de l'or dentaire, non ? Qui a envie d'avoir des dents qui pendouillent au bout des oreilles ?

— C'est ce que je me suis dit, s'enthousiasma Crochat. Alors, j'ai pensé, mon bon Crochat, il suffirait de fondre toi-même tes bijoux, des trucs tout simples comme des alliances, de toutes les tailles, et d'aller les vendre à des bijoutiers sans rien préciser.

— Tu crois pas qu'ils ont la capacité à voir que c'est de l'or dentaire ? Avec tous leurs bidules qui grossissent dix mille fois.

— Non, parce que quand c'est fondu à mille ou deux mille degrés, ça crame tout, il ne reste que l'or.

— Crame tout, c'est-à-dire...

— Tous les déchets qui pouvaient rester coincés dans les dents, t'as jamais eu du gras de saucisson entre les molaires ?

Le nez froncé de dégoût, Caragule préféra ignorer la question. Il retourna à l'examen minutieux de ses aiguilles qu'il enroula avec précaution dans une compresse stérile.

— Donc, tu vois, il suffit d'acheter des moules, de trouver un fondeur et le tour est joué !

— Mais le fondeur va bien voir que ce sont des dents que tu lui fais fondre.

— Penses-tu, tous des roublards, il ne dira rien si on lui graisse un peu la patte.

Caragule referma sa trousse, enfin propre et inventoriée, puis croisa les bras et regarda Crochat, si fier de sa combine.

— Où veux-tu en venir ?

— Au partage des frais. On mutualise les coûts toi et moi pour acheter les moules et payer le fondeur. T'en dis quoi ?

— J'en dis que les moules, c'est une mauvaise idée. Par contre, le fondeur, pourquoi pas. Un lingot, voilà ce que j'aimerais, pour ne plus voir ces malheureuses dents. Et ça se stocke plus facilement, c'est plat.

Le poing fermé, Crochat fit un geste qui pouvait passer pour un signe de victoire. Les manches de son pull s'effilochaient sur ses poignets.

— Alors, t'es d'accord ? J'en ai trouvé un qui a l'air souple, pas loin de Périgueux. Tu peux y aller le mercredi après-midi.

— Pourquoi moi ?

— Parce que tu as l'air gentil, honnête. Moi, on me reconnaîtra, j'ai une gueule de croque-mort.

L'argument se tenait. Caragule n'avait aucune envie de mener ce genre d'opération, mais le sentiment diffus que ces dents allaient un jour ou l'autre se mettre en mouvement, les unes derrière les autres, à la recherche de leur mère mâchoire, le gênait de plus en plus. Il accepta.

— Avec le dernier client de ce matin, on en a vingt-huit chacun. Je t'apporte le pactole demain.

Ravi d'avoir réussi sa manœuvre, Crochat se frotta les mains et chantonna tout le reste de la journée.

— La famille va rendre visite au type brun demain matin, il faudra le mettre dans la chambre quatre. Ils veulent de la musique de fond et l'ampli grésille dans la deux, donc pas le choix.

Dans l'esprit du débonnaire Caragule, le « type brun » ne correspondait à rien. Chaque défunt avait droit à une identité propre. Il leur donnait à chacun un prénom, qui lui venait à l'esprit en détaillant la photo qu'on lui fournissait en vue des soins. Ce « type brun », comme disait Crochat, qui évitait par tous les moyens d'humaniser trop les morts, Caragule l'avait appelé Saladin. Sur la photo, les cheveux jais peignés en arrière, le regard brillant sous la falaise abrupte des sourcils, le nez busqué, l'empâtement léger du menton lui avaient évoqué un tyran politique sur le déclin. Il n'avait aucune idée de la justesse de son intuition, mais le prénom de Saladin lui semblait contenir l'esprit d'ambition déçue qu'il tentait de saisir en remodelant les joues gonflées par l'envenimation. Un type qui se nourrissait de lauriers fanés, qui cherchait la lumière, comptant sur son aura, mais qui goûtait l'amertume de ne jamais y parvenir tout à fait. Caragule releva la tête.

— Ils veulent faire la mise en bière quand ?

— Juste avant la crémation, mais ils n'ont pas encore la date. Il faudra prévoir le lit réfrigéré.

— Avec la jupe de quelle couleur ?

— Beige. Pas de rouge, encore moins de violet, c'est la veuve qui a demandé.

Il acquiesça. Il était moins mal à l'aise que Crochat à l'idée de croiser la famille et s'occupait généralement de la préparation de la chambre quand les cortèges funéraires simultanés monopolisaient le reste des employés. Il était néanmoins beaucoup moins à l'aise lorsqu'il savait que deux dents manquaient dans la bouche du défunt, comme ç'allait être le cas le lendemain. Il faudrait faire profil bas.

La Twingo banalisée de la brigade contenait à grand-peine les deux carcasses du major Dambérailh et de l'OPJ Louvain. Les suspensions sans souplesse ne leur épargnaient aucun nid-de-poule et Louvain gémissait dans son sommeil. Le major était un peu décontenancé par l'alternance sans transition des fulgurances d'enquêteur de son adjoint de la BR et de ses périodes de sommeil proches du coma. Quant à lui, le café avalé dans la salle de repos lui fouettait les sangs et il se retenait de donner des coups de volant trop secs.

Il profita du sommeil de Louvain pour se repasser les éléments apportés par Fos. Le courrier que lui avait montré ce type avait de quoi mettre mal à l'aise et son expression lorsqu'il l'avait lu avait déclenché chez Fos une série de protestations d'innocence. Ce torchon était un ramassis de mensonges, de la diffamation, le produit d'un esprit malade qui voulait le démolir, lui brave citoyen. Le texte était d'une simplicité radicale. « Pour ce que tu as fait, il n'y a pas de prescription. Fais tes cartons. » En soi, il s'agissait d'une menace assez vague. L'idée d'être affiché comme un criminel impuni, catégorie sordide, ne plaisait pas du tout à Serge Fos. Il n'avait voulu montrer la lettre qu'à un type de passage. Jaureguy et les autres auraient été trop heureux de faire circuler le texte du message avec de lourds sous-entendus. Fos avait essoré leur patience et dissous leur bienveillance.

Le major enchaîna une série de virages en fronçant le sourcil, le temps d'arriver à une conclusion : Fos ne serait jamais venu se livrer de lui-même au soupçon. Il avait peur. Qui pouvait souhaiter lui voir quitter le secteur ? Il était antipathique à l'excès, tracassier, mesquin sans aucun doute, radin peut-être. Cependant, il était clair qu'il gênait bien au-delà de ces quelques défauts. Est-ce que sa présence empêchait l'accomplissement d'un projet immobilier ambitieux, ses voisins envisageaient-ils d'ouvrir un club de tir, sa maison était-elle bâtie au-dessus d'un gisement de pétrole, que savait-il sans le savoir, pourquoi devenait-il encombrant aujourd'hui et aujourd'hui seulement ? La lettre datait de trois jours. Il allait en parler à Louvain quand celui-ci aurait terminé sa sieste.

La maison des Cassague se situait au sommet d'un petit puech[1]. On y accédait en passant entre deux piliers de béton qui soutenaient un portail automatique sans charme. Le major préféra ne pas tenter l'épingle à cheveux et gara la Twingo sur le bas-côté. Une haie de lauriers-roses

---

1. « Puech » vient de l'occitan et signifie « montagne ».

chlorosés dissimulait l'arrière de la maison de la route. Le major poussa l'épaule de Louvain mais, sans surprise, cela ne suffit pas à le tirer de son sommeil. Il claqua la porte sans ménagement, sans effet non plus, et se résolut à démarrer l'entretien seul avec Apollonia Cassague. Prendre de l'âge n'était pas réjouissant. Alors qu'il sonnait au boîtier fixé sur le pilier droit, Louvain surgit à son côté.

— Si besoin d'un méchant flic, je ne suis pas mauvais.

— Je vous imaginais plutôt dans le rôle du gentil.

— Pas du tout, j'ai un potentiel peau de vache insoupçonné et aucun scrupule. C'est vous le bon, moi le truand.

Louvain s'interrompit pour tousser comme un perdu. Des glaires roulaient dans sa poitrine comme des billes, sans se décrocher tout à fait. Il n'avait pas l'air au mieux de sa forme. Le portail s'ouvrit avec un bourdonnement et Géraud remarqua l'arête éclatée du pilier de gauche. Est-ce qu'Ozan s'entraînait à conduire dans l'allée de ses parents ?

Le jardin était à la fois fouillis et étudié. De petits buissons divisaient le terrain en pente et donnaient une impression paradoxale d'espace, de recoins multiples. En réalité le jardin ne devait pas faire plus de deux ou trois mille mètres carrés. La maison se dressait derrière un bassin artificiel, avec ses grandes baies vitrées, son avant-toit peint de blanc, ses poutres cérusées, ses luminaires à LED.

Apollonia s'approcha de la porte-fenêtre et leur ouvrit un passage étroit dans lequel Louvain eut quelques difficultés à se glisser. Un fond de musique du genre électro manifestait la présence d'Ozan dans un coin reculé de la maison. Apollonia Cassague s'installa sur un canapé crème et invita les hommes à s'asseoir. Le major avait emporté une tablette pour saisir la déposition, ainsi qu'un clavier car il ne supportait pas de taper sur une surface plane sans sentir s'enfoncer les touches sous ses doigts. Il installa le tout sur la table basse et se pencha pour noter les premières informations qu'Apollonia délivrait d'une voix sans timbre.

— Je suis née à Tourcoing, le 3 août 1974. J'ai épousé Hugo en 1999. Ozan est né fin février 2005. Que voulez-vous savoir de plus ?

— Est-ce que votre mari a de la famille ?

— Une mère qui habite près de Périgueux. Elle vient souvent. Et une sœur, Sarah.

— Qui habite ?

— Ça dépend. Elle a une santé fragile, elle est en ce moment en institut, à Sarlat.

— Pouvez-vous nous expliquer ce qui s'est passé hier ?

— Expliquer, non. Hugo n'était pas du genre à s'approcher des abeilles, il disait qu'elles ne l'aimaient pas.

— Savez-vous pourquoi il était au rucher dans ce cas ?

— Il m'a dit qu'il avait quelque chose à régler avec son associé. Je suis passée après le déjeuner lui rappeler qu'il devait déposer Ozan chez un de ses copains pour un travail de groupe en fin de journée.

— Vous êtes passée au rucher ?

— Au rucher, oui.

Les yeux mi-clos, Apollonia semblait revivre les quelques minutes passées la veille à l'endroit où son mari allait trouver la mort quelques heures plus tard.

— Il vous a semblé dans son état normal ?

— Je ne sais pas, je suis restée sur la route. On ne se voyait pas à travers les branches, mais je n'avais pas envie de laisser mon vélo sans surveillance.

— Vous étiez à vélo ? intervint Louvain, considérant avec une certaine surprise le pantalon crème d'Apollonia, ses chaussures soignées et son balayage parfait.

— Oui. Ma voiture est au garage et Hugo avait pris son SUV.

Voilà qui expliquait la dissonance entre Apollonia et le gros véhicule qu'elle conduisait en fin de matinée. C'était bien la voiture de son mari, songea le major.

— Quelle heure était-il ?

— 13 h 30 environ, j'étais déjà en retard à mon rendez-vous de coiffeur à Montraguil donc je n'ai pas traîné. Il y a huit kilomètres à parcourir. J'ai… j'aurais pu le voir une dernière fois et je n'ai pas pris le temps.

Le dos droit, elle ne touchait pas le dossier du canapé. Elle avait les mains serrées entre ses genoux, une grosse larme coula jusque dans son cou, mais sa voix ne tremblait pas.

— Vous avez donc quitté votre mari à 13 h 30. Était-il seul ?

— Non, Pascal était avec lui. Je l'entendais donner des coups de marteau ou je ne sais quoi, il ne sait pas rester sans rien faire.

— Bien, et vous n'êtes pas repassée au rucher ?

— Non, j'avais mon rendez-vous, puis je suis rentrée à la maison. Je suis allée chercher Ozan au car. Hugo n'est pas repassé et Ozan attendait qu'on l'emmène chez son copain. Je n'avais pas de voiture, alors il est finalement parti à vélo. Je n'aime pas qu'il roule la nuit. J'ai pensé qu'Hugo avait oublié malgré mon rappel, qu'il était allé directement au squash à Périgueux. Il joue avec un groupe de copains de son coworking. Mais à 19 heures, l'un de ses amis m'a envoyé un texto.

Elle fouilla dans le sac à main laissé au pied du canapé et lut à voix haute le message.

— « Salut Pola, Hugo va bien ? Injoignable et pas venu au squash. »

— Il n'est donc pas allé à Périgueux.

— Non, donc j'ai appelé les Capitourlan. Si Hugo avait été avec Pascal, Isabelle l'aurait su. Mais Pascal était déjà rentré. Il ne savait pas quand Hugo était reparti du rucher puisqu'il avait dû partir lui-même à un rendez-vous administratif.

— Vous avez fait quoi, vous êtes allé au rucher ?

— Non, pas directement. J'ai d'abord appelé sa secrétaire. Hugo avait peut-être des rendez-vous dont il ne m'avait pas parlé. Ils ont un agenda partagé.

— Et ?

— Et non, elle n'avait pas de nouvelles non plus. J'hésitais à prendre mon vélo de nuit, j'ai attendu encore un peu, j'ai préparé le dîner. Et vers 20 heures j'ai pris ma lampe de poche, mon manteau et je suis partie. Voilà.

Il fallait laisser à Apollonia quelques secondes avant d'entamer la deuxième partie du récit, le major veillait toujours à ménager les témoins, il se leva et se frotta le bout des doigts avec les pouces. Il avait peu l'habitude de saisir au vol mais se débrouillait pas mal. Il se disait que Louvain n'était pas de la génération tactile, qu'il ne saurait pas taper suffisamment vite sans regarder ses doigts.

— Puis-je avoir un verre d'eau ? réclama-t-il, dans l'unique but de fournir à Apollonia un prétexte pour se lever et leur tourner le dos quelques minutes.

La cuisine se situait au fond à gauche du salon, ouverte bien sûr comme l'exigeait le goût du jour auquel la maison collait parfaitement. Apollonia fit couler l'eau quelques secondes avant de tendre une carafe épurée sous le jet. Le major en profita pour laisser traîner un œil sur le mobilier. Écran plat, gros canapés en cuir clair, photos YellowKorner au mur, système de son intégré. Les Cassague s'étaient offert une installation coûteuse. Avaient-ils d'autres sources de revenus que leur affaire de miel ? Apollonia de toute évidence ne travaillait pas à l'extérieur.

Elle posa sur la table basse trois verres et la carafe, mais ne versa pas l'eau. Louvain s'en chargea. Lui qui n'avait pas ouvert la bouche interrogea du regard le major et poursuivit l'entretien.

— Pouvez-vous nous décrire la scène lorsque vous êtes arrivée ?

— J'ai posé mon vélo contre un arbre. J'ai marché jusqu'à la clairière en appelant Hugo. Il n'y avait pas de lumière, j'étais contente d'avoir emporté ma lampe. Je l'ai vu tout de suite, il était allongé par terre. J'ai pensé à un malaise, une crise cardiaque, j'ai couru pour voir si... si on pouvait faire quelque chose, mais j'ai vite vu qu'il... et il était tout gonflé, ça n'était pas un malaise. Je n'ai vu les piqûres qu'après. Il avait les yeux ouverts, c'était... J'ai appelé les pompiers. Ça m'a semblé tellement long avant qu'ils arrivent. Quand ils ont appelé les gendarmes, je me suis dit que ma vie... tout s'écroulait. C'est bizarre d'avoir eu besoin d'attendre les gendarmes pour se dire ça.

Elle faisait boulocher les mailles de son pull, se pinçait l'avant-bras, le regard fixé quelque part derrière la baie vitrée.

— Ensuite, j'ai appelé les Capitourlan, pour leur dire. Je ne savais pas qui prévenir, je me voyais mal appeler Asma comme ça, à chaud.

— Asma...

— La mère d'Hugo. Elle est très expansive, très méditerranéenne. Je n'avais pas envie de l'avoir sur les bras toute la nuit. Je sais, c'est mal d'avoir pensé ça.

Elle inspira.

— Qu'est-ce que je peux vous dire de plus ?

Louvain tapota ses paumes l'une contre l'autre. Il laissait à Géraud le soin d'enchaîner sur la troisième partie de l'entretien. Le major roula dans sa bouche les mots qu'il allait devoir prononcer, choisit d'en retarder l'irruption et attaqua de biais.

— Vous souvenez-vous de ma question ce matin, sur les ruches ?

— Plus ou moins. Vous me demandiez si tout était à sa place.

— Tout à fait. Toujours aucun souvenir ?

— Aucun. Il faisait noir.

Le major se leva, tendit la tablette à Louvain et se posta devant la baie vitrée, dos à Apollonia. Elle ne se sentirait pas observée, ne retiendrait pas ses émotions, sans se douter que Louvain n'en perdait pas une miette.

— Les techniciens qui sont venus sur place ont découvert qu'une des ruches était tombée au sol.

Il ne savait pas pourquoi, mais il préférait garder pour lui le fait que l'alerte était venue de Pascal Capitourlan. Apollonia bougea sur le canapé.

— Ça explique l'attaque, non ? Est-ce que... Non...

Le major se retourna. Elle se rongeait l'ongle du pouce.

— Les chasseurs ont déjà été... sermonnés par Hugo et Pascal, reprit-elle. Leurs chiens ont renversé une ruche il y a quelques jours. Ils ont juré que ce n'était pas leur fait, bien sûr. Que les ruches étaient trop lourdes. Les chasseurs ici constituent un vrai lobby. C'est difficile de s'opposer à eux, ils sont très soutenus par la population et nous, Hugo et moi, ne sommes que des citadins à leurs yeux. Des emmerdeurs.

— C'est une possibilité. Cependant, le point de... le point délicat n'est pas là. La ruche a été remise en place. Lorsque les techniciens sont arrivés ce matin, la ruche était sur pied. Ça change la donne.

Les mains toujours coincées entre les genoux, Apollonia leva vers le major un regard flou. Elle dégagea sa main droite, se versa un verre d'eau qu'elle but d'un trait. Elle ne tremblait pas mais pesait chacun de ses gestes. Avant de reprendre la parole, elle s'éclaircit la gorge.

— Est-ce que vous êtes en train de m'annoncer qu'Hugo n'est pas mort par accident ?

— Nous étudions cette possibilité, oui. Est-ce que vous pourriez nous en dire un peu plus sur votre mari ?

Avec un geste ample, Apollonia se leva. Elle était grande. Elle se plaça derrière le canapé dont elle se mit à gratter le cuir de l'ongle du pouce ; les deux hommes n'existaient plus pour elle. Elle semblait tourner et retourner la dernière phrase du major dans son esprit, explorer les effets collatéraux de ce que le major appelait une « possibilité ». Ses cheveux mal retenus en chignon se dégageaient en mèches claires qui serpentaient dans son cou. Elle était à contre-jour, longue silhouette claire et bien ancrée dans le sol.

— Hugo était un homme complexe. Un homme complexé aussi, ainsi que j'ai pu le découvrir après notre mariage. Nous nous sommes mariés vite. J'avais vingt-six ans, j'étouffais dans ce qu'on appelle le milieu des « grandes familles du Nord ». Les goûters d'anniversaire entre cousins, la bienveillance des familles du coton envers celles de la laine, les carrières d'industriels paternalistes et besogneux… j'aspirais à quelque chose de plus dur, de plus tranché. Ma mère avait fui la Pologne, emmaillotée dans un torchon de cuisine sous le bras de ma grand-mère. J'avais dans le sang quelque chose qui bouillonnait et, quand Hugo est arrivé, il a parfaitement saisi mon besoin d'air.

Apollonia se tenait les yeux mi-clos. Elle se repassait sans doute les jours de sa rencontre avec son mari, le major prenait soin de laisser le flux des souvenirs se dérouler sans intervenir.

— Même le Cassague du Sud-Ouest m'était exotique, alors ne parlons pas de l'Ozdemir méditerranéen. J'étais séduite par son aisance, son aplomb, son enthousiasme. Je n'ai découvert que petit à petit combien il faisait peu confiance à ses propres qualités. Mon beau-père n'était pas quelqu'un de très à l'aise avec les marques d'affection. Il était même… terriblement maladroit et cachait sa timidité derrière une froideur extrême. Hugo a fait ce qu'il a pu pour se construire quand même. Il a toujours cru nécessaire de… faire pression pour obtenir ce qu'il aurait tout à fait pu obtenir par son charme, son travail ou son talent. Donc, non, je ne suis pas particulièrement étonnée de ce que vous me dites parce qu'il n'avait pas que des amis.

— Sur qui faisait-il pression ?

Apollonia eut un geste vague.

— Ça pouvait être sur le gérant du club de squash, pour obtenir de passer dans le groupe qui l'intéressait, sur les fondateurs du coworking, pour avoir le bureau près de la fenêtre, sur les frères du monastère, pour obtenir le rucher au meilleur prix, que sais-je…

— Sur son associé, Pascal Capitourlan ?

— Probablement aussi, acquiesça Apollonia. Mais ce pouvaient être des pressions dérisoires, des choses qui vous sembleraient, à vous ou à moi, ridicules. Je sais qu'il avait dit au gérant du club de squash que la non-publication de ses bilans comptables pouvait le mettre dans l'embarras. Ce n'était pas nécessaire, il se faisait des ennemis inutilement, mais il avait besoin de s'imaginer avec une « longueur d'avance ». Il s'était mis dans la tête qu'il avançait moins vite que les autres.

— Et sur vous, madame, quelles pressions exerçait-il ? coupa Louvain d'une voix dure.

Le major fronça le sourcil et Apollonia arqua les siens.

— Je vous demande pardon ?

— Est-ce que votre mari faisait pression sur vous ?

— Mais pour quelle raison aurait-il fait cela ?

Louvain repoussa la tablette et croisa les bras.

— Je vous le demande, justement.

— Eh bien, aucune. Hugo avait un sens de la famille extrêmement développé. Nous étions, lui, Ozan et moi, une seule entité. Sa sœur Sarah pourrait vous confirmer combien son univers familial comptait pour mon mari.

— Et tout ça ?

Louvain embrassa d'un geste les poutres blanches, les baies vitrées, la vue sur le verger de pruniers en contrebas, les photos grand format encadrées sur le mur.

— Je ne comprends pas le sens de votre question, articula Apollonia d'une voix glaciale.

— Elle est pourtant simple. Votre mari était fortuné d'après ce que je vois. Peut-être vous est-il venu à l'idée que, sans lui, vous seriez libre de vivre votre vie, et à l'abri du besoin ?

— Louvain, coupa le major, peut-on se parler ?

— Non, major, je vais répondre à votre… collègue. Tout ceci, monsieur, a été financé par les parts que mon père avait dans la brasserie familiale et qui m'ont été transmises à sa mort. La brasserie a été rachetée par Stella Artois dans les années quatre-vingt-dix. À dix-sept ans, je savais déjà que je n'aurais pas vraiment besoin de travailler.

— Merci, madame Cassague, intervint Dambérailh avant que Louvain ne réarme. Nous reprendrons notre entretien un peu plus tard.

Il tira Louvain du canapé par le coude et le poussa vers la sortie. Une fois dehors, ils marchèrent en silence jusqu'à la voiture, à l'abri de la haie, où Dambérailh explosa.

— Mais qu'est-ce qui vous a pris, Louvain ? Vous êtes dingue ? Cette femme vient de perdre son mari et vous nous la secouez comme un prunier ? Elle était chez le coiffeur quand il a été tué, nom de Dieu, rien de plus facile à vérifier !

L'OPJ avait calé les mains au fond de ses poches et renifla avant de répondre :

— Quand on vient de perdre son mari, comme vous dites, on ne s'habille pas en joli pantalon de laine bouillie et en escarpins. On a le bon goût de s'offusquer quand l'idée d'un meurtre est évoquée. On évite de saloper la mémoire de celui qui ne peut plus se défendre en disant qu'il se faisait des ennemis comme on va s'acheter une baguette de pain.

— Mais vous délirez ! Vous faites un procès d'intention à cette pauvre femme. Qu'est-ce que vous en savez de comment on est censé réagir quand on perd son mari ?

Le front cramoisi, le major peinait à contenir sa voix. Il fit signe à Louvain de monter sur le siège passager et claqua vigoureusement sa portière.

— Je ne veux plus vous entendre vous adresser aux témoins. Vous ferez la saisie des dépositions. Au prochain coup foireux, j'appelle le procureur pour vous faire remplacer.

La physionomie de Louvain n'était pas facile à déchiffrer. Sous ses sourcils broussailleux, il gardait les yeux le plus souvent mi-clos, enfouis entre les plis lourds de ses paupières et les poches flasques qui pendaient sur ses joues. Il avait les plis tristes.

Les premiers kilomètres défilèrent dans un silence épais. Le major sentait encore son cœur battre à coups sourds contre sa poitrine et se chapitrait intérieurement. Il n'avait aucune raison de monter à ce point au créneau, une simple remontrance aurait suffi. En tant que responsable de l'enquête nommé par le procureur, il avait tout à fait le poids hiérarchique nécessaire pour rappeler à Louvain la bonne manière de mener les choses. Il devait absolument prendre du recul. Louvain parla enfin.

— J'ai perdu ma femme il y a dix-huit mois. Un accident con de vélo, elle a grillé un stop sur une route de campagne.

Il était trop tôt pour que le major éprouve une réelle compassion. Il se sentait surtout pris en otage, obligé de s'excuser pour son « Qu'est-ce que vous en savez ? » C'était trop facile. Une bruine glacée se mit à tomber. Le major actionna les essuie-glaces et ne réussit qu'à étaler une couche uniforme de poussière mouillée sur le pare-brise. La ventilation envoyait dans l'habitacle un souffle d'air humide qui sentait les feuilles en décomposition et la terre fraîche.

— Je n'avais pas menti quand je vous disais que je saurais faire le flic méchant. C'était ma femme le cœur du couple.

— Il n'y a pas qu'une manière de réagir quand on perd quelqu'un de proche, rétorqua le major.

— Je n'en sais rien, je n'en connais qu'une. Pendant deux mois, mon frère est venu chez moi me tirer du lit et me botter le cul pour que je trouve le courage de me brosser les dents. Alors, quand je vois cette jeune dame pimpante comme la rosée du matin, je doute de sa profonde affliction. C'est con mais c'est comme ça.

— Il y a des gens pudiques.

— Il y a des gens sans états d'âme.

C'était raté pour la tentative de rétablir la communication. De toute façon, Apollonia Cassague passerait comme les autres à la moulinette habituelle d'une enquête pour meurtre : alibi, mobile. En matière de mobile, ils pouvaient déjà évacuer l'argent. Il faudrait rappeler Apollonia pour qu'elle leur donne le nom de son coiffeur, et le problème de l'alibi serait probablement tout aussi vite réglé. Combien de temps une femme passait-elle chez son coiffeur ? Deux heures ? Géraud se mordilla la lèvre inférieure. Le coiffeur ne suffirait pas à combler l'après-midi. Il avait besoin de connaître au plus vite les conclusions du légiste, mais pouvait-on faire parler un corps qui avait déjà subi les soins mortuaires ? Pascal Capitourlan avait quitté le rucher vers 15 h 15 pour son rendez-vous avec la SAFER. Hugo Cassague avait-il donné signe de vie par la suite ? Un chat traversa la route pratiquement sous les roues de la Twingo qui couina en freinant. Le major Dambérailh se reconcentra quelques secondes sur la route avant que son esprit ne lui échappe de nouveau. Si Hugo Cassague s'était manifesté après 15 h 15, son assistante, sa femme, sa mère, sa sœur pouvait peut-être le confirmer. Pascal Capitourlan pouvait lui aussi avoir un message téléphonique, un SMS à produire. Dambérailh avait la nette impression de n'avoir rien pris dans le bon ordre. Les liens des locaux entre eux lui échappaient encore entièrement. Fourbach avait certainement une culture générale locale à lui transmettre, mais il était assez peu probable de le trouver dans les bureaux. Avec un soupir, il se rappela la présence devenue importune de Louvain à ses côtés, puis se raisonna : l'OPJ était moins gênant dans une discussion entre membres de la brigade que dans un entretien avec un témoin. Il espérait qu'interrompre les prises de déposition permettrait à Louvain de se ressaisir et de prendre de la hauteur. Peut-être qu'une fois libéré de son émotion personnelle, l'OPJ allait retrouver les qualités qui avaient d'abord convaincu le major de le considérer comme un atout et non comme un gênant suppôt du procureur.

— On va faire une petite mise à plat de la situation avec un des gars de la brigade qui connaît bien le tissu local, ça nous permettra d'identifier précisément les personnes à interroger. Puis je vous laisserai taper le rapport pour le dossier et repasser la déposition de la veuve.

— Entendu.

Sous le couvert broussailleux de ses sourcils, Jules Louvain gardait les yeux mi-clos dans une attitude concentrée et, le major l'espérait, soumise. Il avait resserré sur sa poitrine les pans de sa gabardine beigeasse. Le major travaillait rarement avec des hommes en civil et il lui vint à l'esprit que, si l'uniforme ne fait pas l'homme, il impose tout de même un mode de rapports humains où la hiérarchie et l'appartenance au même corps d'armée comptaient davantage que les humeurs personnelles. L'uniforme ceinturait les relations et imposait une tenue. Si Louvain n'avait pas été habillé en civil, il ne se serait sans doute pas permis de laisser libre cours à sa rancœur toute personnelle contre Apollonia Cassague.

Le parking de la brigade était presque désert. Le major laissa ronronner le moteur et lança par la portière, sans la fermer :

— Bougez pas, je reviens.

Dans les couloirs de la brigade régnait une certaine quiétude. Jaureguy, fidèle au poste, se tenait penchée au-dessus du bocal à poissons et dispensait au combattant sa ration quotidienne de nourriture lyophilisée.

— Où est Fourbach ?

La jeune gendarme releva le nez et esquissa un sourire qui désarçonna le major. Décidément, l'absence d'Anne se faisait sentir avec de plus en plus d'intensité. Il était temps de prendre quelques jours de quartier libre pour rentrer à Lafontac.

— Fourbach a été appelé sur un accident à la sortie de Montraguil, direction Villebonac. Rien de méchant. Je l'appelle pour lui dire que vous le cherchez ?

— Pas la peine, Jaureguy, j'y vais.

Il tournait déjà les talons lorsque la jeune femme l'interpela, un poing sur la hanche et une mèche en travers des yeux :

— Dites, major, s'occuper du poisson, c'est changer l'eau ET le nourrir.

— Il faudra m'expliquer qui pond les plannings, j'ai l'impression d'être floué dans votre histoire, s'exclama le major en s'éloignant à grands pas. Et appelez-moi dès que le corps de Cassague est arrivé au CHU, on n'a pas de temps à perdre.

— Caragule, tu sais pas la tuile ?

Dans le salon funéraire régnait un silence religieux troublé seulement par la mastication de Caragule, qui engloutissait un deuxième sandwich. Ses joues glabres mâchaient avec une régularité de métronome. Il grossissait à vue d'œil depuis le démarrage de leur petite affaire et Crochat eut un éclair de remords. Caragule n'était pas fait pour gérer l'angoisse, il manquait de tripes. La grosse tête du thanatopracteur se redressa. Il était 15 heures, pas vraiment l'heure du casse-croûte, mais il avait fallu préparer deux accidentés de la route sur l'heure du déjeuner. On ne pouvait décemment pas laisser traîner les choses par égard pour la famille, qui subissait déjà le choc terrible d'une mort sans préavis.

— Quoi ? Tu dois payer les arriérés de ta redevance télé ?

Pas de tripes mais de l'humour.

— Non, fais pas l'idiot. Les flics sont venus.

Caragule avala de travers et toussa, le poing fermé contre le sternum.

— Quoi, ils savent pour les dents ?

Le souvenir du sachet lourd comme cinquante petits plombs de pêche que Crochat lui avait fourré contre la poitrine le matin même lui revint de plein fouet. Crochat y avait glissé l'adresse et le numéro du fondeur filou qui acceptait de leur couler deux lingots sans poser de questions. Il avait caché le sachet comme il pouvait, dans son vide-poche, et avait tenté d'oublier.

— Pas encore, remets-toi, mais ça va pas tarder. Le gars brun, que t'as appelé… Aladin.

— Saladin.

— Oui, bon, les flics sont venus le chercher.

— Il avait fait un excès de vitesse ?

— Très drôle. Ils l'ont envoyé à l'unité médico-judiciaire du CHU.

— Mais pourquoi ?

— Parce qu'ils ouvrent une enquête pour meurtre.

Les derniers mots se frayèrent un chemin avec difficulté dans l'esprit brumeux de Caragule. Il ne trouvait pas de bon mot à répondre à Crochat. Saladin ne pouvait pas avoir été assassiné puisqu'on ne pouvait invoquer la responsabilité pénale des abeilles. On ne juge pas des abeilles. Caragule avait passé des heures à retirer les minuscules dards fichés dans la peau du défunt, à trouver le moyen de réduire le gonflement du visage, à rendre la carnation complexe du défunt : un bistre du type pain d'épices mais sans cette matité qui rend l'usage des fonds de teint facile. Il fallait un peu de transparence pour que le visage ne soit pas qu'un masque marron cireux. Caragule avait opté pour un délicat mélange de correcteur et d'embellisseur de teint nacré qui apportait un peu de fraîcheur au visage inerte du défunt. Le légiste allait s'empresser de tout démaquiller, probablement avec des produits complètement inadaptés. Un CHU n'était pas un institut de beauté. Caragule soupira.

— Ça veut dire qu'ils vont lui ouvrir la bouche, lui compter les molaires, bref, tu imagines la suite. Je donne pas trois jours aux flics pour débarquer ici.

— Ils ne pourraient pas penser que c'est le meurtrier qui a arraché les dents ?

— Pas bête. Mais peu probable vu qu'ils ne trouveront pas d'hématome. Ils verront que les dents ont été extraites bien après la mort.

Avec un soupir de désespoir, Crochat s'affala sur la banquette qui tenait lieu de salle d'attente à l'entrée des petites chambres individuelles où les morts attendaient qu'on vienne les veiller. Caragule termina son sandwich pour se laisser le temps de la réflexion. L'angoisse n'était jamais bonne conseillère et ne menait qu'à la précipitation et aux erreurs bêtes. Puisqu'ils s'étaient conduits en malfaiteurs, ils devraient dissimuler leur forfait en malfaiteurs également.

— Ils ne déterreront pas les premiers pour quelques dents en or, on ne risque pas grand-chose pour deux dents fauchées. Ils seront pris dans leur enquête, ça pourrait passer complètement à l'as notre petite combine. On ne change rien. Je vais déposer les dents chez le fondeur, je repars avec les lingots, on les cache et on attend, déclara-t-il.

— Ah non, protesta Crochat. *Tu* les caches ! Je viendrai récupérer mon lingot quand tout se sera tassé.

— À tes risques et périls, répondit Caragule.

— Pourquoi, tu comptes filer au Panamà avec mon lingot ?

— Non. Mais tu n'es pas à l'abri d'un retour en force de ma conscience morale.

Un « tsss » dédaigneux s'échappa de la bouche de Crochat. Il était rasséréné par le sang-froid de Caragule.

— On file doux maintenant, plus de pince-monseigneur ni de surdose de Zip Lip. Attendons que tout se calme. Au boulot, mon Caragule !

La longue ligne droite qui perçait la forêt en deux moitiés égales au départ de Montraguil faisait un crochet brutal pour contourner une retenue d'eau où les pêcheurs du dimanche s'alignaient canne en main pour taquiner la truite. Un garde-corps en métal leur servait d'accoudoir à la belle saison et un ancien moulin à eau reconverti en maison d'hôtes lui faisait face. Un utilitaire cabossé s'était encastré dans la barrière et semblait sur le point de plonger dans l'eau verte en contrebas. Une grande femme blonde tenait dans ses bras une poule blanche qui paraissait mal en point. Le major en déduisit que le conducteur de l'utilitaire, grisé par la ligne droite, n'avait pas bien anticipé le décroché et s'était laissé surprendre par la traversée de l'imprudent volatile. Des éclats de voix furieux parvenaient de l'angle du moulin à eau. Le conducteur s'épongeait le front avec sa casquette et hurlait des indications dans son téléphone. La tête penchée, Zacharie Fourbach écoutait attentivement le récit de la longiligne propriétaire qui caressait machinalement sa poule agonisante.

— Tiens, major ! Vous venez prêter mainforte ? interrogea gravement l'adjudant-chef, toujours impeccablement lugubre avec sa moustache lustrée et son front dégarni.

— Pas vraiment, Fourbach, vous vous en sortez très bien. J'ai besoin de vous deux minutes, vous me suivez ?

— La poule est malheureusement déjà dans l'autre monde, je vous suis…

Le gendarme se détacha du carnet à spirale dans lequel il notait tant bien que mal la déposition de Bijke Pfister, une Hollandaise tout en dents. Avec un soulagement évident, rendu compréhensible par l'accent à couper au couteau de la charmante Néerlandaise, Fourbach rangea son stylo et son calepin. Il se frotta les mains l'une contre l'autre et regarda autour de lui comme s'il pensait que le major avait prévu une table et des chaises à proximité. Le major lui indiqua du doigt un chemin forestier qui s'enfonçait vers l'ouest. Le grand Louvain leur emboîta le pas, sans vraiment attendre d'y être invité.

— Fourbach, j'ai besoin que vous me parliez un peu des Capitourlan, des Cassague, de leurs liens, et d'Hugo Cassague en particulier. Que dit-on de lui ?

L'adjudant-chef enroula l'extrémité gauche de sa moustache autour de son index, ravi d'être mis à contribution dans une affaire qui secouait la vie paisible de Montraguil.

— Les Cassague sont une famille assez atypique. Les Capitourlan aussi, mais différemment. Pascal, on le connaît ici, c'est un enfant du pays.

— Puisqu'on commence par lui, dites-moi… est-ce qu'il est apprécié ?

— Oui, beaucoup, répondit sans hésiter Zacharie. Il a racheté la ferme du Laussou. C'est une belle ferme fortifiée mais qui exige pas mal de moyens. Quand il s'est installé, il ne pensait sans doute pas que ça serait aussi lourd.

— Il a des difficultés financières ? interrogea le major, qui tentait d'ignorer la toux d'asthmatique de Louvain qui peinait à les suivre dans le sentier.

— On peut dire ça, oui. Sa femme travaille, donc pendant un temps ils ont été à l'équilibre. Lui s'était lancé dans les ruches, ça marchait pas mal, à petite échelle, mais c'était suffisant.

— Pourquoi pendant un temps seulement ?

— Parce qu'il y a deux ans, un peu moins peut-être, Hugo Cassague est arrivé dans le coin.

— Ils se connaissaient ?

— Oui, de façon assez indirecte. Hugo a une sœur, Sarah. Sarah s'est mariée avec un ami de Pascal. Hugo a proposé une association à Pascal qui était censée lui faire faire un bond en avant en matière de revenus. De l'apiculture à la sauce start-up. Je vous invite à aller voir leur site, Honey Box, c'est bien fichu.

— Et ?… Ça n'a pas marché ?

— Si, si, ça marche très bien d'après les articles qu'on voit passer. Hugo Cassague a même été invité sur BFM Business et tout.

— Mais ?

— Mais il fallait suivre la demande. Donc achat de nouvelles ruches, c'est comme ça qu'ils ont repris le rucher du monastère par exemple. Endettement pour créer une belle miellerie, nouvel achat en perspective de la parcelle de châtaigniers qui colle le rucher, ce qui ne leur a pas valu que des amis.

— Pour quelle raison ?

— Serge Fos, le type aux dents sales, projetait de relier son terrain à la centrale photovoltaïque qui existe de l'autre côté de la route. Mais pour ça il lui faut la parcelle de châtaigniers, pour atteindre la taille critique nécessaire à un projet de ce genre, et pour pouvoir passer les câbles jusqu'à la centrale. Sauf que son offre a été balayée par la demande de préemption de Pascal qui a toutes les chances de l'obtenir.

Les mains croisées dans le dos, le major avançait en prenant soin d'éviter les racines qui bosselaient le sol. Les feuilles mortes formaient sur les cailloux du chemin un tapis gluant sur lequel Louvain glissait régulièrement en pestant. Le chemin montait et descendait au gré des remous du terrain qui plongeait tout à coup vers un ruisseau invisible sous les ronces. Le chemin s'arrêta net et le major se tourna alors vers Fourbach, qui fouillait du bout du pied sous les feuilles pour débusquer quelques violettes. Louvain quant à lui s'était arrêté plus loin et fumait un affreux cigarillo dont la fumée leur parvenait par bouffées.

— Et pourquoi Pascal a-t-il fait une demande, vous veniez de me dire qu'il était trop endetté ?

— Peut-être, mais Hugo a poussé comme un fou. On dit même qu'il a obtenu à Pascal un prêt de sa femme, Apollonia. C'est elle qui finance presque la totalité du projet Honey Box. Elle ne fait pas de bruit, mais c'est une vraie femme d'affaires.

— Vous pensez que son mari est du genre à faire pression ? Je veux dire, sur sa femme, sur son associé…

— Sur son associé, oui, c'est certain. Je n'ai jamais su de quoi il s'agissait, j'ai eu beau faire l'innocent, jamais Isabelle Capitourlan n'a lâché quoi que ce soit. Peut-être qu'elle n'est elle-même pas au courant. De toute façon, elle aussi a ses petits secrets, donc j'imagine qu'elle ne va pas gratter chez son mari.

— C'est-à-dire ?

— Elle est d'origine espagnole. Ça s'entend légèrement quand elle fait ses « ss », ça chuinte un poil.

— Ça ne fait pas d'elle une dissimulatrice !

— Oui et non. Elle a débarqué un jour à Montraguil, à peu près en même temps que ce vagabond, Fernando. Ils se connaissent depuis très longtemps, j'en mettrais ma main à couper. Elle a des réactions de stress post-traumatique et lui aussi. Je l'ai vue être prise de spasmes à la suite d'une détonation par exemple. Ils ont dû vivre ensemble quelque chose de vraiment violent.

Fourbach s'interrompit et se mit à arracher de petits morceaux d'écorce sur une branche morte qui tombait à la verticale d'un tronc. Il réfléchissait.

— Pascal et elle semblent être un couple uni, non ?

— Oui. Ils ont peut-être mis les choses au clair, je ne sais pas. Mais si elle avait quelque chose à cacher, vous pouvez être sûr qu'Hugo Cassague a tenté d'en savoir plus pour pouvoir un jour s'en servir.

— Sa femme dit qu'il manquait d'assurance et qu'il se croyait obligé d'obtenir par la pression ce qu'il pouvait avoir plus simplement.

— C'était une sorte de manipulateur, un peu candide. Pas assez intelligent pour être un Machiavel. Mais quand même sacrément tordu. Vous voulez mon avis ?

— Dites.

— La lettre de Serge Fos, qui l'accuse de je ne sais pas quoi. C'était forcément Cassague. Pour ne pas que Fos fasse obstacle à la préemption. Et vous savez pourquoi j'en suis certain ? Parce que c'était une manœuvre complètement inutile. Fos n'avait aucune chance face à un apiculteur. Mais Cassague était comme ça. Tordu. Je suis presque sûr qu'il a bluffé, en se disant que Fos avait sans doute un petit secret honteux, comme la plupart des gens.

— Comment vous savez qu'il n'y avait rien de précis dans la lettre de Fos ? Il ne l'a montrée qu'à moi.

Fourbach ouvrit de grands yeux.

— J'ai juste consulté le dossier que vous avez créé. Vous avez mis la copie de la lettre dedans.

Le major éclata d'un rire qui se répercuta entre les troncs bruns.

— Vous êtes un vrai fouineur, adjudant-chef.

— Ça n'est pas pour rien que vous venez me voir pour avoir une vision d'ensemble, major.

Avec ses moustaches cirées et sa cambrure trop marquée, Zacharie Fourbach avait une allure d'Hercule Poirot, songea Géraud. Il imaginait sans trop de peine le gendarme compulser les dossiers le soir après son départ pour l'*Hôtel de l'Europe*. En effet, ça lui donnait une bonne vision d'ensemble, mais Géraud se rendait compte qu'il faisait certainement lui-même l'objet d'une enquête. Fort heureusement, il n'avait pas de cadavre à cacher dans le placard.

— Quoi d'autre, Fourbach, est-ce que je devrais savoir autre chose pour pouvoir avancer ? Le miel par exemple ? encouragea le major qui venait de se souvenir de l'étrange réaction du prieur.

— Le miel… c'est-à-dire ?

— Je ne sais pas, vous n'avez rien à m'apprendre sur le miel ?

Zacharie se frotta la joue du plat de la main. Il semblait faire de réels efforts pour produire une information utile.

— Franchement, je n'ai pas souvenir de quelque chose à ce sujet. Cependant… cependant il faudrait peut-être se renseigner sur la manière dont Honey Box parvenait à remplir ses colis sans sourciller alors que la demande a été multipliée par dix en quelques semaines après le passage sur BFM. Les abeilles ne se mettent pas à tripler leur production simplement parce que le carnet de commandes explose.

L'image du prieur emportant un carton Honey Box sous le bras dans la salle où Baptiste remplissait les colis surgit brutalement dans l'esprit du major. Bien sûr qu'il y avait anguille sous roche. Toutes les activités d'extraction et de mise en pots se déroulaient toujours dans les locaux du prieuré. Le frère apiculteur et, sans aucun doute, le prieur connaissaient certainement le fin mot de l'histoire. Est-ce que la fraude au miel était punie aussi sévèrement que la fraude aux raisins que le major maîtrisait sur le bout des doigts[1] ? Les affaires de fraudes devaient dépendre directement de la DGCCRF. Le major lança à l'intention de Louvain qui continuait à crapoter assis sur une souche comme un enfant boudeur :

— Louvain, j'ai besoin que vous me fassiez des recherches sur les fraudes au miel, les définitions, l'organisme compétent, ça doit être la DGCCRF au niveau régional. Les sanctions qui s'appliquent, aussi, et s'il y a eu un signalement concernant Honey Box ou bien la société de Pascal Capitourlan.

Louvain poussa un grognement qui pouvait passer pour un acquiescement. Il se leva et s'ébroua, puis parcourut les quelques mètres qui le séparaient de Fourbach et du major. Il s'éclaircit la voix puis annonça :

— Est-ce que vous avez besoin que je m'occupe aussi de vérifier les alibis ? La coiffeuse de Mme Cassague par exemple ?

— Le coiffeur, corrigea Fourbach. C'est celui de la rue du Brame, celle qui part du coin de la brasserie de Philémon et qui descend vers la maison médicale. Il faut demander Philippe

1. Voir *L'année du gel*.

Fourcade. On le surnomme Phi-Fou, mais je préfère vous prévenir, il est loin d'être commode.

— Merci, Fourbach, interrompit le major avant de voir le gendarme s'embarquer dans le récit circonstancié des relations du coiffeur avec le reste de la population. Est-ce qu'il y a quelqu'un d'autre qui toucherait de près ou de loin à notre victime ?

— Sa mère. Elle vient souvent dans le coin, le père d'Hugo avait son étude à Montraguil dans le temps. Elle voue une adoration sans bornes à son petit-fils, Ozan. Vous l'avez rencontré, lui ?

— Ce matin, oui. Indéchiffrable comme un adolescent. Il semble proche de sa mère. Vous savez comment il s'entendait avec son père ?

Dans un premier mouvement, Fourbach ouvrit la bouche, puis la referma, comme étonné de ne pas avoir de commentaire déjà tout prêt à sortir. Il secoua la tête.

— En réalité, la famille Cassague, père, mère, fils, est imperméable. Je veux dire... autant sur Hugo, on peut avoir son avis, des informations précises, autant sur Apollonia, c'est déjà plus compliqué. Mais sur l'ensemble qu'ils formaient tous les trois, impossible. Rien ne filtrait. Je vous mets au défi de trouver quelqu'un qui pourrait témoigner qu'Apollonia critiquait son mari, Ozan son père ou Hugo son fils. Ils formaient comme... une boule bien lisse. En revanche, sur Asma, la grand-mère, ou Sarah, la sœur, on peut en raconter des tartines.

Levant la main, le major fit signe que, pour le moment, le topo lui suffisait.

— Ah, peut-être encore quelque chose. La pharmacienne.

— Quoi, la pharmacienne ?

— Elle a le béguin pour Pascal Capitourlan. Il ne remarque rien, sa femme, si, mais tant que lui ne se monte pas le bourrichon, elle n'intervient pas. On dirait même qu'elle a pris la petite Bedrossian sous son aile.

— Et quel rapport avec notre victime ?

— Un rapport ténu peut-être. Mais Naïri Bedrossian se démène pour trouver des solutions de repli à Pascal qui lui permettraient de se dégager de l'entreprise Honey Box. Et je suis persuadé qu'elle aussi est venue à Montraguil pour fuir quelque chose. Vous connaissez le nom de jeune fille d'Asma Cassague ?

— La grand-mère ? Non.

— Ozdemir.

Le visage inexpressif du major poussa Louvain à intervenir.

— Ozdemir, c'est turc. Bedrossian, c'est arménien. Il y a comme une incompatibilité d'humeur.

— Vous pensez à un crime politique ?

Louvain adoucit sa voix et planta son regard dans celui du major.

— Entre les Arméniens et les Turcs, ce n'est pas politique, major. C'est une histoire de plaie ouverte.

Lorsqu'ils arrivèrent au moulin, l'utilitaire encastré dans la balustrade avait disparu, de même que son propriétaire boursouflé de colère. Une poule blanche traversa la route, Louvain sursauta.

— Elle revit ?

Avec un sourire mystérieux, Fourbach pencha la tête sur le côté, sa moustache balayant le col de sa parka bleu marine.

— Vous avez vu *La Ligne verte* ? Avec Tom Hanks, le gars condamné à mort qui souffle des abeilles et tout. C'est un peu moi. Je lui ai soufflé dans le bec, et hop ! la poulette gambade de nouveau.

— Vous plaisantez, adjudant-chef ! protesta Louvain qui se crispa dans son manteau beige.

— Ce n'est pas une plaisanterie. C'est un mensonge. La poule est morte. Mme Pfister l'enterre sous son érable du Japon. Maintenant, si vous le permettez, je rentre à la brigade, nous avons à faire. Major.

Fourbach s'inclina avec raideur et s'installa derrière le volant de la voiture bleue barrée de blanc. Louvain restait perplexe. Il suivit des yeux le véhicule jusqu'à ce qu'il le perde de vue.

— Il est toqué votre adjudant-chef ?

— Il est comique. La brigade l'appelle le pince-sans-rire.

— Son humour m'échappe, constata l'OPJ.

— Moi aussi, souvent, soupira le major. Je vous propose de discuter de tout ce que nous a livré Fourbach. La salle de repos de la brigade sera parfaite pour ça.

— Ça ne sera plus une salle de repos, objecta Louvain.

— Vous voyez, vous faites de l'esprit. Je suis sûr que vous vous entendrez à merveille avec Fourbach avant que l'enquête ne soit terminée.

Les deux hommes claquèrent leur portière en même temps. L'ambiance s'était réchauffée d'un cran dans la voiture et le major baissa la ventilation qu'il avait poussée à fond sur le trajet de l'aller pour masquer le silence pesant. Louvain se grattait le menton.

— Est-ce que vous pensez que les cachotteries des Capitourlan sur leur passé peuvent jouer un rôle dans cette histoire ? N'a-t-on pas tous de petits secrets qu'on préfère garder pour soi ?

— C'est le lot de chacun d'entre nous, Louvain, de cacher ce qui nous semble trop difficile à expliquer à d'autres. Notre boulot, c'est de voir si ça peut avoir un rapport avec le présent qui nous occupe. Pour le coup, on va devoir gratter dans le jardin de tout le monde. Cependant, si on pouvait reconstituer de manière un peu logique comment tout ça s'est passé, ça aiderait. Hugo Cassague meurt attaqué par des abeilles. Très bien. Qui a poussé la ruche ? Comment cette personne pouvait être certaine de ne pas être elle-même la cible des abeilles ?

— Cette personne portait peut-être une protection.

— Sans doute, mais le labo qui a emporté la combinaison n'a trouvé que des traces ADN appartenant à Capitourlan, ce qui est diablement logique.

— Soit c'est Capitourlan qui a fait le coup, soit il existe une autre combinaison que le meurtrier a emportée, soit on est face à un charmeur d'abeilles.

Avec une moue changeante selon l'hypothèse qu'il envisageait, le major examina chaque option. Il sentait Louvain faire de même sur le siège passager. La ligne droite qui reliait le moulin à Montraguil lui laissait la possibilité de se concentrer sur autre chose que le bitume qui défilait sous les roues. Avec la hausse brutale de température, les bourgeons avaient éclos et les pruniers agitaient au vent des branches chargées de minuscules pétales roses et blancs. L'odeur miellée leur parvenait à travers le filtre à air et Géraud fut tenté d'ouvrir les fenêtres.

Ils laissèrent sur leur gauche un parking artisanal qui servait probablement aux cueilleurs de champignons, aux gens du coin venus écouter le brame en septembre et aux touristes perdus qui dépliaient sur leur capot une carte IGN déchirée. Les alentours de Montraguil semblaient enfouis sous les arbres. La petite ville médiévale se dressait tout à coup au-dessus des ramures nues, comme perchée sur les branches les plus hautes. Le clocher surplombait les ruelles tortueuses et, d'ici, les maisons neuves qui avaient poussé sur la ceinture de la vieille ville étaient encore invisibles. La gendarmerie faisait justement partie de ces bâtiments carrés et sans charme. Le major Dambérailh eut une pensée pour sa brigade de Lafontac, si chic dans ses vieilles pierres de Frontenac. Le parking de la gendarmerie luisait sous la bruine qui s'était remise à crachoter lorsque le major se gara entre deux places vides. Il avait beau s'être considérablement amélioré au volant, il n'allait pas tenter un stationnement en épi entre deux véhicules d'intervention trop serrés, surtout avec Louvain à ses côtés. Il tourna la clé et la fit tinter deux ou trois fois contre le porte-clé avant de se tourner vers l'OPJ qui réprimait une quinte de toux.

— Vous y croyez, vous, à ce genre de trucs ? La communication avec les animaux et tout ça ?

Jules Louvain souleva une épaule d'un air de dire « Couci-couça, mais pourquoi pas ». La main sur la portière, l'OPJ eut un claquement de langue.

— Quand même, la personne qui a poussé la ruche s'est probablement fait piquer, vous ne pensez pas ?

— Qu'est-ce que vous suggérez, Louvain, qu'on inspecte recto verso chacun des suspects ?

— Et pourquoi pas ?

— On regardera les mains et le visage. Vous avez raison, il ne faut pas passer à côté. Mais je doute que ça donne quelque chose.

Une fois debout sur le parking, l'OPJ alluma un cigarillo. Il tendit la boîte métallique au major qui refusa d'un geste, trop heureux que l'odeur lui soulève le cœur, alors que du bon tabac blond l'aurait électrisé. Le major remonta son col et regretta l'écharpe qu'il avait laissée sur le dossier de sa chaise. Il espérait que Louvain tirerait vigoureusement sur son affreux rouleau brun pour ne pas rester trop longtemps dans l'humidité qui gouttait des toits. La hausse des températures s'accompagnait d'un regain d'humidité. Chacun, grisé par la douceur de l'air et par les trilles joyeux des mésanges charbonnières, se croyait mûr pour déjeuner bras nus au soleil puis se rendait compte, la goutte au nez, que le printemps n'était pas encore bien installé.

— Je vais mettre au propre la déclaration d'Apollonia Cassague, souffla Louvain. Je vous dois quelques excuses, major. Pour vous avoir déballé mes affaires personnelles comme si ça m'exonérait de mener correctement un entretien. C'est ma première enquête depuis dix mois, je sors d'arrêt maladie. J'ai dû rouiller.

Une phrase dans le style de « Ne parlons plus de ça » aurait certainement été la bienvenue, mais Dambérailh préféra hocher la tête pour accuser réception de ce mea culpa. Point trop n'en fallait.

— Finissez votre machin, qu'on rentre faire la liste des autres témoins à voir. On gèle.

— Je ne te le fais pas dire, mon chéri, s'écria une voix familière que le major reconnut avec un frémissement.

Daphné Dambérailh, drapée dans un châle en tartan qui lui battait les mollets, traversait le parking d'un pas de fantassin.

— Tu m'as lâchement abandonnée, dis-moi… Mais passons, je te pardonne.

Elle lui embrassa la joue de cette manière qui lui était propre et qui tenait plus du coup de boule que de la caresse.

— Heureusement que, fortuitement, j'avais besoin de me rendre au marché aux truffes. J'ai ouï dire qu'un certain Hugo Cassague venait de mourir dans des circonstances étranges. Qui doit-on cuisiner ?

Afin de couper court aux élans de Daphné, le major la prit par le bras pour la placer face à son adjoint. Il n'avait pas envie d'expliquer à Louvain qu'il avait déjà impliqué sa tante dans une enquête pour meurtre.

— Je vous présente l'adjudant-chef Louvain. Mon adjoint sur cette enquête.

— Oh, je vois.

Avec un air pincé, Daphné toisa Jules Louvain de haut en bas, un sourcil en suspens au milieu du front, sa bouche plissée rappelant le derrière d'un chat.

— Eh bien, puisque tu n'as pas besoin de moi, je te souhaite bien le bonsoir.

Et elle disparut sous l'œil ébahi de Jules Louvain, qui en oublia de secouer la cendre de son cigare avant qu'elle ne tombe sur le devant de son pardessus beige.

Dans le but, assurément lâche, de ne pas avoir à fournir d'explication, le major secoua la tête avec une expression navrée, ce qui laissait entendre que sa tempétueuse interlocutrice n'avait pas toute sa tête. Il s'en voulut un peu, mais préférait encore supporter le poids de la culpabilité plutôt que de s'embarquer dans de tortueuses explications.

La salle de repos était calme. Les « premiers à marcher » étaient tous sortis, les autres tapaient avec application leurs comptes rendus divers derrière la porte close de leur bureau avant de quitter la brigade. Géraud s'installa devant une table basse d'une propreté angoissante. Il avait besoin de mettre à plat les éléments qu'ils détenaient et qui lui semblaient terriblement confus. Les démarrages d'enquête, alors qu'il ne disposait encore d'aucune conclusion solide provenant du labo ou de l'Institut médico-judiciaire, lui étaient toujours aussi pénibles.

Il posa sur la table son carnet en moleskine et l'ouvrit à plat.

— Est-ce qu'on peut reprendre depuis le début, Louvain ?

— Tout démarre avec les horaires. Apollonia Cassague nous dit être passée à vélo à 13 h 30 pour donner un message à son mari. Pascal Capitourlan était présent, il faut lui demander de confirmer.

— Oui, c'est le début, grommela le major en notant à toute vitesse l'horaire qu'il entoura de flèches et de signes indéchiffrables pour tout autre que lui. Ensuite, Pascal nous dit qu'il a quitté le rucher à quelle heure ?

Le major ouvrit sur la table un dossier qu'il était passé prendre sur son bureau. Son espace de travail était déjà encombré de diverses piles de documents, il préférait l'espace vierge de la salle de repos où il savait disposer de surfaces vides pour y étaler ses papiers. Une exclamation lui échappa lorsqu'il ouvrit le rabat. Un gendarme bien intentionné y avait ajouté les premiers documents en provenance du bureau du légiste : une série de photos du corps. Le thanatopracteur avait fourni un travail d'une grande précision, le visage ne portait aucune trace des multiples piqûres qui l'avaient certainement défiguré.

— J'ai déjà vu cet homme, murmura le major, levant une photo à hauteur des yeux. Au monastère. Il discutait avec le prieur. Ils se disputaient plus exactement. Quand il est rentré, le prieur a pris une boîte complète de Honey Box, et il est revenu dire quelque chose... quelque chose qui devait forcément être en lien avec son échange avec Cassague. Il a demandé à Baptiste de ne pas ouvrir lui-même les mails provenant de Honey Box.

— Et Baptiste est ?

— Mon fils. Je vous en ai déjà parlé.

— Le même prieur que vous avez attrapé avec son arme anti-frelons sur les lieux du crime le lendemain matin ?

— Le même. Cassague faisait pression sur lui, sans doute à cause du miel. C'est le prieur qui m'a demandé si on enquêtait sur le miel.

— Étrange s'il voulait vous dissuader d'enquêter sur lui, non ? C'est bien les moines qui s'occupent de mettre en pots et de remplir toutes les box ?

Le regard fixé sur l'élastique de son carnet, le major faisait jouer le capuchon de son stylo. En effet, la réflexion du prieur qui suggérait une enquête possible sur le miel collait mal avec une stratégie de dissimulation.

— Imaginons que le prieur s'aperçoive que le miel qu'il met dans les petits bocaux ne provient pas du tout des ruches Capitourlan, murmura-t-il. Il s'oppose à Cassague, refuse de continuer à gérer le conditionnement et l'expédition des paquets. Cassague vient le visiter le jour où je suis moi-même au monastère. Il fait pression pour que le monastère poursuive comme si de rien n'était. Soit le prieur a vraiment un secret à préserver et il ne supporte pas l'idée d'être vulnérable, soit le chantage de Cassague est suffisamment bien monté pour représenter un danger réel.

— Si je vous suis, major, ça veut dire que le prieur, pour protéger ses fesses ou celles de ses petits copains, va aller au rucher comme à son habitude, et, ô miracle, il tombe sur Hugo Cassague qui fait le pied de grue en attendant on ne sait trop quoi. Hugo Cassague qui ne se rend pratiquement jamais au rucher, d'après ce qu'a dit sa femme.

— Qu'est-ce qui nous dit que ce n'est pas un crime opportuniste ? objecta le major. Laissez-moi continuer. Il arrive avec son bâton sur l'épaule, et hop ! il profite d'un moment où Cassague tourne le dos, il pousse la ruche avec son bâton et il prend les jambes à son cou.

— En robe, ça doit être pratique.

— J'imagine qu'il a l'habitude...

— Votre petit scénario est tout à fait séduisant, major. Cependant, j'avoue que je bloque sur certains points. D'abord, une ruche, ça pèse quoi… trente, trente-cinq kilos ? Sur quatre pieds, ça n'est pas si facile à renverser. On trouvera peut-être un point d'impact dans le dos de la ruche ? Le prieur n'est pas un idiot, il sait donc qu'il risque bien plus d'être la cible des abeilles qu'Hugo puisqu'il est tout près. Il se met à courir…

— Et s'il était équipé ? Avec une voilette et tout le bazar, il ne risquait rien.

— Vous venez de dire qu'on est face à un crime opportuniste. Quand vous l'avez croisé le lendemain, il avait un équipement particulier ?

— Non…

— Bon. Donc mettons qu'il ait pris le risque, il a forcément été piqué. Ça nous donne deux points à éclaircir : la ruche a-t-elle été poussée avec un bâton, le prieur a-t-il été piqué ?

— Non, quatre, intervint le major. Pourquoi est-ce qu'il a emporté les deux pieds et quand les a-t-il remplacés ?

Le silence s'installa dans la pièce claire. Un bruit de pas se fit entendre par la porte entrouverte et Jaureguy passa la tête dans la pièce.

— Major, une certaine Mme Phélan pour vous au téléphone.

— À quel sujet ?

— Elle n'a pas voulu me répondre, je lui dis de vous rappeler ?

— Prenez son numéro, oui. Merci, Jaureguy.

— On note donc pour le prieur : piqûres, nature des pressions d'Hugo Cassague, alibi pour tout l'après-midi car, même s'il est parti en courant, il est forcément repassé avant la découverte du corps pour gérer cette histoire de tasseaux.

— Voilà. Ensuite, on revient aux horaires : après 13 h 30, Pascal Capitourlan est seul avec Hugo Cassague. À quelle heure quitte-t-il le rucher ?

Les feuilles de la déposition de Pascal furent étalées sur la table et les deux hommes s'y penchèrent jusqu'à ce que Louvain écrase d'un doigt épais une ligne :

— Là. Il dit qu'il est parti à 15 h 15 pour rencontrer un type de la SAFER.

— Je note d'interroger le type qui a dû le recevoir, marmonna le major. Ensuite, qu'est-ce qu'on a ?

— Rien jusqu'à 19 heures, heure à laquelle les amis d'Hugo signalent à sa femme qu'il n'est pas allé jouer au squash. Il faut qu'Apollonia vous montre le SMS, on ne peut pas se contenter de sa parole.

Avec un plissement de bouche, le major s'abstint de commenter la précision de son adjoint. Il nota tout de même.

— Les gars m'ont glissé le rapport des pompiers. Ils sont arrivés sur place à 20 h 45. À quelle heure Pascal a-t-il reçu le coup de fil d'Apollonia ?

— Elle a appelé une première fois vers 20 h 15 et une deuxième fois à 20 h 40, juste avant l'arrivée des pompiers. Elle était sur place lors de ce deuxième coup de fil, elle venait de découvrir le corps.

— Donc, conclut le major, pour le moment on a aucune visibilité sur ce qui s'est passé entre 15 h 15 et 20 h 40. Il faut qu'on sache si c'était bien Hugo Cassague que le prieur a vu quand il est venu faire son petit tour. Il n'a pas été précis, il m'a juste dit que ce n'était pas Pascal Capitourlan. Ça nous permettrait de réduire un peu la plage horaire.

— Et les conclusions du légiste ?

— Je ne compte pas trop dessus. Le corps avait déjà reçu les soins de conservation, vous savez ce que ça signifie.

— Estomac vidé, corps réfrigéré, donc aucun résultat thermométrique envisageable... On peut toujours espérer que l'humeur vitrée de l'œil donne quelque chose, mais je doute qu'on puisse avoir une fourchette plus précise que celle qu'on a déjà. Est-ce que les pompiers indiquent quelque chose dans leur rapport ? Rigidité, etc. ?

Les feuilles volèrent lorsque le major prit le document, placé sous la déposition de Pascal.

— Non, ils ont juste constaté la mort. C'est Jaureguy et Fourbach qui ont été appelés ensuite. Lui, ou bien elle, a forcément touché le corps. D'ailleurs, il me manque leur rapport d'enquête sur les causes de la mort. Même si on a requalifié les faits, ça ne les dispense pas de clôturer le dossier correctement.

— On les interrogera en descendant. Major, il reste un truc.

Le carnet en moleskine une fois rangé dans sa poche poitrine, le major leva les yeux sur Louvain qui tapotait sur son étui à cigarillos d'un air pensif. Il commençait à connaître les « Il y a un truc » de son DEA[1].

— Je vous écoute, Louvain.

— Qu'est-ce que Capitourlan et Cassague attendaient au rucher ? S'ils s'y retrouvaient pour régler je ne sais quoi, Hugo Cassague serait parti en même temps que Pascal. Or il est resté. Pourquoi ? Et pourquoi là-bas puisque le bâtiment n'a rien d'un bureau, vous m'avez décrit une sorte de débarras ?

Les détails de la déposition de Pascal revenaient un à un à l'esprit du major. Pas un seul n'expliquait ce que venait de soulever Louvain. Pascal Capitourlan n'avait pas tout dit. Dambérailh ne pouvait s'empêcher d'être déçu. Il pensait avoir noué une relation de confiance avec Capitourlan, ce grand type un peu penché qui venait spontanément partager son inquiétude avec les forces de l'ordre.

— J'appelle le légiste. Si Capitourlan s'échine à nous cacher des choses, on trouvera certainement une explication dans le portable de Cassague. D'après ce que je comprends, c'était lui qui portait la culotte dans leur association. Si des infos circulaient, ça passait forcément par lui.

D'un geste sûr, Dambérailh rassembla les feuilles volantes en un tas bien net et il les rangea dans la chemise saumon dont il rabattit avec soin l'élastique. Il aimait par des gestes simples remettre de l'ordre autour de lui, il avait ainsi l'impression que ses pensées s'organisaient

1. Directeur d'enquête adjoint.

d'elles-mêmes. Il avait si rapidement catégorisé Pascal Capitourlan dans le rôle d'honnête témoin qu'il avait automatiquement minimisé la possibilité qu'il soit impliqué. Après tout, il était le dernier à avoir vu Hugo Cassague en vie. L'heure à laquelle le prieur avait approché le rucher et aperçu quelqu'un constituait le nœud de l'enquête. Il suffisait que le père Jacques-Marie certifie avoir vu Cassague en vie après 15 h 15 pour que Capitourlan soit hors de cause, mais dans le cas contraire… Le major jeta un coup d'œil à l'horloge murale accrochée sur le mur blanc de la salle de pause. 18 h 45, déjà. Qu'est-ce qu'on pouvait bien fabriquer dans un monastère à cette heure-là ? Laudes, vêpres, oraison silencieuse, le major n'en avait aucune idée, sa culture religieuse se bornait à connaître ces mots obscurs et c'était déjà beaucoup. Il passerait au monastère aussitôt après avoir rappelé cette Mme Phélan.

À travers les carreaux limpides, la nuit semblait turquoise. Louvain éteignit les néons carrés qui dispensaient dans la pièce une lumière grésillante puis referma la porte derrière lui. Le major l'entendait souffler en descendant les escaliers. Des années de tabagisme se payaient au prix fort. Le major inspira profondément pour la seule satisfaction de sentir ses poumons se remplir pleinement sans déclencher de quinte de toux. Il fallait bien se consoler d'avoir renoncé à la cigarette, on descendait nettement mieux les escaliers. À peine le major avait-il posé le pied sur le carrelage immaculé du couloir qui menait aux bureaux que Louvain lui refit le coup du truc :

— Et sinon, major, je peux vous demander un truc ?

— Allez-y.

— Cette jeune dame tout droit sortie de *Highlander*, qui est-elle ?

— Jeune dame…

Perplexe, le major se retourna vers son adjoint dont il vit pour la première fois les yeux plissés en une expression hilare.

— Vous parlez de la dame d'âge mûr sur le parking tout à l'heure ? C'est ma tante Daphné.

— Âge mûr, vous êtes dur, elle a au bas mot cinq ans de moins que moi.

Les larmes aux yeux, Louvain riait à présent franchement et se cramponnait à la rampe pour contenir ses quintes de toux. Il s'essuya les paupières du revers de la main.

— On va garder pour nous que l'enquêteur principal se trouve embarrassé d'une Miss Marple en jupe à carreaux. Je doute que ça plaise beaucoup au proc'. Elle est charmante, cela dit.

La moue pincée du major qui n'appréciait pas que l'on considère sa tante sous l'angle du badinage fit redoubler la toux de Louvain.

— Trouvez-moi Jaureguy au lieu de plaisanter, Louvain, Fourbach a quartier libre. Qu'elle nous fasse son rapport précis sur le moment où elle a découvert le corps de Cassague.

— Froid. Froid-froid même.

— Est-ce que vous avez touché le corps, Jaureguy ? Il était rigide ?

Debout au milieu du bureau du major, la jeune gendarme hocha la tête avec vigueur. Elle tenait à la main l'ébauche de rapport qu'elle avait imprimée à la hâte lorsque Louvain lui avait enjoint de les retrouver dans le bureau. Elle avait en tête le déroulement exact des événements, mais produire un texte sur feuille A4 faisait plus sérieux. Cependant, le major, assis derrière son bureau, ne lui demandait pas de lui tendre le document, Ainoha le gardait donc entre les mains et s'empêchait de le rouler en tube. La présence de Louvain dans le petit bureau saturait l'espace, elle était stressée.

— Oui, rigide et glacé. Il faisait dans les trois ou quatre degrés, le corps était sur l'herbe après le point de rosée, pas étonnant qu'il ait vite refroidi.

— Ça réduit un peu la fourchette concernant l'heure de la mort, commenta Louvain en regardant son carnet. Vous l'avez touché à quelle heure ?

— 21 heures. Les pompiers nous ont appelés dès qu'ils ont constaté la mort, on a débarqué aussi vite que possible avec Zacharie et le médecin de garde, mais j'avoue qu'on n'était pas du tout dans l'optique de démarrer une enquête de flagrance. J'ai mis le maximum de détails dans mon rapport, Zacharie aura peut-être quelque chose à ajouter.

Trop tard, la feuille était roulée en tube et elle s'en servait comme d'une batte pour se frapper la paume de la main. Elle avait des tics comme ça, impossible de s'en défaire. Une angoissée, voilà ce qu'elle était.

— Si le corps était rigide à 21 heures, même par quatre degrés, ça signifie qu'il était mort depuis plus de trois heures, dit Dambérailh.

— On peut définir une fourchette un peu plus précise, intervint Louvain, en attendant la confirmation du légiste.

L'OPJ sortit de son grand pardessus un carnet à spirale en mauvais état et étala sur le bureau du major une feuille pliée en quatre collée sur l'une des premières pages. Le papier était râpé à la pliure et Louvain prenait d'infinies précautions pour ne pas disloquer son document. De l'endroit où elle se trouvait, Ainoha Jaureguy pouvait distinguer des arcs de cercle concentriques ponctués de chiffres obscurs.

— C'est la vieille école, j'en ai conscience, mais ça sert toujours, annonça Louvain.

— Qu'est-ce que c'est ? demanda le major qui se penchait sur son bureau pour regarder le dessin de plus près.

— Un nomogramme de Henssge. Ça permet de définir approximativement le délai entre la mort et le moment où on découvre le corps en fonction de la température extérieure et du poids. Notre victime faisait combien, quatre-vingts kilos ?

— Plus ou moins, dit Jaureguy.

— Vous avez une règle, major ?

Louvain se saisit du double décimètre que lui tendit Dambérailh et se mit à tracer des lignes au crayon à papier en prenant soin de ne surtout pas trop appuyer.

— Si l'on ajoute en facteur correctif le fait que la victime portait un manteau… Vous confirmez, Jaureguy ?

— Oui, il portait un anorak.

— Pas beaucoup de vent ?

— Pas trop, non.

— Ça nous donne une mort entre 15 et 17 heures… Bien sûr, il faudra que le légiste précise tout ça, peut-être qu'il vous convoquera, Jaureguy.

— Tant qu'il ne me demande pas de toucher des échantillons comparatifs… ne put s'empêcher d'ironiser la jeune gendarme pour détendre l'atmosphère.

La tension qui régnait dans le bureau descendit d'un cran. Le rapport que Jaureguy malmenait entre ses mains fut *in fine* plié en huit et jeté à la corbeille. Louvain et le major notaient en silence l'horaire présumé de la mort dans leurs petits carnets respectifs.

— Ça ne blanchit pas notre Capitourlan, constata Louvain, le crayon suspendu au-dessus de sa page à petits carreaux.

— Au contraire, même, soupira le major. Il est temps de filer au monastère. Je vous remercie, Jaureguy. On se fait un point sur les affaires courantes demain matin. Louvain, bonne soirée, je vous retrouve demain, 8 heures. D'ici là, si vous avez la possibilité de vérifier cette histoire de SMS chez Mme Cassague, ça nous avancera. En douceur, bien sûr.

Le hochement de tête de Louvain était plein d'un sens caché qui échappa à Jaureguy.

La barbe, il avait oublié de téléphoner à cette Mme Phélan… Si c'était vraiment important, elle le rappellerait. Il lui restait quinze minutes tout au plus avant l'extinction des feux au monastère, or il se voyait mal interroger le prieur en pyjama et bonnet de nuit. La voiture démarra sans difficulté malgré le froid mordant qui devait geler le carburateur. L'image du prieur en tunique de lin qui lui battait les cuisses fit glousser le major. C'était fou tout de même comme l'imaginaire collectif, le sien en tout cas, avait du mal à transposer dans le présent une vie en communauté religieuse. Waze, les drones et les disques durs externes où il était possible de stocker une vie de données dans l'espace d'un paquet de cigarillos ne pouvaient pas être connus de ce lieu ni de ces gens hors espace-temps. C'était du moins ce dont il était vaguement persuadé avant de parler dix minutes avec le père Jacques-Marie au coin d'un bois. C'était comme avec Jules Louvain. Il est toujours dérangeant de se voir malmené dans ses impressions premières. L'OPJ l'avait décontenancé par son âge (finalement, il n'était pas de la génération Y, loin de là), ensuite, il l'avait étonné par son approche efficace et organisée des faits (tous les plus de soixante ans ne sont donc pas gâteux), puis il l'avait terriblement déçu par son coup de sang chez Apollonia Cassague et, enfin, il l'avait épaté par sa capacité à se remettre en question et en selle. Le major n'avait pas pour habitude de changer quatre fois d'avis sur la même personne dans la même journée, et il s'agaçait de se sentir surpris à son propre sujet. Il n'avait pas conscience de sa tendance personnelle à se bâtir des certitudes à partir de presque rien. Au contraire, il pensait faire partie de ces esprits modérés en tout, qui observent avant de juger et se remettent en question avec une certaine souplesse. Il se décevait un peu. Peramel aurait certainement pris le temps d'apprivoiser Louvain avant de se forger une opinion.

Les lumières de Montraguil s'éloignaient dans son dos. La campagne périgourdine ne faisait pas semblant de se coucher avec les poules : aucune fenêtre illuminée ne venait égayer la nuit glacée. Dès que le soleil disparaissait, la température cessait d'être clémente et retrouvait les normales de saison. Les phares faisaient se découper sur fond bleu marine les silhouettes noires des branches basses qui traînaient jusque dans les fossés. À chaque tournant, le major s'attendait à voir surgir un sanglier, un brocard apeuré qui zigzaguerait sur la route, éperdu, mais il n'eut à éviter qu'un petit animal, une martre peut-être, qui s'abrita sous une haie et le fixa de ses petits yeux fluorescents.

La masse sombre du monastère dominait la route avant de disparaître derrière les arbres puis de resurgir à moins de trois mètres du capot de la voiture dont le major fit crisser les freins. De jour, toutes les distances lui avaient semblé différentes, comme si avec la nuit tout s'était ramassé sur soi, tassé même, comme pour se tenir chaud dans l'obscurité. Le porche même paraissait plus étroit, la cour moins vaste, alors qu'avec la nuit, le major se serait attendu à la trouver plus grande, inquiétante peut-être. Aucune lumière ne filtrait des bâtiments qui bordaient la cour. Il s'agissait sans doute des bâtiments de jour, les pièces dévolues à l'artisanat monastique, à l'accueil, à la librairie religieuse. Les chambres devaient se situer derrière l'église, dont le clocher dispensait une lumière bleutée à travers des lames de bois inclinées. Ces ouvertures devaient probablement permettre au son des cloches de ne pas rester enfermé sous les tuiles. Le major s'avança jusqu'au tympan et allait contourner l'église lorsqu'il s'aperçut que la double porte de bois était entrouverte. Il s'y faufila, dans l'espoir un peu naïf de tomber sur le prieur en train de ranger les missels ou quelque chose de ce genre. Il fut happé par la clarté flamboyante d'un ostensoir posé sur l'autel. Deux moines étaient assis sur leurs talons, les genoux posés sur la première marche du chœur. Le silence était enveloppant. Le major assistait à quelque chose de doux et d'impénétrable, dont il aurait bien aimé comprendre le sens, mais qui lui semblait en même temps une pente dangereuse vers le mysticisme. Il ne savait pas si son « Pourquoi pas » était un premier pas vers la foi ou bien la superstition. Dans le doute, il allait faire demi-tour quand le prieur s'avança par une porte latérale pour s'agenouiller aux côtés des deux autres. Le major ne put retenir un geste pour manifester sa présence et son désir de s'entretenir avec lui. Du coin de l'œil, le père Jacques-Marie l'aperçut, se releva et remonta la nef. Les deux hommes se saluèrent d'un signe de tête puis le religieux désigna la porte et ils sortirent sur le parvis.

— J'ai interrompu votre cérémonie, s'excusa le major.

— Ne vous inquiétez pas, je prendrai mon tour un peu plus tard. Vous voulez me parler de votre enquête, je suppose.

Le prieur tira derrière lui la porte et invita du geste le major à le suivre le long de l'église. Le vent y circulait avec un mordant sans pitié, il ne restait qu'à espérer que le prieur ait en tête une solution de repli, chauffée si possible. Ainsi que l'avait imaginé le major, les bâtiments réservés à la vie des moines se trouvaient derrière l'église. Les réfectoires, cellules, pièces communes, bibliothèque, dortoirs de l'hospitalité et salles de conférences utilisées lors des retraites ou autres événements se concentraient dans un long édifice à un étage. Les fenêtres sous combles étaient presque toutes illuminées et projetaient sur la pelouse impeccable des taches de lumière floues. Le prieur sortit d'une poche invisible une clé et il entra dans un couloir qui sentait la résine. Une odeur de monastère.

— Mettons-nous là, invita le père Jacques-Marie en désignant au major une table et deux chaises collées contre un mur recouvert de livres dépareillés.

Il souleva sa soutane et s'installa les deux jambes écartées de part et d'autre de l'assise, à la cow-boy. La robe lui faisait comme un bénitier entre les genoux.

— Vous avez vu juste pour l'enquête, annonça le major qui esquiva pour la première fois avec brio l'usage du « mon père », « mon frère » ou tout autre vocable trop familier à son goût.

— Je vous écoute, en quoi puis-je être utile ?

— Pour commencer, l'enquête en question est une enquête pour meurtre, sur la personne d'Hugo Cassague.

Espérant que l'annonce produise un petit effet, le major se recula sur sa chaise et se laissa le temps de détailler l'expression du prieur. Le religieux ne remua pas un muscle et il vint au major une idée tout à fait télégénique : le meurtrier était déjà venu se confesser, le prieur savait tout. Bien entendu, il écarta cette possibilité en se moquant de son propre sens dramatique et il poursuivit :

— M. Cassague a été attaqué par des abeilles hier après-midi au rucher. Il semble que cette attaque ait été provoquée, puis qu'il y ait eu une tentative de maquiller le meurtre en accident.

— Je vois...

— Comme vous m'avez dit tout à l'heure que vous étiez passé sur le rucher hier, j'ai besoin de votre déposition très précise. À quelle heure vous y êtes-vous rendu ?

— 15 h 30 environ.

— Avez-vous remarqué la voiture de Pascal Capitourlan sur le bas-côté ?

— Je suis passé à travers bois, directement depuis le chemin forestier qui fait le tour du monastère. Je n'ai pas aperçu de voiture.

— Vous m'avez dit que vous aviez vu quelqu'un qui n'était pas Pascal Capitourlan. Était-ce Hugo Cassague ?

— Non.

Plus d'une fois, le major avait observé qu'il suffisait de ne pas relancer pour que le témoin ou, dans certains cas, le suspect reprenne la parole et, dans une sorte d'état de stress, divulgue tout à trac des vérités qu'il ne comptait pas livrer. Ce fut peine perdue, le prieur se contenta d'attendre poliment la suite, les mains jointes sur le bord de la table.

— Qui était-ce ?

— Une femme.

Nouvel élément, qui sortait complètement du chapeau. À cette heure-là, Apollonia Cassague se faisait encore malaxer le crâne par les mains expertes de Philippe Fourcade. Louvain avait obtenu l'horaire exact auquel Mme Cassague avait quitté le salon de coiffure, la copie du ticket de carte bleue précisait « 16 h 22 ».

— Quelle femme ?

— Seigneur, major, est-il vraiment nécessaire d'aller à ce niveau de détails ?

— Ce n'est pas un détail, nous parlons d'une mort suspecte qui a tout lieu d'être qualifiée de meurtre, voire d'assassinat. Nous parlons donc d'une femme suspecte, présente sur les lieux à l'heure du meurtre présumé.

— Ce n'est pas ce qui me retient, major. Cette femme n'avait rien à faire au rucher, si ce n'était rencontrer en toute discrétion l'apiculteur. Il pourrait être dévastateur pour Isabelle Capitourlan de savoir que son mari rencontrait... quelqu'un. Bien sûr, je peux voir le mal là où il y a une explication toute simple...

Les tergiversations du prieur firent tiquer le major. Le religieux ne voyait-il pas la priorité de l'enquête sur tout autres considérations ? Le religieux perçut l'agacement du major puisqu'il ajouta :

— Vous pensez au mort, major. Je pense aux vivants.

— J'ai bien peur de devoir insister. Rien ne nous oblige à faire savoir à Mme Capitourlan que son mari rencontrait qui que ce soit, en revanche, tout m'oblige à interroger cette dame, et au plus vite.

La tête penchée sur le côté, le prieur clôt les yeux. La lampe de bureau dispensait une lumière veloutée sur la table et sur la reliure des livres qui tapissaient le mur. Des ombres mouvantes se creusaient sur le visage du religieux, qui prit une seconde d'élan avant de lâcher enfin le nom de celle qui sortait brutalement du rang des gens sans histoires pour se hisser tout en haut de la liste des suspects.

— C'était la pharmacienne, Naïri Bedrossian.

— Elle vous a vu ?

— Je ne crois pas. Elle me tournait le dos. Je l'ai repérée à sa blouse, elle dépassait de son blouson.

— Avez-vous vu Hugo Cassague ?

— Non.

La blouse blanche perturbait le major. Quelqu'un qui a dans l'idée de commettre un meurtre cherche à se fondre dans le paysage. N'importe quel moine retirerait sa robe s'il comptait perpétrer un crime, n'importe quel gendarme, éboueur, agent des postes, conducteur de tram en ferait autant. Pourquoi la pharmacienne aurait-elle gardé sa blouse ? Deux possibilités s'offraient au major : soit le meurtre était le résultat d'un geste spontané, soit la blouse servait de chiffon rouge.

— Comment pouvez-vous être certain d'avoir reconnu Mme Bedrossian, surtout si elle vous tournait le dos ?

— Elle était coiffée comme elle l'est toujours : un chignon très serré. C'est à ça que je l'ai reconnue.

Le major envisageait une enquête pour meurtre comme un cercle tracé au compas. Il aimait trouver les images justes, même lorsqu'elles se fondaient sur une expérience restreinte. En l'occurrence il n'avait enquêté qu'une fois sur un meurtre véritablement complexe. Le trou formé par la petite pointe de métal figurait le mort. Le plus souvent, l'écartement du compas ne faisait qu'englober la famille restreinte. L'enquêteur y trouvait son coupable sans tarder : conjoint, parents, enfants. Les investigations devenaient nettement plus ardues lorsque des suspects extérieurs à la famille commençaient à se promener sur la scène du crime au mauvais moment. Le compas s'écartait brutalement, le cercle tracé triplait de surface, les coupables potentiels n'étaient plus quatre ou cinq, ils devenaient huit, douze et l'enquêteur perdait pied dans un bourbier de rancunes et de jalousies de voisinage. Tout le monde avait un mobile, le mort concentrait toutes les haines, comme une poupée vaudoue criblée d'épingles. Naïri Bedrossian fissurait le cercle circonscrit des suspects. D'autres inconnus n'allaient pas tarder à grossir le rang des suspects, le major était prêt à en faire le pari. De longues soirées se profilaient en compagnie de Louvain : rapports à taper, schémas à griffonner sur lesquels les flèches ne cesseraient de se croiser... Est-ce que la commandante de compagnie le renverrait à Lafontac avant que l'enquête ne soit bouclée ? Qu'allait-il se passer lorsque le congé maladie de Peramel prendrait fin ? À l'idée de partager son bureau avec le Saint Lieutenant, le major sentit ses petits cheveux se dresser sur sa nuque.

— A-t-on fait le tour, major ? Le saint sacrement m'attend...

— Pas tout à fait. Lorsque je vous ai croisé en fin de matinée, vous m'avez demandé si l'enquête concernait le miel. Je me suis rappelé un peu plus tard cette visite qu'Hugo Cassague vous avait faite. Une visite qui vous a ébranlé, je m'en souviens assez nettement. Quels étaient vos rapports exacts ?

Comme s'il n'attendait que cette question, le prieur repoussa sa chaise et se dirigea vers un rayonnage chargé de livres reliés. Il retira trois exemplaires appartenant à la même série qu'il posa sur la table. Il tira ensuite une bouteille plate et deux verres à liqueur de derrière une rangée d'ouvrages traitant de l'Inquisition.

— Puisque notre entretien semble devoir se prolonger, je vous propose un petit digestif. C'est le frère apiculteur qui nous distille ça. En revanche, je suis obligé de cacher les bouteilles ouvertes car nous avons un ancien alcoolique qui n'y résisterait pas. C'est la prohibition, ici.

Le bruit des verres qu'on remplissait jusqu'au bord répandit dans le corps du major une chaleur diffuse, comme s'il en avait déjà avalé le contenu. Il eut une pensée fugace pour sa tante qui aurait jubilé de partager ce verre avec eux et de connaître les détails de l'enquête qui démarrait. Le souvenir de son reniement le mit un peu mal à l'aise et il but d'un trait la liqueur.

— Depuis quand connaissez-vous Hugo Cassague ?

Il s'agissait de ne pas perdre l'essentiel de vue.

— Un peu plus d'un an et demi. C'est Pascal Capitourlan qui nous a présentés. Lui, je le connais depuis bien plus longtemps. J'avais entendu parler de leur entreprise, un peu comme tout le monde. Quand Pascal nous a proposé de racheter le rucher, j'ai pensé immédiatement à un arrangement. Notre frère apiculteur commençait à montrer des signes de fatigue, mais nos équipements étaient relativement neufs. C'est moi qui ai évoqué la possibilité de leur louer notre installation pour l'extraction et la mise en pots. Ça leur a semblé parfait, le temps qu'ils construisent et équipent leur propre miellerie, et l'affaire fut faite.

— Vous avez formalisé tout ça ?

— Bien sûr, nous avons un contrat. Même deux, l'un pour l'usage des équipements, l'autre pour le travail que nous accomplissons pour le conditionnement et l'envoi de leurs boîtes.

Avec un petit claquement de langue, le prieur marqua son plaisir de déguster une liqueur dont le major se demandait à base de quoi elle était faite. Il poursuivit :

— C'est Pascal, bien sûr, qui prend en charge l'extraction. Il met la production en fûts, c'est nous qui conditionnons. La taille des pots est vraiment particulière à leur activité d'abonnement, c'est un format un peu supérieur à la taille échantillons, ça prend un temps fou.

La mention des fûts éveilla immédiatement l'intérêt du major. Ce genre de contenant facilitait indéniablement les tours de passe-passe. Quoi de plus facile, pour un entrepreneur peu scrupuleux, que d'ajouter trois ou quatre fûts à la provenance douteuse ? Dambérailh posa le verre sur la table et le fit tourner sur lui-même entre le pouce et l'index. Il fallait choisir ses mots.

— Est-ce qu'à l'usage, vous étiez contents de votre association avec Cassague ?

— Association…

La moue dubitative du prieur souligna combien il goûtait peu l'idée d'être mis dans le même sac que le créateur de Honey Box. Le major brûlait de demander pourquoi cette prise de distance, pourquoi ce ton dénigrant, mais il se tut. C'était souvent bien plus efficace, d'ailleurs le prieur redémarra.

— Ce Cassague n'était pas un personnage particulièrement sympathique, on a déjà dû vous le dire. Il avait… une manière bien à lui de s'assurer le concours de ses associés. Je suis persuadé que Pascal Capitourlan, pour ne citer que lui, avait un bras tordu dans le dos depuis le début de cette affaire. Un sale bonhomme.

— Vous pensez qu'il brûle en enfer ?

— Dieu seul sonde les cœurs et les reins, je ne me risquerais pas à vous donner un avis sur ce sujet.

Il semblait au major que le dialogue qui s'était instauré dans l'ombre des rayonnages de livres se déroulait d'homme à homme. L'irruption du divin dans l'échange replaçait chacun dans sa position : il redevenait un enquêteur en uniforme, le père Jacques-Marie rendossait son habit religieux. Comme pour marquer l'effacement de cette intimité de pénombre, les deux hommes se renversèrent sur le dossier de leur chaise, en recul. Le major prit l'initiative de servir deux nouveaux verres, dans l'espoir de faire renaître une forme de connivence.

— Comment s'assurait-il que vous fermeriez les yeux sur son petit trafic ?

Faire passer l'idée du trafic comme acquise permettait de placer ce point derrière eux, comme déjà réglé, tout en faisant peser la faute uniquement sur Cassague, puisque c'était « son » trafic. Le major ne savait pas s'il faisait ainsi appel à des techniques de programmation neuro-linguistique, il se contentait d'appliquer à la situation ce qu'il rencontrait chez lui au quotidien. Il lui était en général plutôt agréable de voir sa femme énoncer comme un fait déjà obsolète un point de détail inconfortable qu'il ne savait comment contourner. C'était une invitation à l'esquive qui permettait de sauter pardessus une difficulté pour atteindre le nœud du problème sans achopper sur une broutille. En l'occurrence, l'histoire du trafic était largement secondaire par rapport à la nature du chantage que Cassague avait instauré pour imposer le silence au prieur.

— D'une manière ignoble, lâcha le père Jacques-Marie, le regard perdu dans le vide. Il avait tendu au-dessus du monastère une épée de Damoclès de la pire espèce. Quand nous nous sommes rencontrés vous et moi, je venais de réaliser que les rendements des ruches de Pascal ne pouvaient suffire à remplir tous ces petits pots que votre fils empaquette et expédie à travers toute la France.

— Vous l'avez convoqué ?

— En quelque sorte. Je n'avais pas bien compris qu'on ne convoquait pas Hugo Cassague.

— Il s'est braqué ?

— Je pense que j'ai généré une réponse disproportionnée de sa part. Il m'a annoncé qu'il comptait s'assurer de mon silence d'une manière toute simple. Que dans les prochaines semaines, un mail parviendrait sur une des boîtes du monastère. Que le frère qui l'ouvrirait et cliquerait sur l'un des liens proposés ou sur la pièce jointe permettrait l'installation d'images pédopornographiques dans un sous-dossier quelque part sur notre réseau.

Il sembla au major que le prieur s'était arrêté de respirer. Pas un muscle de son visage ne bougeait. Les jointures de ses doigts blanchissaient autour du verre minuscule dont le major songea qu'il pouvait lui exploser dans la paume. Puis brusquement, le prieur sortit de sa torpeur, inspira à fond et trouva le regard du major. Il y fixa ses pupilles noires et brûlantes.

— Et vous pouvez me dire comment empêcher l'économe de cliquer sur une facture en pièce jointe ? Comment empêcher le frère Jean-Chrysostome d'ouvrir la réclamation d'une cliente qui n'a pas reçu son colis ? C'est à vous rendre fou. Le simple fait de me prévenir était en soi une manipulation remarquablement efficace. Je n'ai pas tué ce Cassague. Mais je vous mentirais si je vous disais que je n'y ai pas pensé.

Le feu qui brûlait dans la cheminée de la brasserie de Philémon ne parvenait pas à réchauffer Daphné. En réalité, elle gelait de solitude. L'ignoble trahison de son neveu lui pesait sur la poitrine plus lourd qu'une dalle de granit. Alors qu'une chaleureuse complicité les unissait encore quelques jours auparavant, il l'avait, sans ménagement, écartée de son chemin au profit de ce grand type mal rasé qui semblait tout droit sorti d'un film de Clouzot. Elle lui trouvait l'œil torve et le pardessus crasseux. Toute cette déception la plombait au point qu'elle sentait sa pneumonie revenir au galop. Elle laissait filer les heures, hébétée devant son thé froid, incapable de reprendre le volant. Elle rejeta sur l'accoudoir le plaid en laine qui lui enveloppait les genoux. L'ingratitude de Géraud lui fit presque monter les larmes aux yeux et elle décida de ne pas se laisser ainsi snober.

Même si cela signifiait passer deux heures par jour dans son Opel, elle reviendrait le lendemain à Montraguil. Elle allait grappiller des informations et, si elle acceptait de se montrer magnanime, elle les dispenserait au compte-gouttes à son oublieux de neveu, pour le simple bonheur de contempler son air déconfit. Elle ne se laisserait pas reléguer au rang de vieille tante gâteuse. Quel dommage de ne pas avoir accès aux premières constatations de l'enquête de flagrance ! Elle aurait su dans quelle direction pousser ses investigations. Elle ne pouvait attendre. Son digestif, elle le prendrait avec son neveu, de gré ou de force. Elle enfila aussitôt son manteau qu'elle recouvrit d'un châle aux tons automnaux et posa sur le comptoir un gros billet neuf. Elle était prête à parier que le *Bar de l'Europe* servait encore et elle saurait se contenter d'une tisane insipide s'il le fallait.

Si Daphné ne s'était jamais sentie suffoquer, alors même qu'elle avait les poumons bien pris, elle découvrit cette sensation étrange lorsqu'elle franchit le seuil du *Bar de l'Europe*. La fumée était si épaisse qu'elle n'aurait pas distingué son émeraude si elle avait tendu le bras devant elle. Étant donné l'impunité absolue dans laquelle se prélassaient tous les fumeurs de Montraguil, bien au chaud près du radiateur, Daphné sut que son neveu n'était pas à l'hôtel. Voilà que son taux d'adrénaline tombait brutalement, elle eut froid. Elle allait tourner les talons lorsqu'elle aperçut dans un angle du bar l'odieux personnage qui lui avait volé sa place aux côtés de son neveu. Quel nom déjà ? Namur ? Anvers ? Daphné en était encore à fouiller sa mémoire en plissant les yeux pour se protéger contre les volutes de fumée grise qui lui faisaient monter les larmes quand une voix d'asthmatique la tira de ses réflexions.

— Puis-je vous inviter à boire quelque chose ? J'ai bien peur d'avoir quelque chose à me faire pardonner. Jules Louvain.

Louvain ! Voilà. Un patronyme qui sentait bon sa Belgique. Non pas que les Belges lui fussent désagréables, ils n'avaient pas guillotiné leur roi, eux, mais il fallait reconnaître qu'elle les soupçonnait vaguement de sentir l'huile de friture été comme hiver. Louvain dégageait une odeur de cuir et de noisette torréfiée. Il fumait des Cohiba. Daphné gardait de sa jeunesse mondaine quelques vieux souvenirs de tabac de qualité et de whisky délicatement tourbés. Elle-même n'était pas contre une bouffée de bon cigare, mais elle n'aimait pas le goût qui lui restait en bouche une fois la combustion terminée.

— Je ne vois pas à quoi vous faites allusion, cher monsieur. Vous n'êtes pas avec mon neveu ?

— Je l'ai attendu à la brigade, mais il n'y est pas repassé. Il n'est pas là non plus, sa clé est au tableau.

— Je vois que le règlement ne vous étouffe pas, constata Daphné en pointant du menton la main droite de l'enquêteur qui tenait le cigare à demi consumé.

— C'est l'avantage de ne pas porter d'uniforme, répondit Louvain en souriant. Savez-vous que le patron propose une étonnante sélection de whiskys japonais ? Vous laisseriez-vous tenter ?

Si ce type la prenait par les sentiments… Daphné suivit l'OPJ à tâtons jusqu'à sa table et s'assit en étouffant une toux grumeleuse. L'air était proprement irrespirable. L'expression amusée de Louvain lorsqu'il reprit sa place face à Daphné la déconcerta. Que pouvait-il bien se dire, à l'abri de ses sourcils gris ? Il lui offrit un demi-sourire. Il avait les dents grises mais bien plantées. À partir d'un certain âge, arborer des canines qui ne se déchaussent pas devenait un sérieux argument de séduction. Avait-elle réellement pensé « séduction » ? L'idée la mettait mal à l'aise et la chatouillait délicieusement à la fois. Dommage qu'il ne porte pas de parfum, Daphné adorait les hommes qui se parfumaient. *Vétiver, Habit Rouge,* certaines eaux d'Hermès lui collaient littéralement un frisson le long de l'échine. Après tout, ce petit cinq à sept improvisé lui permettrait peut-être de soutirer quelques informations sur l'enquête en cours.

— Un Yamazaki je vous prie.

— Dix-huit ans d'âge, je suppose ?

— En existe-t-il un autre ? ricana Daphné.

Le temps que le patron clopine jusqu'à leur table, Daphné avait amplement eu le temps de se tortiller sur sa chaise sous le regard pénétrant de Louvain. L'idée d'une petite séance de marivaudage ne lui déplaisait pas, à la réflexion, en dépit du col élimé et des ongles douteux de son prétendant.

— J'ai été marié trente-sept ans.

Flûte, ça démarrait mal.

— Ma femme est décédée il y a dix-huit mois.

Un curieux mélange d'espoir renaissant et de dépit plaqua sur le visage de Daphné une expression mi-figue mi-raisin. Elle étouffa une nouvelle quinte de toux qui résonna dans sa poitrine comme un bâton de pluie bourré de petits graviers.

— Serais-je votre oreille compatissante ce soir, cher monsieur ? soupira-t-elle.

— De quoi préférez-vous parler, ma chère… Arts ? Lettres ? Gastronomie ? Ne trouvez-vous pas que les sujets d'intérêt général sont d'un mortel ennui ?

— Pas quand celui qui parle connaît son sujet, monsieur. Comment dois-je vous appeler, lieutenant ? Inspecteur ?

— Jules sera parfait.

Au fil de la soirée, les tables voisines se vidèrent peu à peu, l'atmosphère s'assainit. Daphné n'aurait su dire avec précision de quoi se nourrissait la conversation. De temps à autre, l'idée de revenir à son objectif premier l'effleurait : obtenir des informations sur l'enquête, mais le sujet s'éloignait sans qu'elle réussisse à savoir comment. Jouer les Mata Hari n'était pas à la portée de la première venue. Finalement, le plus efficace était de mettre les pieds dans le plat avec candeur.

— J'ai bien peur que l'affaire Cassague ne se révèle plus complexe que prévu, lança-t-elle, faisant du bout du doigt le tour du dessous-de-bouteille en liège.

Les yeux de Jules Louvain se mirent à pétiller. Elle était découverte, elle voyait à l'instant qu'il savait parfaitement là où elle avait l'intention de l'emmener. Il joignit les deux mains à hauteur de la bouche et se tapota la lèvre supérieure de ses deux index.

— Savez-vous que je suis missionné par la compagnie de gendarmerie à laquelle le major est hiérarchiquement soumis ? Ma chère Daphné, qu'une civile se mêle d'une enquête pour meurtre, passe encore. Toutes les dames d'un certain âge s'imaginent avec délices enfiler le costume de Miss Marple. Mais si un major de brigade s'associe à l'une de ces Miss Marple, vous pouvez être sûre que sa carrière s'arrête aussi net.

— Vous vous révélez en fin de compte aussi mufle que ce que je subodorais, rétorqua Daphné, incapable d'adoucir l'aigreur qui pointait dans sa voix.

Elle était bien plus meurtrie par le fait que Louvain la relègue au rang des « dames d'un certain âge » que par le fait de voir sa propre duplicité mise au jour.

— Cependant, continua Louvain, il existe un rôle envisageable pour un civil, autre que suspect, veux-je dire. C'est celui d'informateur. Cela signifie, en bref, que vous ne participez pas aux entretiens avec les témoins, que vous n'avez pas accès aux progrès de l'enquête, que vous n'avez bien sûr pas connaissance des rapports techniques, mais que vous partagez toute information obtenue par vos propres moyens.

— C'est indigne, ce marché est tout à fait déséquilibré, protesta Daphné. Comment pourrais-je orienter mes investigations si vous me cachez les pistes qui s'ouvrent ?

— Ce n'est pas indigne, c'est la loi.

— Je ne marche pas, s'écria Daphné.

— C'est bien dommage, soupira l'enquêteur qui faisait déjà mine de repasser son pardessus grisâtre. Nous allons perdre un temps précieux avec le major Dambérailh à tenter de reconstituer ce que vous pourriez nous apprendre en quelques mots ce soir. Si tous nos informateurs jouaient votre jeu, nous n'irions pas bien loin.

L'envie de faire connaître la qualité de ses informations démangeait Daphné. Qu'il était difficile de se draper dans sa dignité et de se priver ainsi du plaisir de susciter l'admiration d'un enquêteur de métier. Tant pis, elle marchait.

— Et puis flûte ! Il y a apparemment à creuser du côté des voisins. Un, en particulier, avait un projet pour la parcelle de châtaigniers qui jouxte le rucher et n'est pas ravi de se la voir souffler par les Capitourlan. Il semble être un personnage retors. Fos, il s'appelle.

— Retors semble être un mot qui correspond également à la victime, lâcha Louvain, sans doute curieux de voir où il réussirait à l'entraîner.

— Hugo Cassague ? Il n'est pas très apprécié. Sa mère non plus. De toute façon, ces petites bourgades absorbent mal les gens... différents. Ça crée des tiraillements. D'après ce que j'ai compris, Cassague avait le don de se faire détester.

— Sa femme nous a en effet dépeint un portrait de son mari en ce sens, acquiesça Louvain.

— Voilà qui est de bon goût, dénigrer son époux alors qu'il n'est même pas en terre...

— J'ai pensé la même chose que vous, puis, en y repensant, j'ai vu les choses sous un autre angle. Elle avait sur son mari un regard sans illusions, mais j'ai le sentiment qu'elle l'aimait quand même. Elle le voyait dans son ensemble.

Voilà qui laissait Daphné songeuse. Se laisser contempler dans son ensemble, sans craindre d'être moquée, rejetée... c'était un pari qu'elle n'avait jamais tenté. Ce devait être vertigineux mais aussi réconfortant. Était-on nécessairement à nu lorsqu'on voulait vivre une relation de couple en vérité ? Voilà une excellente raison de rester seule. En parlant de couple uni...

— Les apiculteurs semblaient également désireux de prendre un peu de mou avec Cassague. Ils ont peut-être tenté quelque chose d'un peu... radical ?

— Pascal Capitourlan, vous pensez ?

— Ou sa femme... Ils sont très amoureux, d'après ce qu'on m'a dit.

— Vous en savez, des choses...

Le brouhaha des conversations avait fini par s'éteindre complètement, la radio diffusait un fond de musique pop. Louvain reprit :

— Les résultats du labo arriveront demain, on espère avoir un début d'explication sur le mode opératoire... Renverser une ruche de presque quarante kilos ne s'improvise pas.

— Les chasseurs disent qu'ils ont déjà été accusés de renverser des ruches avec leurs chiens. C'est peut-être une piste à creuser ? Ça devient mauvais, un chasseur qu'on empêche de chasser.

— C'était un mardi, on ne chasse pas le mardi... objecta Louvain.

— J'imagine que vos techniciens ont ratissé le périmètre ? s'enquit l'air de rien Daphné.

— Tout à fait, la surface de la clairière où on a trouvé Cassague a été passée au crible.

— Le rucher est en bordure de route ?

— Non, on y accède à travers bois.

— L'assassin est sans doute arrivé et parti en voiture, ont-ils également examiné le bas-côté ?

La question cloua le bec de Louvain. Il n'avait pas la réponse. Daphné décida immédiatement de s'enquérir de l'emplacement exact du rucher auprès des commères de Montraguil. Elle s'imaginait déjà trouver dans les hautes herbes un bouton, un mégot, une empreinte de chaussure taille 47, des traces de voiture de sport dont le pneu arrière gauche serait lisse. Elle avait soutiré un nombre honorable d'informations à ce balourd de Louvain, elle s'était bien rattrapée.

— Ne vous réjouissez pas trop vite, ma chère, je ne vous ai rien dit que vous n'auriez appris par ailleurs à Montraguil.

Cet homme lisait dans ses pensées, c'était perturbant.

La porte d'entrée de l'hôtel fit trembler la cloison lorsqu'elle se referma. Louvain leva les yeux et son expression coupable renseigna immédiatement Daphné sur l'identité de la personne qui venait d'entrer.

— Je vous trouve en excellente compagnie, ma tante, railla le major qui s'avança dans le bar qui sentait encore le tabac à plein nez.

— M. Louvain allait partir, justement, répondit du tac au tac Daphné, pas peu fière de se faire surprendre par son neveu.

Elle n'avait pas tous les jours l'occasion de s'encanailler avec un inspecteur crasseux.

— Vous en avez pour une bonne heure de route, tante Daphné, gronda le major, qui ignora superbement le salut de Louvain. Est-ce bien prudent de rouler de nuit ?

— Je n'allais pas laisser passer ton ignoble conduite de tout à l'heure, protesta Daphné. Comment peux-tu manquer de cœur à ce point ? Moi qui suis toute disposée à partager mes informations avec toi ?

La main sur la poitrine, elle leva sur lui des yeux de tragédienne.

— Et, reprit-elle, j'aime autant rouler de nuit. On croise moins d'Anglais idiots qui circulent au milieu de la route. Tu ne veux pas t'asseoir, boire quelque chose ?

Géraud promena autour de lui un regard circonspect.

— Montez plutôt, j'ai quelques munitions.

Les clés des chambres se trouvaient accrochées sur un tableau près du passe-plat qui permettait au gérant d'assumer à la fois les missions d'accueil et de barman. Le major y saisit la sienne et guida sa tante dans les escaliers qui craquaient jusqu'à son couloir. Le bouton-poussoir qui permettait d'y allumer les appliques s'enfonça dans le mur sans que rien ne se passe. Seule la lueur de l'issue de secours en bout de couloir projetait un halo verdâtre. Le major appuya furieusement à plusieurs reprises puis inspira. Sa chambre était l'avant-dernière sur la gauche. Il n'avait que cinq portes à dépasser avant d'arriver à la sienne, mais l'idée de marcher dans l'obscurité lui causait un malaise tel qu'il sentait sa poitrine se soulever à un rythme de plus en plus désordonné. Il plaqua la main contre la moquette murale et se réprimanda intérieurement. *Vas-y, mon gars, tu as passé l'âge de geindre dans le noir, tu le sais que rien ne t'attend dans l'embrasure de la porte, c'est fini les coups de tatane de l'internat, avance, nom d'un chien.*

Il n'y avait rien à faire, il avait les deux pieds collés au sol, le talon sur la barre de seuil qui empêchait la moquette du couloir de s'effilocher sur l'arête de la première marche. Il sentit la main de Daphné lui attraper l'avant-bras, elle le poussa sans ménagement contre le mur et passa devant lui. Elle le tracta dans l'étroit couloir avec une telle vigueur qu'il ne pouvait que lui emboîter le pas, petit esquif tiré par un remorqueur en pleine tempête.

— Quel numéro ?

— Huit.

— La clé, je te prie.

Avec docilité, Géraud tira la clé dont la boule de billard battait contre sa poche et la tendit à sa tante qui, à tâtons, l'enfonça dans la serrure et ouvrit la porte. Elle trouva l'interrupteur de la chambre et le plafonnier projeta une lumière orangée jusque dans le couloir. Géraud sentit se desserrer l'étau qui lui broyait les côtes.

— Toujours peur du noir ? demanda tante Daphné en promenant le regard sur le décor très seventies.

— Toujours. Il n'y a rien à faire. Anne m'a même envoyé chez un psy, c'est vous dire à quel point j'ai essayé.

Daphné se laissa tomber dans un fauteuil cabriolet tapissé d'un épouvantable motif au point de croix rouge et brun.

— Il y a des fantômes avec lesquels on doit vivre toute sa vie. J'entends encore ma pauvre mère renâcler sur son lit d'hôpital et j'ai beau me moquer de moi-même, cela me colle toujours des frissons d'horreur. Pauvre maman. Tu ne me feras jamais mettre les pieds dans une clinique ni dans un CHU, à moins de me droguer copieusement, crois-moi.

— N'est-ce pas ce qui vous pend au nez si vous ne soignez pas votre mauvais rhume ?

— Un rhume !

Daphné leva les yeux au ciel.

— Mais mon pauvre garçon, c'est bien pire qu'un rhume ! Voyons, je suis en train de me battre contre une pneumopathie, oui, mon cher. Tout cela m'épuise.

Avec un soupir exténué, Daphné laissa tomber sur le sol son sac à main qui émit un bruit de pots en verre heurtés les uns contre les autres.

— J'ai fait quelques emplettes, expliqua-t-elle. Il a bien fallu que je m'occupe quand tu courais par monts et par vaux sans te préoccuper de ce que je devenais !

— Que puis-je vous servir pour me faire pardonner ?

— Cognac, je te prie, si tu as ce genre de choses en stock.

— Ma chère épouse m'a fait cadeau d'une bouteille de fine de chez Hennessy, pensant que mes longues soirées de célibataire méritaient un compagnon réconfortant.

— Prends garde à ne pas faire d'excès, soupira Daphné qui étouffa un nouvel éternuement.

— C'est plutôt à vous que les excès doivent être interdits, protesta Géraud. Entre votre traitement et votre heure de route, vous pouvez compter sur moi pour ne pas vous resservir.

L'odeur épicée du cognac envahit le petit espace que Géraud appelait déjà son « salon ». Le major et sa tante basculèrent la tête sur le dossier de leur fauteuil et gardèrent le silence. Géraud prit une première gorgée. Il se concentra pour percevoir l'évaporation des quelques gouttes qui mouillaient ses lèvres, puis fit lentement voyager l'alcool volatil sur sa langue et sous son palais. Sensation fugace d'avoir inhalé du camphre. Richesse du nougat, de la vanille Bourbon, ce qu'il fallait d'amertume et d'agrume confit, noisette torréfiée, sans rusticité aucune. Mon Dieu qu'il aimait le cognac ! Il ouvrit les yeux et observa avec amusement la mine religieuse de Daphné qui dégustait comme lui, avec une application sacerdotale, son minuscule verre de fine.

— J'ai l'impression que vous n'arriverez pas à rester en place à l'abbaye... murmura le major, les yeux clos.

Quelques minutes après le départ du major et de sa tante, Louvain réclama un dernier whisky. Le gérant le lui déposa et le regarda, goguenard :

— Alors, on s'est fait souffler son casse-croûte ?

Ne cherchant pas à le détromper, Louvain mima le dépit.

— Vous les connaissez, les Capitourlan ?

— Ceux de la start-up ? Oh oui, on les connaît bien. Pascal vient s'en griller une ici de temps en temps.

— Et sa femme ?

— On la voit moins. Elle vient chercher son pain, elle s'occupe du débile, elle repart.

— Vous l'avez vue hier ?

Le gérant réfléchit, le poids du corps balancé sur sa bonne hanche.

— Je crois bien qu'elle est passée au concert de jazz chez Philémon.

— Elle ne travaille pas le mardi ?

— J'imagine qu'elle avait pris son après-midi. C'était un chouette concert.

La présence inattendue d'Isabelle Capitourlan à quelques kilomètres du lieu du crime et sa position d'épouse de l'associé de la victime donnaient à Louvain deux bonnes raisons d'aller lui parler. Il paya, songea à monter chercher le major puis renonça. Il tentait le coup pour les Capitourlan, rien ne l'assurait de les trouver chez eux. Il envoya un court message au major : « Isabelle Capitourlan n'était pas au travail hier. Je passe chez eux pour discuter. À demain. »

Une fois devant sa voiture, il ressortit son téléphone et compléta : « J'y vais mollo. »

La ferme du Laussou se dressait au bout d'une allée défoncée. La voiture de Louvain grinça copieusement jusqu'au moment où il coupa le contact, à l'extérieur du mur d'enceinte. Les grilles d'accès étaient à moitié rabattues et il aurait dû descendre pour les ouvrir s'il avait voulu se garer dans la cour. Autant marcher. Une fois passé les grilles, il identifia le bâtiment d'habitation sur sa droite. Trois marches inégales grimpaient jusqu'à la terrasse couverte sur laquelle donnaient deux fenêtres et une porte vitrée. Louvain s'approcha et s'apprêtait à toquer, mais sous la porte mal ajustée s'échappait un filet de conversation. Il suspendit son geste et recula dans l'ombre.

— On devrait inviter Apollonia et Ozan, non ? dit Isabelle. Quel choc pour eux. J'imagine sans peine qu'Asma ne doit pas être d'un grand réconfort. Et Sarah... toute seule... Hugo comptait beaucoup pour elle, je crois.

— Sans doute, répondit Pascal, la voix sourde.

— J'ai du mal à me dire qu'Hugo ne va plus débarquer à la maison. Non pas que j'aie beaucoup apprécié ses visites, mais quand même. Il faisait partie de notre quotidien...

Louvain entendit un bruit de louche résonner contre la paroi d'une marmite. Ils devaient être en train de servir la soupe. Louvain sentait le froid traverser la mince semelle de ses mocassins. Il se maudit d'avoir préféré ces chaussures de ville à de bons gros souliers de marche. Si rien d'intéressant n'était évoqué rapidement, il frapperait au carreau pour annoncer sa venue.

— Justement, pour Hugo... lança Pascal, la voix incertaine. Tu n'y es pour rien, n'est-ce pas ? Tu n'es pas allée sur le rucher en sachant que j'étais parti voir la SAFER ?

— Je ne l'ai pas tué, Pascal, si c'est ce que tu veux savoir. Tu sais bien que je serai la dernière à le pleurer, mais je ne l'ai pas tué. En revanche, j'y suis allée. Je voulais lui parler, lui dire face à face qu'il devait nous laisser tranquilles, que Honey Box nous prenait à la gorge, qu'on n'allait pas pouvoir tenir, l'endettement, les objectifs de production... Mais il était déjà mort.

— Isa... Pourquoi tu n'as pas appelé les secours ?

— Mais parce que c'était ce qui pouvait nous arriver de mieux ! Hugo hors d'état de nuire... je n'allais pas prendre le risque qu'on le ranime, tu comprends.

Un bruit étrange résonna dans la cuisine, entre le soupir et le grognement. Louvain eut du mal à l'identifier. Une chaise racla sur le carrelage, l'un des deux Capitourlan s'était sans doute levé. Le robinet se mit à cracher de l'eau en jet, puis un pichet plein fut posé sur la table. Des gestes simples de remplissage, lorsqu'il était trop difficile de trouver quelque chose à dire. Pascal reprit la parole :

— Quelqu'un t'a vue ?

— Pas que je sache. Fernando peut-être, je l'ai pris en stop un peu plus loin, mais je ne pense pas qu'il ait compris d'où je venais. Pascal, regarde-moi. Est-ce que j'ai mal fait ? Est-ce que tu n'es pas d'accord avec moi, que notre vie se trouve extraordinairement simplifiée par la mort d'Hugo ?

Un temps de réflexion s'étira dans la cuisine. Louvain, la main plaquée sur la bouche et le nez, étouffa un éternuement.

— Si. Si, bien sûr, ça sera plus simple.

Un gros soupir fut suivi d'une brusque inspiration, de celle qui vous décolle les alvéoles pulmonaires. Louvain se tendit pour ne pas perdre un mot de ce qui allait se dire, conscient d'avoir entendu Pascal qui prenait son élan. Ce dernier se jeta à l'eau :

— J'ai autre chose à te dire. Maintenant qu'il est mort, c'est idiot, mais ça me semble tellement plus facile de t'en parler. Hugo savait quelque chose sur moi. J'aurais donné n'importe quoi pour que tu ne l'apprennes jamais, c'était... une connerie de jeunesse, mais qui a eu des conséquences terribles. Hugo le savait, il savait aussi combien j'en avais honte. Je me suis plié à toutes ses exigences parce qu'il laissait planer la menace de tout te dire, même s'il ne l'a jamais formulé comme ça. Et maintenant qu'il n'est plus là pour me torturer avec ça, j'ai envie de t'en parler.

— Pascal, ne te sens pas obligé. J'ai fait moi aussi des choses dont tu n'as pas idée. Je n'ai pas nécessairement envie de t'en parler, donc ne me crée pas une dette de sincérité. Le passé, c'est le passé.

— Si je t'en parle, j'ai espoir que ça arrête de me hanter, laisse-moi effacer ta dette. Il y a une petite vingtaine d'années, un de mes bons copains nous a annoncé qu'il allait se marier. C'était le premier de la bande. On était tous tellement jeunes, immatures. On lui a organisé un enterrement de vie de garçon. On a invité son futur beau-frère, Hugo. On a déguisé Gaël en Playmobil, il a circulé dans toute la ville habillé comme ça, ça nous faisait beaucoup rire. On n'a pas arrêté de boire. Pour la soirée, on avait prévu de sortir, on s'est imbibés de mauvais whisky chez moi, j'avais trouvé une paire de gants Mappa pour Gaël, ça faisait les mains de Playmobil. Et juste avant de partir, j'ai eu une idée lumineuse. On allait lui faire de vraies mains de Playmobil, toutes rigides. Je bricolais déjà pas mal, j'avais une bombe de mousse expansive qu'on a vidée dans ses gants. On riait… on riait tellement. Et on est sortis. Toute la nuit. On s'est couchés tout habillés, réveillés à 15 heures avec les cheveux qui poussaient à l'intérieur du crâne. Il a bien fallu ranger, nettoyer… et retirer les gants de Gaël.

La voix de Pascal dérailla brusquement. Il émit un son rauque, plus proche du spasme que du sanglot, mais Louvain reconnut cette manière qu'ont les hommes de pleurer sans larmes.

— Il avait les mains... toutes froides. Je ne peux pas oublier ce contact. Il ne sentait rien, ne commandait plus ses doigts. Quand j'ai vu dans ses yeux la panique exploser, j'ai cru que j'allais crever. On lui a... Oh, Isabelle, on l'a amputé des deux mains. Il venait de terminer l'école Boulle.

Debout dans la demi-obscurité de la terrasse couverte, Louvain se balançait d'un pied sur l'autre dans une tentative pudique de couvrir les reniflements qui émanaient de la cuisine. Il songeait à la bizarrerie de la nature humaine. Pascal Capitourlan s'était montré capable de retenir pendant des années des confidences douloureuses et il avait choisi le moment le plus incongru qui soit pour les révéler à sa femme : celui où la menace d'une révélation venait justement de disparaître.

Le major allait râler : une suspecte supplémentaire entrait dans l'enquête comme un chien dans un jeu de quilles.

Il était 2 heures du matin passées. Apollonia frissonnait au contact froid du carrelage du couloir. Elle avait émis l'idée d'y ajouter un tapis, mais Hugo avait préféré la netteté du carrelage. Elle avait fini par s'habituer.

Elle s'était tournée et retournée depuis qu'elle avait éteint la lumière. L'oreiller n'avait jamais la forme qui lui convenait, elle démarrait des réflexions en litanie et les pensées s'enchaînaient les unes aux autres dans une ronde infernale. Elle avait eu soif. Dans sa salle de bains, le verre à eau avait disparu, sans doute emporté par la femme de ménage. Elle se refusa à boire dans le verre à dents.

De retour de la cuisine, elle passa devant la porte d'Ozan et perçut un hoquet rauque, un soupir, une forme de râle. Elle poussa doucement la porte et fut saisie par l'odeur musquée qui emplissait la chambre. Son tout petit avait passé l'âge de sentir le lait caillé, la lotion pour bébé, le shampooing qui ne piquait pas les yeux. Il dormait, la tête plaquée sur le côté dans un oreiller à moitié sorti de sa housse. Elle s'approcha, remarqua les cheveux collés sur la tempe. Elle se posa en équilibre sur le bord du lit, près d'une main abandonnée ouverte sur la couette, puis décolla du bout du doigt une boucle humide pour qu'elle sèche. La rondeur de la joue, le tomber parfait de la paupière, le menton encore imberbe, elle aimait tout de lui. Comment ne pas s'émouvoir de le voir devenir homme, de sentir ses errements métaphysiques, de constater le progrès de sa réflexion sur le monde et sur lui-même ?

Que se passait-il dans son esprit, comment son monde se réorganisait-il autour de ce nouveau fait, l'absence d'Hugo, l'absence immense et irréversible, qui emplissait la maison de silence et étouffait les appétits, les rires, les projets ? Elle savait qu'Ozan et Hugo n'étaient pas particulièrement proches, fonctionnaient selon deux systèmes différents et parfois antagonistes. Elle aimait les regarder s'apprivoiser, se heurter l'un à l'autre sans jamais renoncer à créer un courant de communication. Même lorsque Ozan était petit, Hugo lui avait laissé sans discuter le monopole de la tendresse. Il embrassait Ozan du bout des lèvres, riait souvent à l'observer mais n'avait jamais l'idée de le toucher vraiment. Combien d'heures avait-elle passées à suivre du creux de la main les courbes de son nourrisson dodu, de son enfant potelé, de son adolescent osseux ?

La mort d'Hugo les laissait seuls, errants, décrochés du monde, et pourtant le face-à-face avec Ozan lui paraissait plus beau encore, plus dur aussi. Elle devait tenir droit la barre et tenter de compenser par une adaptabilité hors normes l'absence de son mari. Il lui semblait qu'elle allait désormais manquer de joie, d'appétit, de moteur, car c'était Hugo seul qui prenait en charge chaque projet, chaque élan vers ce qui était nouveau. Il était tellement vivant, féroce dans sa rage de prouver à tous sa valeur. Avec lui, on ne s'embarrassait pas de détails. Elle avait développé une véritable technique d'absorption de ses frénésies de nouveauté, de ses montées d'adrénaline, de ses coups de sang brefs et furieux. De quelle énergie allait-elle se nourrir ? Il lui manquait pour l'avenir tout un pan de soi, sans lequel il lui semblait qu'elle ne pouvait que tomber. Mais tout contre elle, elle avait Ozan. Ozan à ne pas écraser dans sa chute, Ozan à rassurer, à envelopper. Son petit homme, son artiste doux, son rêveur. Quels sacrifices ne ferait-elle pas pour qu'il puisse ouvrir les yeux chaque matin, tout simplement, et envisager l'avenir avec confiance, avec insouciance même puisque l'insouciance était à ses yeux le luxe ultime.

Ozan mâcha dans le vide et elle trouva le bruit de sa bouche endormie aussi merveilleux que lorsqu'il la tétait, avec une vigueur qui l'avait étonnée d'ailleurs, avec une puissance de succion qui lui avait permis de comprendre qu'elle était pour lui l'unique source de vie. Un serrement de gorge brutal la prit par surprise et elle se demanda si elle allait pleurer, elle qui gardait les yeux secs depuis le début des événements, par incapacité à dégripper le mécanisme de ses émotions. L'adolescent roula sur son épaule et Apollonia n'eut plus qu'un dos à contempler. Une tâche de salive marquait le drap. Elle se leva sans bruit, récupéra le verre qu'elle avait posé sur la table de nuit collante d'on ne savait trop quel sirop contre la toux, reste de Snickers fondu, jus d'un quartier de clémentine oublié toute une semaine. Elle dormirait puisqu'il le fallait avant de s'engouffrer dans le tunnel de démarches, de déclarations, de tri qui s'annonçait, comme si tout était prévu pour empêcher de se confronter trop tôt au trou d'air que la mort d'un mari causait forcément dans la vie d'une femme. Il fallait qu'elle contacte Sarah demain.

Bela arrive, elle traverse la place. Elle marche vite. Je lui articule « Bonjour, Bela ». Elle ne me répond pas. Ce n'est pas son habitude. Elle entre dans la boulangerie, elle va m'acheter le sandwich que j'aime bien, poulet mariné-tomates confites. Ça fait des années qu'elle le fait. Elle ressort. Je me lève parce que je n'aime pas qu'on me tende quelque chose d'en haut. Mais elle passe sans me voir. Elle n'a acheté que deux baguettes qu'elle tient sous son bras gauche. Ça non plus, ça n'est pas normal. Elle n'a pas les idées claires, sinon elle aurait pensé à mon sandwich. Elle ne me voit pas on dirait. Peut-être qu'elle sait que je l'ai vue au rucher et qu'elle m'en veut d'avoir été là. Je n'aurais pas dû refuser l'euro qu'on voulait me donner tout à l'heure, j'aurais pu m'acheter des chouquettes.

Le gars qui m'a pris en stop sort de l'*Hôtel de l'Europe*. Il a la nuque un peu raide, comme tous les militaires. Je ris un peu en me disant « Garde à vous… rompez ! ». Il n'y a que moi qui peux m'entendre parce que je le dis sans remuer les lèvres. Les voitures qui font le tour de la halle vont trop vite, ils devraient faire attention car le militaire les regarde sévèrement. Il va leur retirer des points sur leur permis. Le gros Combi Volkswagen brun qui grince dans les tournants freine très fort, les pneus crient sur les pavés. Je ne vois pas ce qui se passe parce que c'est de l'autre côté de la halle, les piliers me gênent, mais j'entends un « poc » mou. Des enfants se mettent à hurler sur le trottoir devant la boutique du photographe. Ça crie, ça s'agite. Je deviens tout chaud et glacé en même temps, des gens arrivent en courant près du Combi. Les hommes s'exclament, les femmes glapissent. J'ai les oreilles qui se ferment, je n'entends plus rien. Mon cœur se met à battre très lentement et très fort, tellement fort qu'il résonne dans mes côtes et dans ma gorge. L'air qui sort par mes narines est brûlant. Je vois des mouvements de groupe sous la halle. Les gens se précipitent et se bousculent. Il faut que je me cache, mais j'ai le dos au mur. Il faut que je me lève et que je parte, vite, mais mon cœur est lent et mes jambes sont molles. Je me mets en boule très serrée. Mes talons grattent par terre, les pavés font le dos rond et mes semelles dérapent dessus. Je me cache la tête entre les genoux. Je chante ma chanson, celle que Bela m'a apprise pour me calmer tout seul. Je suis trop visible, une cible facile. Il ne faut pas se mettre contre un mur, parce qu'on est coincé. Si je serre très fort les bras autour de mes jambes, je vais devenir une boule dure comme de la pierre. J'oublie la chanson, j'ai trop peur. Je sens quelque chose qui me touche, je me détends d'un coup, bras et jambes, comme un type qu'on aurait électrocuté. Je hurle. Je serre les paupières de toutes mes forces pour ne pas voir le trou noir du canon qui me regarde.

— *Fernando, Fernando, no pasa nada, no pasa nada. Un perro, solo un perro. Calmate. Fernando, escuchame*[1].

Je reconnais de très loin la voix de Bela. Elle est venue me chercher. Elle va m'emmener, je vais m'en sortir. Petit à petit mon cri diminue, devient un petit filet de son qui coule tout doucement par ma bouche. On me touche encore, mais c'est la main de Bela, donc ça va. Je ne veux pas ouvrir les yeux, voir autour de moi ces gens qui se tortillent par terre comme des vers. Bela s'assoit à côté de moi, elle pose ma tête sur ses genoux. Elle me parle en français. C'est le chien de la brasserie qui a traversé devant le Combi. Les enfants ont crié pour prévenir, puis crié parce que le chien est passé sous la roue. Il a une patte cassée, il va s'en remettre. Je peux ouvrir les yeux, il n'y a pas de monceaux de chair meurtrie autour de moi, de visages aux yeux révulsés, de douleur qui défigure. Il n'y a pas de fumée. Sens, Fernando, ouvre tes narines pour vérifier que l'odeur de sang et de poudre n'est pas là. Il n'y a que l'odeur du pain chaud. J'ouvre les yeux millimètre par millimètre, prêt à les refermer au cas où. Mais Bela ne m'a pas menti, il n'y a rien à voir. Le Combi démarre,

1. « Fernando, tout va bien, tout va bien. Un chien, juste un chien. Calme-toi, Fernando, écoute-moi. »

le gars de la brasserie porte son chien et le met dans sa voiture. Il va l'emmener chez le vétérinaire sûrement. Les enfants repartent sur le trottoir et se font de grands gestes pour mimer l'accident.

— Je te ramène à Villeruch. Il fait trop froid de toute façon pour rester sur la place.

Un grésillement suivi d'une âcre odeur de cochon grillé emplit le bureau du major. Le lampadaire que Jaureguy lui avait installé après avoir remarqué qu'il plissait les yeux pour déchiffrer les procès-verbaux avait la détestable habitude d'attirer tous les moucherons de la brigade qui venaient s'y brûler les ailes. En réalité, la lumière n'était pas en cause, c'était la presbytie, mais le major Dambérailh se refusait encore, par coquetterie, à porter une paire de ce que sa tante Daphné appelait encore des « besicles ». Merde, il n'avait pas encore cinquante ans.

Le retard de Louvain commençait à lui taper sur les nerfs. Les SMS qu'il avait découverts avant de se coucher l'avaient mis en boule. L'usage du mot « discuter », dans la bouche de Louvain, n'était pas rassurant. Le major avait passé une nuit épouvantable, peuplée d'hommes en soutane adorant un veau d'or et ponctuée de remontées acides, certainement dues à l'obscure liqueur servie par le prieur la veille. Ou à l'excès de cognac. *Tante Daphné est-elle bien rentrée ?* Puisque l'OPJ de la BR n'arrivait pas, il se mit à consigner le contenu de l'échange qu'il avait eu avec le religieux dans un mail destiné au procureur et à la commandante de compagnie. Le prieur avait indubitablement un mobile, une occasion de tuer et certainement les tripes bien accrochées. Il avait cet air tranquille qu'ont les hommes qui en ont vu, ou entendu, et qui ne s'étonnent plus de la noirceur comme de la lumière de l'âme humaine. La menace de Cassague avec ses images pédopornographiques résonnait douloureusement avec l'actualité. Personne n'aurait pardonné ni à l'Église ni aux hommes du monastère une nouvelle histoire sordide. L'enjeu pour le prêtre était immense, bien au-delà de sa position. Il avait non seulement sa propre tête sur le billot, mais également celle de toute l'institution et celle aussi de ces hommes qui se débattaient au milieu d'un tourbillon médiatique qui jetait à la fosse le bon grain avec l'ivraie. Plutôt que de tenter de monter sa défense lorsque l'existence de ces images serait connue, il aurait pu choisir une méthode aussi efficace qu'expéditive. L'heure du passage du prieur au rucher collait avec l'estimation de l'heure de la mort fournie par le schéma de Louvain. 15 h 30, un quart d'heure après le départ de Pascal Capitourlan. Le légiste tardait à donner ses conclusions, décidément tout le monde traînait dans cette affaire.

Comme pour fournir à Dambérailh un motif de consolation, le téléphone se mit à sonner sur son bureau.

— Allô, docteur Émilie Bastos, c'est pour l'autopsie d'Hugo Cassague.

— J'attendais votre appel ! s'exclama le major, en tapant du plat de la main sur son bloc-notes.

La voix rocailleuse de la légiste le surprenait, mais il était trop heureux d'avoir enfin un point de départ solide dans une enquête où rien ne semblait figé. Une voix androgyne, rugueuse et chaude, une voix de *blueswoman*, à la Nina Simone. Difficile de savoir s'il parlait à un homme ou à une femme, il se demandait s'il n'avait pas compris Émilie au lieu d'Émile. Émilie faisait si féminin.

— C'est pas Peramel ? Il a quoi Peramel, il fait un rejet ?

De quoi Peramel pouvait-il bien faire un « rejet » ? C'était plutôt lui qui faisait un rejet de Peramel...

— Je le remplace temporairement. Major Dambérailh.

— Ah oui, c'est ton nom sur la réquisition. Bon, ton mort, il est bien mort d'envenimation : mélutine et phospholipase A2 à haute dose. Donc pas de surprise de ce côté-là.

— On ne s'attendait pas trop à une mort par strangulation, je vous avoue, docteur.

— Je dirais entre 14 et 17 heures, je ne peux pas mieux faire, coupa la légiste sans faire mine de comprendre le second degré. Deux points quand même. Un : tu peux lancer une enquête pour trafic d'or dentaire, on lui a piqué deux prémolaires. Il nous arrivait de...

Un bruit de papier froissé envahit la ligne et le major éloigna le combiné.

— ... des Rives Éternelles. Remarque, c'était du beau travail : pas de traumatisme quand ils lui ont écarté les mâchoires, ils connaissent leur affaire.

— Ça sera traité, mais ce n'est pas la priorité, s'agaça Dambérailh. Le deuxième point ?

— J'y viens. Quand j'ai retiré les quinze couches de fond de teint dont le thanatopracteur l'a tartiné, je lui ai trouvé un xanthelasma.

La légiste ne poursuivait pas, attendant sans doute que le major exprime une réaction quelconque. Sa seule réaction étant la perplexité, Dambérailh se contenta de grogner vaguement.

— J'en ai plein les mains, ça colle aux doigts cette merde, râla la légiste.

— Du xanteplasma ?

— Xanthelasma, corrigea-t-elle. Rien à voir, je te parle du fond de teint, ils utilisent un truc à la fois huileux et plâtreux, c'est une tannée à démaquiller, je n'ai pas de cold-cream au cabinet, moi. Donc, le xanthelasma, c'est une sorte de tache jaunâtre en relief sur la paupière, pas loin du coin de l'œil. Ça peut signifier que le patient souffre d'une forme assez particulière de cholestérol, qu'on appelle l'hypercholestérolémie familiale.

Difficile de voir où la légiste voulait en venir. Le major écoutait sans manifester d'impatience, le corps médical n'aimait en général pas être interrompu. Émilie Bastos reprit :

— Comme il faut que je te fasse un rapport cadré, j'ai appelé sa femme. Elle m'a donné le nom du médecin traitant de la famille et, ô miracle, c'est un vieux copain de promo.

L'avantage de la province. Je l'ai eu au téléphone, ça te fait gagner un temps fou en procédure de saisie du dossier médical, je te le dis en passant, et j'ai bien ma confirmation, c'est de l'hypercholestérolémie familiale.

— Ah, très bien. Ça a quelque chose à voir avec la mort ?

— Pas du tout.

Dambérailh ne put se retenir de lever les yeux au ciel, tout ça pour ça, ces médecins qui s'écoutent parler, c'est une plaie. Louvain passa la tête par la porte du bureau. Il lui fit signe d'entrer tandis qu'Émilie Bastos, jugeant que le suspens avait assez duré, reprenait :

— Ça n'a pas influé sur la mort, mais j'ai quand même un truc qui va t'intéresser. Hugo Cassague a un fils.

— Ozan.

— C'est ça. Et le fils aussi est suivi par mon copain. Il suit toute la famille. Il ne souffre pas d'hypercholestérolémie.

— Tant mieux pour lui, dit le major, espérant ne pas subir un deuxième épisode d'explications médicales sans lien avec l'affaire.

— Tant mieux, mais ça a son importance.

Louvain s'empara d'une chaise tandis que le major pressait le bouton du haut-parleur. La voix étrange de la légiste annonça :

— C'est une maladie à transmission autosomique dominante. Il avait une chance sur deux d'être malade.

— Il a eu de la chance.

— Bien sûr, bien sûr… mais de fil en aiguille, on parle hérédité, et là… je sens le malaise.

Mon copain finit par me confier qu'il y a un loup. En temps normal, il ne me l'aurait pas dit, mais là, dans une enquête pour meurtre... tout a son importance, c'est pas à toi que je vais l'apprendre. Voilà la situation : le père est B–, la mère est AB–, et Ozan est A+.

— Ce qui signifie...

— Ozan n'est pas le fils de ton mort.

L'annonce résonna dans le bureau. La légiste savoura probablement l'effet explosif de son annonce et raccrocha après avoir rappelé qu'elle enverrait ses conclusions écrites sur le mail de la gendarmerie dans la matinée.

— Ça coupe le sifflet, constata Louvain. Du coup, mes petites révélations personnelles vont vous sembler bien fades.

La torpeur qui avait saisi le major se dissipa et il fronça les sourcils pour manifester son exaspération de voir Louvain débarquer à presque 9 heures.

— Vous pouvez me dire ce que vous avez fabriqué pour arriver à cette heure-ci ?

— Je suis passé au frigo, j'avais besoin des empreintes digitales de Cassague pour déverrouiller son smartphone que je suis allé récupérer chez Apollonia ce matin.

Ce fut au tour de Louvain de se délecter de l'effet de son annonce. Le major fut coupé dans son élan et fit contre mauvaise fortune bon cœur ; il se renversa contre le dossier de son fauteuil et écarta les bras.

— Je suis tout ouïe.

— J'ai une série de textos et deux mails. On se demandait ce que Cassague et Capitourlan fabriquaient ensemble au rucher le jour de la mort, on a la réponse. Ils avaient rendez-vous avec un type qui leur proposait de se porter actionnaire, avec une idée de développement sur un nouveau secteur. Je vous montre tout ça, j'ai fait des captures d'écran et j'ai renvoyé sur mon mail. Pas envie de passer ma journée à appuyer le pouce d'un mort sur le bouton de son portable.

Un flux d'adrénaline traversa le major qui en oubliait sa mauvaise nuit. Il lui semblait que ces derniers éléments fracassants allaient tout révolutionner. Il se pencha, les avant-bras couchés sur son bureau, prêt à écouter attentivement Louvain, lorsque le téléphone sonna de nouveau.

— Major, c'est Jaureguy. J'ai encore Sarah Phélan au bout du fil, je vous la passe.

Avant que le major ne puisse protester, il perçut le clic qui signalait la transmission de l'appel et fut bien obligé de répondre lorsqu'il entendit :

— Allô ? C'est le gendarme chargé de l'enquête ?

— C'est moi, major Dambérailh.

— Ici Sarah Phélan. Phélan-Cassague, je suis la sœur d'Hugo.

Il fallut de nouveau activer le haut-parleur qui dispensait un son de qualité médiocre. Louvain pencha la tête pour approcher l'oreille au maximum et saisir tout ce que Sarah Phélan avait à dire. Elle parlait d'une voix un peu lointaine, dans une pièce dont la résonance rappelait celle d'une salle de bains.

— J'aimerais que vous veniez me voir, j'ai beaucoup de choses à vous raconter sur mon frère et je ne peux pas me déplacer. Ma mère s'est sans doute déjà fait une joie de vous le dire, je suis en cure de désintoxication pour remédier à mon problème d'alcool. Je sais qui a tué Hugo.

Une écharpe pendait au crochet derrière la porte, le major la décrocha et l'enroula autour de son cou. Il attrapa les clés de la seule fourgonnette disponible, celle qui restait sur le parking tant que les gendarmes avaient le choix de prendre un autre véhicule.

— Vous pouvez m'expliquer, Louvain, pourquoi hier midi j'avais l'impression qu'on allait passer des semaines à vérifier des alibis et, ce matin, j'ai quatre coupables servis sur un plateau ?

Il fallut tourner trois fois la clé du contact avant que la fourgonnette cesse de toussoter et démarre franchement. Le major ne s'énerva pas, mais regarda avec insistance Louvain qui prenait son temps pour boucler sa ceinture. Il attendait une réponse.

— Qui sont vos quatre suspects, major ?

Le pouce levé, le major se mit à énumérer :

— Le prieur, il était sur place à 15 h 30 et il avait un motif plus que sérieux de supprimer Cassague, je vous raconterai. Ensuite, Apollonia Cassague, dont on vient d'apprendre qu'elle a menti à son mari, qui n'est pas le père de leur fils.

— Sauf que dans ces cas-là, c'est plus souvent madame qui y passe. Quel intérêt de tuer son mari, l'empêcher de savoir qu'il était cocu ?

— Pas faux, mais c'est un motif très sérieux de discorde dans un couple.

— Mme Cassague n'est plus la veuve parfaite qu'elle vous paraissait être ? Peut-être que Cassague le savait déjà ?

Un regard en coin fit ravaler à Louvain son ton goguenard. L'OPJ déboutonna le col de son pardessus car il commençait à régner dans l'habitacle une chaleur violente qui semblait ne pas pouvoir être réglée par la molette de température. Cette voiture était une épave, songea le major.

— Quel est votre troisième coupable ?

— Celui que Sarah Phélan veut nous livrer.

— C'est peut-être l'un des deux premiers.

— Je n'y avais pas pensé, concéda le major. Et enfin, vous me sortez du chapeau ce mystérieux rendez-vous. Lisez-moi les messages que vous avez trouvés ?

— Deux minutes. Vous avez quatre suspects, j'en ai un cinquième pour vous. C'est Daphné qui a levé le lièvre.

La voiture fit une embardée à la mention de Daphné.

— Qu'est-ce que ma tante vient faire là-dedans ?

Ce n'était pas l'envie qui manquait au major de saisir l'OPJ au col pour avoir osé appeler sa tante par son prénom, mais il lui fallait garder les deux mains sur le volant. À la réflexion, le major songeait que sa réaction première aurait semblé beaucoup trop œdipienne, vue d'un regard extérieur.

— Elle accepte de jouer les informateurs, le temps de l'enquête.

— Que vous a-t-elle extorqué en échange de cette faveur ?

Le sourire ironique de Louvain fit presque grincer des dents au major. Voir sa tante ridiculisée par un presque inconnu lui paraissait insupportable. Non, elle n'était pas à mettre dans le même panier que toutes ces mamies permanentées qui oubliaient de déglutir en regardant *Arabesque*. Se forçant à respirer par le nez, Dambérailh réussit à se dominer. Il avait identifié au fil des années quelques sujets sur lesquels il était inexplicablement chatouilleux. Sa tante Daphné en faisait partie et il devait parfois se faire violence pour se souvenir qu'il avait bientôt cinquante ans et qu'il devait être capable de faire la part des choses, de prendre un peu de recul. Louvain ne pouvait pas savoir.

— Ma tante adore se rendre utile, dit-il simplement.

— Elle nous a donc servi un cinquième coupable potentiel. Isabelle Capitourlan. C'est pour ça que j'y suis allé hier et je n'ai pas perdu mon temps. Figurez-vous que…

Un souvenir de la veille fit une brusque irruption dans la mémoire du major, qui interrompit son adjoint avec une expression désespérée.

— J'en ai peut-être un sixième. Naïri Bedrossian était sur le rucher, elle aussi. Le prieur l'a vue, à 15 h 30.

— C'est toujours comme ça, soupira Louvain qui tripotait les boutons de la ventilation dans l'espoir sans doute de faire baisser la température tropicale qui couvrait sa vitre de buée. On se retrouve toujours avec dix fois trop de suspects qui ont tous en même temps l'idée de venir se balader sur le lieu du crime.

La route se déroulait devant eux sans qu'aucune voiture vienne croiser leur chemin. Le Périgord en hiver était aussi désert que le désert de Gobi sous le soleil de midi.

— Pas mal ce coin, hors saison, apprécia le major.

Louvain ne répondit rien, pour la bonne raison qu'il s'était assoupi, la tête contre la vitre.

La clinique de Sarah Phélan se situait en bordure d'un étang artificiel. Un bâtiment en arc de cercle bordé de roseaux se reflétait dans l'eau.

— C'est très coquet ici, remarqua Louvain.

— J'imagine qu'un beau cadre aide à se détacher des saloperies qui nous font croire que, sans elles, rien n'est digne d'intérêt ?

— Je vous lis mes petites bribes d'explication tirées du portable de Cassague, le temps que vous dénichiez une place où garer cette poubelle roulante ?

— Je vous écoute.

La poche du pardessus de Louvain se trouvait sous ses fesses, il se contorsionna pour y glisser la main et son front se couvrit d'une fine couche de transpiration. La ceinture le gênait, elle s'était bloquée au premier mouvement.

— Donc, déclara l'OPJ, de nouveau assis face à la route. Tout commence avec un mail du jeudi 14 février.

— Cinq jours avant le meurtre, commenta le major qui plissait les yeux à la recherche d'une place libre sur le parking.

— C'est ça. Hugo Cassague reçoit ce message :

« Cher monsieur,

Je prends contact avec vous car je termine mon internat à l'hôpital de Limoges où j'ai pu constater l'efficacité du miel utilisé en tant que cicatrisant. Je perçois un grand potentiel sur le marché du miel médical. J'ai entendu parler de votre Honey Box et aimerais y investir un capital de 70 000 euros dont je viens d'hériter, avec l'idée de financer ainsi le développement d'une ligne dermo-cosmétique et paramédicale pour vos abonnés. J'imagine que vous serez sensible à l'argument marketing que représente ma caution en tant que médecin prochainement diplômé. Je vous propose un accompagnement pour faire évoluer votre gamme de produits vers du dermo-curatif. Je connais les démarches, j'ai les contacts. Pensez au potentiel commercial, d'autres sont déjà en train de mener des études car j'entends autour de moi des bruits sur la prise en main du miel curatif par de gros laboratoires.

Je suis de passage à Périgueux le 19 février. J'aimerais vous rencontrer avec votre associé, afin de discuter de cette opportunité. Il y aura des évolutions à prévoir en vue d'une mise aux normes de votre installation. Est-il possible d'organiser une visite de vos locaux d'extraction et de conditionnement ?

Bien à vous,

Fabrice Maurier »

Hugo Cassague répond le jour même qu'il est ravi de l'intérêt manifesté par ce monsieur et propose une rencontre le 19 février à 14 heures au rucher où se situe la future miellerie.

— On a donc un inconnu qui est censé avoir rencontré Hugo Cassague quelques minutes avant sa mort ? C'est trop beau, protesta le major.

— Attendez, le type a envoyé des textos le jour dit pour prévenir d'un retard. D'abord le matin, il reporte d'une demi-heure, puis vers midi, il s'excuse encore, je vous passe le texte, et Hugo finit par s'agacer de ce que Pascal doit absolument partir pour être à l'heure à un rendez-vous important.

— C'était la SAFER, il est parti à 15 h 15.

— Je sais, j'ai appelé la SAFER ce matin, il avait bien rendez-vous à 16 heures et il était à l'heure.

Avec une moue appréciatrice, le major manifesta son approbation. Le retard de Louvain ce matin n'en était finalement pas un.

— Je n'ai pas d'autre texto, donc soit ce monsieur ne s'est jamais pointé et ne sait rien de ce qui s'est passé, soit Cassague est mort avant l'arrivée du gars, soit c'est ce type qui a tué Cassague.

— C'est vrai que ce Fabrice Maurier aurait pu arriver en combinaison, pousser la ruche et repartir aussi sec, mais pourquoi nom de… nom d'un chien ? se reprit le major qui se mettait à avoir des scrupules à blasphémer.

Un moine dans la famille, ça vous change.

— Là, s'écria Louvain, le doigt pointé sur une place disponible au pied d'une porte de secours.

— Parfait. Non mais, Louvain, sérieusement, il y a tellement de gens qui auraient rêvé de tuer ce Cassague pour des raisons aussi compréhensibles que variées. Vous n'allez pas me faire croire qu'un parfait inconnu puisse surgir de la brume et faire le boulot, pour une raison dont personne ne sait rien ?

Les deux portières claquèrent en même temps dans un fracas métallique qui se répercuta sur la façade immaculée. Dambérailh leva le nez pour apprécier la hauteur du bâtiment. Pas une fissure dans le blanc des murs, des plantes vertes à chaque garde-corps, des vitres sans une souillure. Un séjour dans la clinique de repos de Sarah Phélan n'était certainement pas donné. L'ascenseur qui les mena au cinquième étage se déplaçait avec une fluidité parfaite. Dans l'habitacle régnait un parfum ambré qui avait le grand mérite de ne pas rappeler le détergent des maisons médicalisées. Les portes s'ouvrirent sur un long couloir clair, quelques notes de musique s'échappaient d'une chambre qui avait gardé la porte ouverte. La chambre de Sarah Phélan se situait en bout de couloir. Le major et Louvain se sentaient comme deux éléphants dans un magasin de porcelaine. Leurs silhouettes emplissaient le couloir et ils marchaient épaule contre épaule. Le major tentait de poser le pied avec autant de légèreté que ses chaussures de service le lui permettaient. Malgré la brièveté supposée des séjours pour désintoxication, chaque pensionnaire avait une étiquette à son nom glissée dans un petit cartouche métallique fixé sur la porte à hauteur des yeux.

Le major tira d'un coup sec sur le pli de son polo pour lisser le tissu sur sa poitrine, puis il toqua à la porte.

— C'est ouvert, lui répondit une voix étouffée par l'épaisseur du panneau.

La pièce était claire et nette. Une femme brune leur tournait le dos, debout à contre-jour. Elle avait les hanches étroites, les épaules un peu tombantes, une queue-de-cheval pendait sans façon entre ses omoplates, mais elle portait un pull torsadé de bonne tenue et un pantalon dont le pli tombait droit. Elle était grande et fine, frêle même. Elle se tourna vers eux en pivotant sur ses talons, d'un bloc. Elle avait un visage qui ne correspondait pas à son corps. Deux plis profonds semblaient avoir été creusés par les larmes qui avaient coulé le long du nez jusqu'à la commissure des lèvres. Sarah Phélan n'avait sans doute pas beaucoup souri ces dernières années. Ses yeux foncés brillaient avec force, mais traînaient avec eux des poches d'amertume. Elle avait un nez de caractère qui donnait à son visage une certaine tenue malgré les ravages de tout ce qui abîme un être. Elle leur sourit cependant, et une dent à l'arête cassée lui donna l'espace d'une seconde un petit air espiègle.

— C'est gentil d'être venus si vite. On peut marcher dehors si ça vous va, j'ai peur qu'on soit à l'étroit ici.

Le chauffage collectif était monté au maximum et le major sentit avec effroi qu'il commençait à transpirer. L'idée de ressembler à Louvain, suant dans la voiture quelques minutes plus tôt, le poussa à accepter immédiatement la proposition de Sarah Phélan.

Elle enfila un manteau avec des gestes ralentis. Où en était-elle dans son processus de sevrage ? Le major savait que l'addiction à l'alcool était l'une des plus violentes, le sevrage était un tunnel de souffrance dont les personnes non alcooliques n'avaient aucune idée. Sarah se retint quelques secondes à la poignée de son placard, comme pour dominer un vertige, puis elle attrapa une clé et leur indiqua l'escalier extérieur qui démarrait au bout de son couloir. L'escalier tenait de la passerelle de secours et Sarah Phélan laissa passer devant elle le major avec un demi-sourire d'excuse.

Lorsqu'ils se retrouvèrent tous les trois sur le chemin qui longeait le bâtiment, le major remarqua que les roseaux masquaient entièrement la vue sur l'étang. Il valait mieux avoir une chambre au premier étage. Quelques bruits qu'il identifia comme des cancanements de colvert créaient une atmosphère particulière. La direction se donnait du mal pour offrir un semblant de vie dans cet espace où quelques ombres déambulaient en luttant pour retrouver la saveur de leur existence. Des touffes d'iris mauves se balançaient doucement au pied des roseaux.

— On peut prendre par là, indiqua Sarah.

Il était plus sage de la laisser commencer, sans chercher à faire démarrer une conversation dont elle n'aurait pas choisi la direction. Elle était probablement un peu plus jeune qu'Hugo Cassague, mais pas de beaucoup. Quarante-deux ans, maximum. Elle tenait d'une main le col de son manteau pour empêcher le froid de glisser dans son cou.

— Hugo était quelqu'un de bien, lança-t-elle. Je suis consciente que vous n'avez pas souvent entendu ça à son propos. Il s'y prenait de la pire des manières, il avait un esprit tordu, tellement certain que, si quelqu'un percevait un point faible, il se ferait aussitôt bouffer tout cru. C'est la grande réussite de mes parents.

Elle eut un rire sans joie qui serra le cœur du major, puis embrassa d'un geste la clinique, l'étang, le ciel.

— C'est grâce à lui que je ne suis pas en train de m'étouffer dans mon vomi dans un deux-pièces. Chaque fois, il obtient d'Apollonia de quoi m'installer ici. Je dis chaque fois parce que, mon Dieu, je ne me vois pas mourir sobre. Mais j'essaie, lui y croyait… alors j'évitais de le décevoir trop vite.

Sarah semblait disposée à monologuer jusqu'au moment où elle aurait décidé de livrer l'information pour laquelle ils s'étaient déplacés. L'écouter était bien le moins que le major pouvait faire. Elle marchait comme une enfant, en évitant de poser le pied sur la jonction entre chaque plaque de béton. Bientôt, le chemin cimenté s'arrêta pour longer l'angle du bâtiment, mais Sarah choisit de continuer le long de l'étang. Un petit sentier dont la boue avait durci leur permit d'éviter de se mouiller les pieds, à condition de marcher les uns derrière les autres. Sarah ne parlait pas fort, le major se décida à sortir du sentier pour marcher à sa hauteur, les herbes caressaient l'ourlet de son pantalon et trempaient ses pieds.

— Quand on jouait à cache-cache, je savais bien qu'il faisait exprès de ne pas me trouver. On a continué pendant des années à faire semblant.

— Vous étiez très proches, s'autorisa le major, avec douceur, haussant à peine la voix pour ne pas avoir l'air de poser une question.

— Que font deux enfants quand ils doivent grandir dans une maison sans tendresse ? Ils se serrent l'un contre l'autre. Je sais qu'il aurait fait n'importe quoi pour moi. Je sais bien aussi qu'il... Ça pouvait être un gros con. Un peu comme ces ados, vous savez, qui mettent tout leur honneur à lancer les piques les plus efficaces, par jeu. Sauf qu'Hugo, ce n'étaient pas des piques qu'il lançait, c'étaient des boulets de canon. Il ne savait pas doser. Il tapait toujours dix fois trop fort, comme un gros con. Il me manque déjà. Il me manque comme si ça faisait des mois qu'il était mort. Je ne comprends pas ceux qui disent « Je n'arrive pas à me faire à l'idée qu'il n'est plus là, c'est comme s'il allait entrer dans la pièce dans la minute qui vient ». Moi, quand Apollonia m'a appelée, j'ai eu l'impression qu'on me retirait tous les bons moments qu'on avait eus ensemble, d'un seul coup. Il est mort avec rétroactivité.

Elle serrait ses coudes dans ses mains bleuissantes. Elle aurait dû mettre des gants.

— Quand il m'a annoncé pour Honey Box, je lui ai dit que c'était une mauvaise idée. Il voulait faire payer Pascal jusqu'à la nausée, jusqu'à ce qu'il en crève. Hugo me disait : tu verras, dans deux ou trois mois il se pendra lui-même, je lui ferai payer ton désespoir jusqu'à la dernière larme. J'étais terrifiée, Hugo ne sait pas calculer comme ça sur le long terme, ce n'est pas du tout son truc. Lui, il a la manière « coup de bambou ». Je suis sûre qu'il avait de l'amitié pour Pascal, ça embrouillait tout. Pascal était devenu comme un petit animal nuisible qu'on avait l'intention de tuer, mais qu'on trouve quand même trop mignon, alors on laisse traîner. Donc voilà, je suis sûre qu'Hugo a trop laissé traîner, il a laissé la souffrance s'étirer et il a baissé la garde. C'est Pascal qui l'a tué.

Qu'est-ce qu'Hugo comptait venger, quel était le lien entre Pascal et Sarah Phélan, le major n'en savait rien. Jules Louvain prit le même parti que le major et se plaça à gauche de la sœur d'Hugo. Il dit, tentant de caler son souffle sur celui de son interlocutrice :

— Vous pensez que Pascal n'a plus supporté le sentiment de culpabilité, qu'il avait compris qu'Hugo lui faisait payer l'amputation de votre fiancé ?

Amputation ? d'où Louvain tient-il un truc pareil ?

Le regard vague, Sarah répéta :

— Mon fiancé… mon fiancé ? Mon mari, monsieur. Je suis veuve depuis quatorze ans, Gaël s'est donné la mort huit mois après notre mariage.

L'air lui manqua, elle se plia en deux, le bras en travers du ventre, comme terrassée par un point de côté, mais elle se redressa vite, trop vite pour que le major puisse esquisser un mouvement inquiet dans sa direction. D'un regard glissé en coin derrière les épaules de Sarah, les deux enquêteurs se mirent d'accord pour faire une pause dans leurs questions. Il arrivait un moment où la sensibilité du témoin passait avant les informations supplémentaires qu'on pouvait espérer grappiller.

— Vous savez que le plus beau, c'était que Pascal ignorait ce détail (elle accentua le mot « détail » avec une amertume à vous passer le goût de rire), il n'a jamais su que Gaël s'était tué. Hugo retenait le moment où il le lui annoncerait, il appelait ça l'apothéose. Je n'ai aucun doute sur le fait qu'il l'ait dit à Pascal avant-hier. Et que Pascal l'a tué pour étouffer l'affaire, pour se libérer de cette impression qu'Hugo savait créer, l'impression de deux mains qui vous enserrent le cou et qui se referment. Je l'ai déjà vu faire, je connais le visage des gens qu'il piège.

— Pensez-vous que votre frère ait pu piéger, je reprends vos termes, quelqu'un d'autre, qui aurait pu chercher à se libérer ? Son épouse par exemple ? Pour la punir d'une erreur qu'elle aurait commise ?

Sarah rentra brusquement le menton dans son col. Elle secoua la tête.

— Apollonia et Hugo ne font qu'un. Elle le prend comme il est. Il la respecte parce qu'elle est forte. Ils ne se cachent rien.

— Est-ce que l'argent, par exemple, pourrait avoir perturbé cette bonne entente ? suggéra Louvain, qui marchait sur des œufs.

— L'argent n'est pas un problème pour Apollonia.

— Tout à l'heure, vous avez dit « Il obtient d'Apollonia », est-ce que ça signifiait qu'Apollonia tenait serrés les cordons de la bourse ?

— J'ai dit ça ? Je ne voulais rien sous-entendre de la sorte. Apollonia a toujours financé les projets d'Hugo, c'était leur équilibre. Bien sûr, je ne suis pas dans leur intimité, mais je n'ai jamais senti qu'Hugo souffrait de cette situation. Ils s'apportaient mutuellement de l'oxygène. C'était très clair dès le départ.

— Vous l'aimez, Apollonia ? demanda le major.

— Comme une sœur.

— C'est ambivalent, l'amour d'une sœur.

— C'est de l'amour quand même.

Les pieds transis, le major songea qu'il était sans doute temps de faire demi-tour. Une brume glacée s'élevait de l'étang. Même les canards s'étaient mis à l'abri sur les berges. Il s'arrêta, faisant mine d'admirer la vue, la façade blanche derrière les roseaux, puis il pivota, espérant entraîner un mouvement de retour par imitation. Louvain, qui avait saisi la manœuvre, embraya immédiatement, mais Sarah ne semblait pas percevoir le froid glacé qui lui faisait les ongles violets. Elle grelottait sans y penser, au point que le major prit la décision de poser une main ferme sur son épaule pour la conduire sur le chemin du retour. Elle suivit sans opposer de résistance.

— Et maintenant, qu'est-ce qui va se passer ? demanda Sarah, le pied sur la première marche de la passerelle.

— Nous continuons à interroger les suspects, à vérifier les alibis, répondit, évasif, Louvain.

— Vous reviendrez ?

Il y avait presque de l'espoir dans sa voix. Le major perçut alors la profondeur, l'épaisseur de sa solitude.

Une fois qu'ils furent remontés dans leur voiture, les deux hommes restèrent immobiles. Le major ne pensait pas à démarrer.

— C'est affreux toute cette histoire, finit-il par dire.

— Il y a des gens qui ne sont pas épargnés, tandis que d'autres le sont. C'est comme ça, conclut Louvain.

— C'est maladroit de ma part, je n'oublie pas ce que vous avez traversé, ajouta Dambérailh qui, précisément, avait oublié.

— Pas d'offense. Démarrez, je regrette presque la chaufferie du diable.

Les premiers kilomètres se déroulèrent dans un silence pesant, chacun emmuré dans ses réflexions. Il est plus simple que les gentils soient gentils et les méchants, vraiment méchants. Le major aurait préféré ne pas connaître ces détails sur Hugo Cassague, trop d'humanité, ça vous brouille l'esprit et, dans une enquête, on ne peut pas avoir l'esprit brouillé.

— Vous pensez que c'est Capitourlan, vous ?

Dambérailh soupira.

— Malheureusement, il a un sacré motif, si Sarah Phélan ne s'est pas trompée. Il a la connaissance de sa colonie, il a l'occasion, l'heure de la mort est trop floue pour qu'il puisse produire un alibi...

— Mais c'est lui qui est venu à la brigade, protesta Louvain. Sans son intervention, on en serait restés à l'accident, point barre.

— C'est juste. Je n'en sais rien, Louvain, c'est peut-être lui, ce sont peut-être les vingt-cinq autres suspects. Pour le moment, je suis dans le brouillard.

— Si déjà, on savait comment cette sacrée ruche a été foutue par terre, on y verrait plus clair, soupira Louvain. Je peux fumer ?

— Ouvrez grand la fenêtre.

— Merde...

La manivelle lui était restée dans la main.

— Et maintenant, Louvain, vous allez m'expliquer cette histoire d'amputation.

La température qui régnait dans la brigade leur sembla polaire à tous les deux. Avec ces variations de température anarchiques, ils n'allaient pas tarder à attraper une bonne crève, le major sentait déjà un picotement suspect lui chatouiller les narines. Un brouhaha joyeux provenait de la salle de pause, ils filèrent donc dans l'étroit bureau du major.

— Alors, on continue par quoi ? demanda Louvain, qui retira son manteau puis le renfila.

— Il faut creuser du côté de ce Maurier. Vous m'appelez le CHU, on le convoque, vous connaissez la suite. Par ailleurs, on doit voir avec Apollonia Cassague ce qu'il en est vraiment avec Ozan. Son mari savait-il qu'il n'était pas le père ? Est-ce que ça pourrait coller avec un mobile ?

— Vous oubliez qu'à l'heure de la mort, elle se faisait décolorer les racines, observa le Louvain.

— À quelle heure est-elle sortie de chez le coiffeur ?

— 16 h 22. J'ai la mémoire des chiffres, sembla s'excuser Louvain.

— La légiste nous a donné une fourchette jusqu'à 17 heures, il faut savoir ce qu'Apollonia a fait après son passage chez Phi-Fou. J'ai la mémoire des surnoms, répondit le major, les yeux pétillants.

— Elle est gonflée la légiste, de vous tutoyer, vous n'avez pas gardé les cochons ensemble.

Avec un haussement d'épaules, Dambérailh évacua la polémique, les fantaisies des légistes ne l'étonnaient plus depuis longtemps. Ce qui lui importait, c'était de soupeser chaque culpabilité potentielle. Partis comme ils étaient, ils n'auraient que l'embarras du choix pour placer un suspect en garde à vue, mais le procureur n'allait pas valider huit arrestations successives. Comment prioriser, comment être sûrs que c'était le suspect qui, à leurs yeux, traînait le mobile le plus sérieux qui avait fait le coup ?

— Et la pharmacienne, qui va la voir ? Vous ou moi ?

— Je peux m'y rendre après avoir réglé la question du CHU, proposa Louvain. On n'avait pas dit qu'on voyait tous les suspects ensemble pour la première prise de déposition ?

— Les témoins, on avait dit les témoins.

— Mais tous nos témoins sont suspects.

Le major étouffa un « Merde » et ressortit de sa poche intérieure le carnet dans lequel il avait pris quelques notes la veille.

— Ça m'était sorti de l'esprit, on doit voir aussi ce marginal, Fernando je ne sais quoi. On s'y colle après le déjeuner ?

D'un demi-tour de volant parfaitement maîtrisé, Daphné se gara sur le bas-côté. Elle s'en était donné à cœur joie sur la route, cornant aux tournants pour avertir de son arrivée en trombe dans la courbe. Elle chantonnait une version améliorée de *Tout va très bien, madame la marquise*. Les indications soutirées à Géraud la veille étaient parfaitement claires : un kilomètre avant le monastère, sur la droite, à cinquante mètres au fond du bois juste après le panneau de passage de gibier. Un ruban de plastique bicolore marquait le sentier sauvage qui conduisait à la clairière où les ruches de Pascal somnolaient dans le froid de la fin d'hiver. Les techniciens avaient donc déjà examiné le sentier entre la route et les ruches. Il lui restait tout le bas-côté à étudier ainsi que la vaste portion de sous-bois qui isolait le rucher de la route. Elle se garderait bien d'aller marcher dans le périmètre sanctuarisé, elle tenait à rester dans les bonnes grâces de l'enquêteur adjoint.

Elle jeta un coup d'œil à sa montre. Elle comptait passer deux heures sur place avant de regagner le confort bien tiède de la brasserie de Philémon. Daphné commençait presque à apprécier la conversation oiseuse de ce type. Ça la berçait, et son regard plein d'admiration quand elle avait exhibé sa montre lui avait fait chaud au cœur. Pour être honnête, la réaction de Philémon lui avait aussi rappelé sa petite entorse au guide de bonne conduite qui régissait son activité de chambres d'hôtes. Elle aurait dû renvoyer cette montre à ses propriétaires lorsqu'elle l'avait retrouvée, oubliée dans un tiroir de la salle de bains, d'autant plus que, si elle se fiait au regard de Philémon, il ne s'agissait pas d'une montre commune. La satisfaction d'avoir pris une forme de revanche sur ces hôtes indélicats se trouvait entachée par la trop grande valeur de l'objet qu'elle avait conservé. Elle avait même ressenti un petit pincement de honte. *C'est une si belle montre que ça ? Les Américains sont tellement tape-à-l'œil...* Elle y jeta un coup d'œil inquiet. Les aiguilles étaient restées fixées sur une heure improbable, 6 h 30. Daphné tapa du pied par terre, dire que c'était censé être une montre de qualité, quelle blague. Elle passerait un peu plus tard à la bijouterie de Montraguil pour y faire changer la pile. Elle ne pouvait plus compter que sur l'observation de la température de ses pieds pour décider du moment de partir.

L'examen du bas-côté ne donna pas grand-chose à première vue. Elle releva une trace de pneu étroit, un vélo de type VTC. Un peu plus loin, une plaque d'herbe bourbeuse indiquait l'endroit où Pascal et son associé avaient l'habitude de garer leur voiture. Daphné imaginait bien que les techniciens avaient eux aussi leur responsabilité dans le lacis de traces de pneus. Il avait bien fallu qu'ils se garent quelque part. Les herbes emperlées de bruine masquaient complètement le sol et Daphné faillit ne pas voir la petite étiquette plastifiée : PHARMACIEN-CONSEIL. Elle l'attrapa du bout des doigts et la glissa dans son mouchoir. Elle jubilait. La tête de Jules lorsqu'elle lui jetterait son triomphe à la figure !

Le sous-bois se révéla bien plus complexe à explorer. Des ronces rampantes s'agrippaient à l'ourlet de sa jupe presque à chaque pas. Elle utilisa la technique du regard-balai, une méthode qu'elle avait mise au point lors de ses innombrables cueillettes de champignons dans les propriétés voisines de l'abbaye. Elle démarra le long de la bande de signalisation qui longeait le dos des ruches et remonta vers la route en faisant des allers-retours en épingle à cheveux. Alors qu'elle arrivait à cinq ou six mètres du bas-côté, elle remarqua un éclis de bois d'une vingtaine de centimètres de long. Le bois était propre et ne devait pas avoir séjourné plus d'une petite semaine sur le sol, à demi dissimulé sous une couche de feuilles devenues gélatineuses. Elle s'en saisit et l'observa de près. Le morceau provenait manifestement d'un morceau de bois usiné, un fragment de planche neuve peut-être, ou de tasseau raboté vendu par perches de trois mètres dans les magasins de bricolage. Les angles étaient encore nets et la cassure semblait fraîche. Elle se ficha une écharde dans le gras du pouce en explorant l'arête aiguë du morceau de bois. Il était difficile de savoir si cet objet avait un intérêt quelconque. Dans le doute, Daphné décida de le fourrer dans la poche de son manteau. Le major ou son acolyte y verraient peut-être un intérêt.

Elle se sentait flapie, le froid avait insensibilisé ses extrémités et elle songeait avec délices au plat du jour qui l'attendait chez Philémon. La pêche avait été bonne, elle se laissait néanmoins quelques heures avant d'apporter ses trouvailles à la brigade. Bien qu'elle eût abandonné ses prérogatives d'enquêtrice, elle avait une furieuse envie d'aller porter le badge à la pharmacie et de regarder la mine de Naïri Bedrossian lorsqu'elle le poserait sur le comptoir. Elle n'avait aucun doute sur le fait que le petit morceau de plastique lui appartenait : il n'y avait qu'un docteur en pharmacie à l'officine de Montraguil. Il était un peu tôt pour piétiner son engagement envers Jules Louvain de ne pas interférer avec l'enquête. Que pouvait bien avoir fabriqué Naïri au rucher ? Peut-être y venait-elle régulièrement et que le badge était tombé un autre jour… quoiqu'il aurait sans doute été plus sale s'il avait séjourné plusieurs jours sur le bas-côté.

Sur le retour, Daphné fredonna du Charles Trenet. C'était une belle journée. Le souvenir de sa montre arrêtée surgit juste au moment où elle allait dépasser le panneau d'entrée dans Montraguil. Elle braqua sur la droite et s'engagea à une vitesse scandaleuse dans la rue étroite qui montait vers la place de la Prévôté. La bijouterie proposait une vaste sélection de zircons et de montres à arabesques multicolores derrière une vitrine impeccable. La vendeuse arborait une douzaine de chaînes à mailles différentes qui lui donnaient l'allure d'une femme girafe, et un fond de musique type Beach Boys simplifié à l'extrême meublait le silence. Daphné posa sa montre sur la plaque de verre qui recouvrait un assortiment d'épouvantables gourmettes pour hommes et salua la jeune femme qui répondit d'un geste vague. L'éducation, de nos jours… La vendeuse tourna le cadran pour lire la marque et repoussa la montre du revers de la main.

— On fait pas cette marque.

— Vous pouvez quand même changer une pile, s'indigna Daphné.

La vendeuse la regarda de côté comme si elle était demeurée.

— Y a pas de pile dedans.

— Et comment voulez-vous qu'elle fonctionne ?

— C'est un mouvement automatique.

— Mais qu'est-ce qu'elle me chante, celle-là, marmonna Daphné sans chercher à être discrète.

Elle rempocha la montre et allait sortir sur un signe de tête aussi sec que la politesse l'autorisait, lorsque la vendeuse ajouta :

— Moi, je vous conseille pas les grandes bijouteries du centre-ville si vous allez à Périgueux. Ils vont vous faire des devis délirants. Allez plutôt chez Léonard Bedrossian, rue des Palombières. C'est le père à la pharmacienne.

Daphné se fendit d'un sourire aussi faux que les ongles bombés de la jeune femme et sortit sur la place déserte. Sans s'en rendre compte, cette grue venait de lui servir sur un plateau un prétexte pour fureter autour de la suspect numéro un de sa petite enquête. Cependant, comme la pomme ne tombe jamais loin de l'arbre, et puisqu'elle s'adresserait au père d'une potentielle meurtrière, elle ne comptait pas lui confier sa précieuse montre les yeux fermés. Elle remonta dans sa voiture avec la ferme intention de s'adresser aux enseignes ayant pignon sur rue à Périgueux, afin d'obtenir un point de comparaison avec le devis, certainement abusif, que lui proposerait Bedrossian. *Avec ces étrangers, on ne sait jamais tout à fait sur qui on tombe.* Sur le retour, elle aurait encore le temps de passer voir son neveu avant de rentrer à l'abbaye.

La circulation dans le vieux Périgueux était un vrai casse-tête. Daphné finit par se garer sur une place de livraison devant le Monoprix et entra dans une première boutique. La double porte ne s'ouvrait que sur validation de la bijoutière tirée à quatre épingles qui triait l'importun du client sérieux. Le silence feutré de la bijouterie sembla à Daphné bien plus adapté au genre de cliente qu'elle était que la musique bon marché de la boutique de Montraguil. La bijoutière recueillit avec respect la montre que Daphné lui présentait et ne sembla pas décontenancée une seconde par la marque que la jeune femme de Montraguil ne « faisait » pas. La montre fut emportée dans un coin de la boutique, posée sur un coussinet de velours bleu roi, examinée à la lumière d'une lampe à LED. Après une minutieuse observation, la bijoutière revint vers Daphné. Elle était coiffée d'un chignon banane dont l'enroulement en escargot laissait supposer une dextérité extrême. Pas une mèche n'ondulait sur l'oreille, Daphné en était bluffée.

— En effet, madame, votre montre nécessite une réparation. Je vous propose de l'envoyer chez le fabricant afin que l'atelier vous règle ce fâcheux dysfonctionnement. Je vous prépare une fiche si vous le voulez bien ?

— Parfait, je savais que j'avais frappé à la bonne porte. Pardonnez-moi cette question triviale, mais la réparation s'élèverait à combien ?

— Je pense que nous pouvons tabler sur une intervention entre sept cents et mille euros, glissa la bijoutière d'une voix suave.

Daphné faillit s'étouffer en avalant de travers sa salive. Elle se contint à grand-peine et hoqueta :

— C'est une plaisanterie ?

— Ce n'est pas une plaisanterie, madame, c'est une Jaeger-LeCoultre.

Il était urgent de se composer une figure neutre, se morigéna Daphné. Elle haussa le sourcil avec un dégagement qu'elle était loin de ressentir.

— C'était un cadeau.

— On vous a gâtée, constata la bijoutière.

Mue par une inspiration dictée par le désarroi de Daphné, la bijoutière se pencha en avant et chuchota :

— Pour des tarifs plus abordables, je vous recommande chaleureusement M. Bedrossian, rue de la Palombière. Je vous note ses coordonnées sur ma carte, vous pourrez y aller de ma part.

Avec un petit mouvement de bouche du type cul-de-poule, la bijoutière coupa court aux remerciements émus de Daphné. Ce n'était rien, vraiment. Daphné ressortit de la boutique un peu étourdie. Puisque Bedrossian bénéficiait d'une aussi bonne presse, elle serait mal avisée de ne pas lui confier cette petite, mais onéreuse, réparation.

La cage d'escalier miteuse qui menait à l'atelier de M. Bedrossian faillit lui faire tourner les talons. La peinture sang-de-bœuf s'écaillait sur les murs, le tapis d'escalier était tellement usé qu'on voyait le bois de la marche à travers la trame. Daphné fronça le nez et serra plus fort son sac sous son bras, puis appuya sur la sonnette en étain terni. Un bruit de savate traînante se fit entendre derrière la porte blindée, puis Daphné se trouva nez contre nez avec Léonard Bedrossian, un grand homme maigre qui portait une blouse lui servant probablement à la fois de torchon et de mouchoir, et des cheveux plaqués en arrière qui rebiquaient dans son cou.

— Entrez, je vous en prie.

L'homme cultivait une courtoisie surannée. Daphné décida de passer outre la vague odeur d'alcool qui flottait autour de lui et entra. L'atelier était une caricature de bric-à-brac. Des pendules rococo étaient entassées au pied d'une commode poussiéreuse, deux vitrines troubles exposaient quelques bracelets de montre passés de mode depuis des décennies, tandis qu'une table basse à trois pieds croulait sous de vieux numéros de *Géo*. Pas de téléphone, pas d'ordinateur, rien qui rappelle le XXIe siècle. L'atelier était resté bloqué dans les années mil neuf cent.

— Que m'avez-vous apporté, chère madame ?

Daphné hésitait à sortir de son sac son inestimable Reverso. Cependant, comme elle n'était pas prête à payer le prix fort qui allait de pair avec un endroit propre, elle posa sur le petit bureau la montre qu'elle considérait à présent avec un respect fétichiste.

Bedrossian la caressa du bout des doigts et la porta à hauteur des yeux. Il avait le blanc de l'œil jaune. Daphné hésita à évoquer la jeune et jolie Naïri, cet homme ne pouvait décemment pas être son père. Cependant, la perspective d'obtenir des informations sur celle qu'elle considérait comme *sa* suspecte fut trop tentante, et elle mentionna la pharmacie de Montraguil. Le visage du vieux Bedrossian s'illumina puis se rembrunit immédiatement.

— Vous connaissez ma fille ?

— Très bien, mentit Daphné.

Son âme d'enquêtrice se mit à frétiller. Peut-être l'horloger avait-il une explication concernant la présence du badge dans l'herbe près du rucher ? Elle ne savait comment aborder le problème. Elle était tentée par un bluff éhonté.

— Avec cette affaire de meurtre, elle s'est mise dans une situation délicate, la pauvre.

L'horloger fit mine de ne pas l'entendre. Il fouillait dans une boîte métallique à la recherche d'un de ces outils minuscules qui permettent d'ouvrir l'arrière d'une montre sans en rayer le métal. Il était donc au courant de la mort d'Hugo Cassague, sinon il aurait ouvert des yeux comme des soucoupes et demandé des détails. Rien n'était encore sorti dans les journaux, il ne pouvait tenir ses informations que de Naïri. Elle allait frapper plus fort.

— Dans une petite ville, tout se sait, vous savez. Un mauvais concours de circonstances peut vite être monté en épingle si la vérité n'est pas très rapidement établie. Il suffit que quelqu'un voie quelque chose et hop ! c'est la traînée de poudre qui s'enflamme. Pourquoi votre fille n'est-elle pas allée immédiatement voir la gendarmerie ? L'enquêteur aurait certainement compris qu'elle n'avait rien à voir avec le meurtre. Mais maintenant, comme elle n'a rien dit… c'est devenu beaucoup moins simple.

Léonard Bedrossian reposa la montre et se frotta les paumes sur sa blouse. Il avait les mains moites. Il était à point, elle allait porter le coup de grâce.

— Peut-être qu'il n'est pas trop tard ? Peut-être qu'il suffirait que quelqu'un de bien placé aille rapidement éclairer le major Dambérailh ? Lui exposer les raisons de la présence de votre fille au rucher ce jour-là, par exemple. Vous ai-je dit que c'était mon neveu qui était chargé de l'enquête ?

Daphné regardait ses ongles avec un détachement qu'elle était loin de ressentir. Elle avait abattu ses cartes, il fallait que Bedrossian craque, car elle n'avait aucun autre moyen de pression à sa disposition. Peut-être ne savait-il rien, peut-être que le badge était tombé à un autre moment, peut-être que l'horloger allait tout simplement la fiche dehors par le col de son manteau pour avoir insinué que sa fille était mêlée à une histoire sordide ? Elle était étonnée qu'il ne l'ait pas déjà fait. Si quelqu'un avait osé émettre ce genre de sous-entendus sur Géraud, elle l'aurait poussé dehors *manu militari* sans attendre. Après quelques secondes en suspens, pendant lesquelles le vieil homme semblait bander ses forces pour ne rien laisser transparaître, il se décomposa et se laissa tomber dans le fauteuil qui souleva un nuage de poussière. Elle avait gagné.

— Alors, c'est foutu… Bien sûr qu'elle aurait dû appeler les secours. Même si c'était trop tard, même si elle voulait qu'il ne s'en sorte pas. Comment voulez-vous qu'elle vive avec ça, maintenant ? Vous ne pouvez pas comprendre. Personne ne peut.

— Hugo Cassague était encore vivant lorsqu'elle est arrivée ?

Les larmes aux yeux, le vieil horloger ne sembla pas l'entendre. Lorsqu'il reprit la parole, il s'adressa au plafond dont le lambris disjoint laissait passer de la laine de verre.

— Vous ne savez pas ce que c'est d'essayer de vivre en portant l'histoire de l'Arménie sur les épaules. Mes parents m'ont appelé Léonard en signe de respect pour le pays qui les accueillait. J'ai appelé ma fille Léa en reniement de ce qu'on m'a caché pendant toute ma vie. Jamais mes parents ne m'ont raconté ce qu'ils ont dû fuir, comment ils ont dû fuir, ce que leurs yeux d'enfants ont vu. Je suis la génération à qui on n'a pas parlé.

Brusquement, il sembla se souvenir de la présence de Daphné et fixa sur elle un regard intense dont la brûlure la fit reculer d'un pas.

— Ils m'ont tenu à distance de tout ça et j'ai appris l'histoire de l'Arménie dans un hors-série du *Monde*. Vous vous rendez compte, découvrir mon histoire à presque vingt ans ? À mon époque, on n'en disait rien dans les livres d'histoire. Je voulais en parler à ma fille. Ne pas lui faire vivre le même choc. Ma mère m'en a empêché. Elle refusait de réveiller les morts.

Il se leva et remit en place une affiche passée qui vantait les mérites de la station de ski des Gets. Une fille en col roulé, bâtons à la main, souriait de toutes ses dents sous une couche de poussière. Daphné le soupçonna de cacher son émotion.

— C'est idiot, puisqu'elle disait aussi que nos morts ne trouveraient pas le repos tant que la Turquie ne reconnaîtrait pas le génocide. Ils ne dormaient pas, nos morts. Quoi qu'il en soit, ma mère a tourné sa veste quand elle a eu quatre-vingt-deux ans. Je l'ai découverte un jour assise sur le lit de ma Léa. Elle lui racontait tout. Tout. Toutes les horreurs, toute la peur, toute la douleur dont elle ne m'avait jamais rien dit, parce que je n'aurais pas compris, moi. Je n'aurais peut-être pas compris, mais ma Léa qui avait treize ans a bien été obligée de comprendre. Personne ne lui a demandé son avis. Quand je l'ai récupérée, elle n'a pas parlé pendant deux jours. Elle avait le regard vide, tous nos morts défilaient dans ses yeux. Elle ne dormait plus.

L'émotion qui tentait de se frayer un chemin dans le cœur de Daphné achoppait sur un détail agaçant. Elle demanda :

— Léa, Naïri… que s'est-il passé pour que votre fille se débaptise ?

— Elle n'est pas la seule à avoir suivi ce cheminement. Au cours de ses études, elle a rencontré un type qui l'a embarquée dans un groupe baptisé Le Comité. Je n'ai jamais très bien compris, ils luttaient avant tout pour la reconnaissance du génocide, mais ça me semblait un peu obscur. Léa a choisi alors de se faire appeler Naïri. Elle le vivait comme une réappropriation de son identité arménienne. Elle a même fait toutes les démarches auprès de l'état civil. À ce moment-là je l'ai perdue. Et quand elle m'est revenue, épuisée par tous ces combats, elle n'était plus la même.

Daphné ne savait quoi répondre. Elle comprenait qu'il attendait depuis longtemps quelqu'un sur qui déverser son chagrin de père. Elle posa son sac sur le bureau en essayant de ne pas penser à la crasse et attrapa la chaise sur laquelle Léonard Bedrossian s'asseyait habituellement pour rédiger ses devis sur un carnet à spirale. Sans se retourner, il lui demanda :

— Alors, vous qui dites la connaître, expliquez-moi. Dans quoi s'est-elle embarquée ? Elle a besoin de sauver quelqu'un, je peux le comprendre. Elle a déjà essayé de sauver l'Arménie tout entière quand elle s'est trouvé cette association, à Paris. Mais l'Arménie tout entière, c'est beaucoup trop lourd. C'était une mission trop vaste, elle s'y est perdue. Alors, sauver un homme, juste un, ça lui semblait le minimum. Quelle ironie, elle aurait pu sauver ce Cassague et elle ne l'a pas fait. Elle voulait sauver cet apiculteur, qui, lui, n'en avait pas besoin.

Du bout de l'ongle, Léonard Bedrossian grattait sur son affiche une tache invisible. Il murmura, toujours de dos :

— Elle est venue passer la nuit à la maison. Ça faisait bien longtemps. Elle m'a expliqué qu'elle était allée donner un dossier à son apiculteur et qu'elle était tombée sur ce Cassague. Il était en train d'agoniser, criblé de piqûres d'abeilles. Elle m'a raconté sa haine, son dégoût pour ce Turc inculte qui ne respectait pas même notre douleur. Elle m'a dit qu'elle s'était assise à côté de lui pour ne rien manquer de son étouffement, de sa suffocation. Elle s'est assurée qu'il la reconnaissait. Elle lui a dit qu'elle n'appellerait pas les secours. Qu'elle avait dans son coffre de l'adrénaline et qu'elle ne la lui injecterait pas. Vous vous rendez compte…

Il se tourna vers Daphné. L'incompréhension lui faisait ouvrir grand les yeux. Il était possible d'y lire une souffrance déchirante. Cet homme luttait pour ne pas voir sa fille comme un monstre.

— Elle est restée sans le toucher pendant qu'il mourait et elle lui a raconté tout ce que sa grand-mère lui avait dit, ce jour-là dans sa chambre d'ado. Elle lui a parlé des femmes enceintes éventrées, de la marche épuisante que des enfants de cinq ans ont faite main dans la main, se tirant le bras à tour de rôle pour ne jamais s'arrêter, elle ne lui a rien épargné. Moi-même, je ne savais pas tout ce qu'elle savait. Et à la fin, elle lui a dit qu'elle lui pardonnait, puisqu'il allait mourir. Il lui restait quand même une toute petite flamme de foi. Mais il était déjà mort pendant qu'elle parlait.

Le vieil horloger avait posé son front contre l'affiche et ses épaules tressautaient doucement. Il se passa un long moment pendant lequel Daphné ne dit rien.

— Je voulais qu'elle m'en parle à moi. Elle avait dans le cœur une blessure suppurante. Je voulais qu'elle me laisse la soigner, mais elle ne m'a pas permis d'approcher. Elle ne voulait pas qu'on la soigne. Elle voulait souffrir parce qu'elle avait honte de vivre en paix. Ma toute petite, toute seule.

Avec une inspiration qui le regonfla brusquement, l'horloger se reprit et se tourna vers Daphné.

— Vous aurez votre montre dans un mois. Rappelez-moi, je n'oublie jamais quoi est à qui.

Il la poussa sur le palier, elle eut à peine le temps d'attraper son sac, et elle se trouva seule en haut des marches, dans l'obscurité.

La musique d'attente de l'hôpital manquait cruellement d'originalité. À croire que le *Boléro* de Ravel figurait en tête de liste des musiques d'attente les moins onéreuses. Les CHU ne pouvaient s'offrir mieux. Louvain écarta le combiné de son oreille, au bord de l'écœurement. Une voix au débit saccadé lui demanda après de très brèves salutations :

— 'voulez quel service ?

L'enquêteur prit le temps d'articuler distinctement, par réaction :

— Je souhaite être mis en relation avec Fabrice Maurier, interne.

Quelques secondes s'écoulèrent pendant lesquelles un bruit de clavier martelé avec vigueur emplit l'écouteur, puis la voix reprit :

— J'ai pas. Quelqu'un d'autre ?

— Vous devez faire erreur, j'ai reçu un mail de M. Fabrice Maurier mardi 5 février, il signe « interne au CHU de Limoges ».

— Quel service ?

— Ce n'est pas précisé.

— Épelez ?

— M-A-U-R-I-E-R.

— J'ai pas. Il ne travaille pas ici.

Perplexe, Louvain reposa le combiné. Le bureau désert du major lui offrait un havre de paix au cœur duquel il pouvait réfléchir tout son soûl. Il tapota du bout des doigts le téléphone fixe du major et sortit son propre portable. La capture d'écran ne lui permettait pas d'afficher le mail de Maurier en entier, mais il lisait clairement *fmaurier.CHU-lim* avant que la ligne ne soit coupée. Il pouvait en réalité s'agir d'une adresse créée de toutes pièces, du type « fmaurier.CHU-limoges@yopmail.com ». Si c'était le cas, il était impossible de remonter à la source, n'importe qui pouvait créer un compte en deux clics sur un de ces hébergeurs qui servaient à créer des adresses poubelles. La piste des textos pouvait peut-être mener à quelque chose de plus concret. Il fit défiler les photos jusqu'à retrouver celle qui faisait apparaître le numéro de l'interlocuteur de Cassague lorsqu'il annonçait son premier retard. Un numéro en 07.

Louvain pianota sur le téléphone du major et n'eut même pas à attendre que la messagerie le renseigne, il y eut immédiatement l'annonce : « Le numéro que vous demandez n'est pas attribué… » Merde. Il s'agissait certainement là aussi d'une de ces cartes prépayées que les dealers utilisaient par pelletées. Il était impossible de remonter à qui que ce soit. Dambérailh lancerait la réquisition auprès des opérateurs pour la forme, mais c'était perdu d'avance.

Louvain se leva et se posta à la fenêtre du major, tout près du lampadaire dont l'halogène grillait avec régularité les insectes imprudents. Il tira de sa poche un petit cigare, le dernier de son étui, et le glissa entre ses lèvres, ça l'aidait à réfléchir. Pendant quelques secondes, il gratta au fond de sa poche des écailles de tabac qu'il émiettait entre ses ongles trop longs. C'était Camille qui lui disait « Coupe-toi les ongles Jules, ils sont trop longs ». Maintenant qu'elle n'était plus là, il oubliait, se disait « Faut que j'y pense », et il n'y pensait pas. Ça lui donnait peut-être une allure de guitariste.

Fabrice Maurier n'allait pas pouvoir les éclairer. C'était trop beau, comme disait Dambérailh, ce gars qui sort de nulle part, dont personne n'avait jamais entendu parler. Il le sentait au creux de ses reins, ce type n'avait jamais existé. Sa seule vocation dans l'histoire était de faire venir Hugo et Pascal dans la zone du rucher, puis de les y faire poireauter. Si ça se trouvait, le gars savait même que Pascal était coincé par un rendez-vous pris de longue date, il savait qu'Hugo continuerait d'attendre seul, debout dehors de peur de manquer le gros investisseur providentiel.

Qui était au courant pour cette histoire de SAFER ? Il fallait appeler Dambérailh.

Le major répondit à la première sonnerie. En deux mots, Louvain lui exposa la situation.

— Chou blanc, comme ils disent chez Simenon, commenta le major.

— Chou blanc, oui. Je pensais, du coup, vu que ça sent la préméditation à plein nez, est-ce qu'on ne devrait pas éliminer ceux qui ne pouvaient pas être au courant pour la SAFER ? Le prieur, par exemple.

— Pourquoi pas, hésita le major. Eh non, Louvain, ça ne marche pas, le prieur savait sans doute.

— Et pourquoi ?

— Parce que le rendez-vous de la SAFER se tenait justement au sujet du bois de châtaigniers que le monastère allait vendre à un voisin, un sale type nommé Serge Fos. D'ailleurs, celui-là, il passe au travers des mailles du filet mais on devrait l'interroger aussi, il habite tout près à travers bois. Bref, Pascal voulait faire jouer son droit de préemption pour passer devant Fos et obtenir la parcelle au regard de son activité agricole. Le prieur, en tant qu'administrateur de la vente pour le compte du monastère, savait donc forcément qu'une procédure de préemption était en cours. On est obligés de le garder dans le collimateur.

— Ça ne nous avance à rien, quoi, soupira l'OPJ, le nez collé à la fenêtre. De toute façon, à la campagne, tout le monde est au courant de tout dès qu'on cause foncier.

Il souffla un rond de buée et dessina une croix à l'intérieur. Le rond n'était pas très régulier à cause du cigarillo au coin de sa bouche. Sans lien apparent, Louvain se mit à penser à Daphné Dambérailh. Elle aussi avait un côté « au courant de tout ». Avec un peu de chance, elle avait pris au sérieux sa proposition de jouer les indics, il devrait peut-être la recontacter.

— Je peux vous demander un truc, major ? Est-ce que votre tante a un numéro de portable ?

— Qu'est-ce que vous voulez à ma tante ? gronda le major.

L'occasion était trop belle, Louvain se passa la main dans les cheveux et bomba le torse.

— L'inviter à dîner.

— Je… Comment ? Louvain, arrêtez ça tout de suite ! s'étouffa le major au bout du fil.

— Calmez-vous, major, je plaisante. Je pense juste qu'elle a sûrement déjà dégoté deux ou trois informations intéressantes depuis hier soir. Elle a l'air prête à tout pour vous épater.

— J'irai la voir après mon entretien avec Mme Cassague. Rappelez-moi le nom du machin dont nous a parlé la légiste ? Je l'ai noté sur le bloc près du téléphone.

Le bloc en main, Louvain déchiffra avec peine :

— Xanthelasma.

— Merci. Ça fera plus sérieux quand je lui dirai que j'ai la preuve que son fils n'est pas son fils.

— Juste pour information, avant que vous ne la secouiez un peu trop fort, j'ai pris mon petit déjeuner à la brasserie de Philémon ce matin. Ils ont reçu un guitariste en concert mardi.

— Et ?

— Et les photos étaient affichées sur le comptoir, j'ai vu Apollonia partout. Elle s'y est rendue après son coiffeur, le concert démarrait à 16 h 30 et Philémon m'a confirmé qu'elle est arrivée au début. Son alibi est complet, entre 16 h 22 et 16 h 30 elle n'aurait jamais eu le temps de faire l'aller-retour, surtout à vélo.

— J'ai bien noté, Louvain, mais j'ai besoin de tirer cette affaire d'enfant au clair, histoire d'avoir l'esprit libre pour avancer.

— Je poursuis sur la piste Maurier, major ?

— Laissez tomber, on va donner ça à Jaureguy, elle adore fouiner sur le Web. Si ce type existe, elle va nous trouver quelque chose en deux temps trois mouvements. Allez rendre visite à la pharmacienne, comme convenu. Regardez bien le bilan que nous a envoyé le labo hier soir, ce capuchon de stylo mâchonné, quelque chose me dit que c'est à elle. Les pharmaciens ont toujours des stylos qui dépassent de leur poche poitrine. Ça vous fera une entrée en matière. Rejoignez-moi ensuite à 11 h 30 sur la place de la Prévôté, on va cueillir ce Fernando Jordi et puis on ira déjeuner.

— Et après, on retourne voir les Capitourlan ?

— On voit selon ce que je tire d'Apollonia. Je vous laisse, j'arrive chez les Cassague.

À travers la porte vitrée, Dambérailh aperçut Ozan, comme échoué sur le canapé blanc du salon. On n'envoie pas au lycée un enfant qui vient de perdre son père, songea le major. Une femme qu'il ne connaissait pas s'installa face à l'adolescent, posa devant lui une tasse fumante et lui tapota le genou pour l'encourager à avaler le breuvage brûlant. Ozan remercia d'un signe de tête, il était poli ce gosse, et se pencha au-dessus du panache de vapeur. Satisfaite, la femme se détourna du jeune garçon et se mit à tourner en rond dans le salon, perchée sur des talons étrangement hauts. Elle évoquait au major une créature de la nuit, ces hommes lourdement maquillés, oscillant sur des plateformes vertigineuses et armés de cils griffus. La personne qu'il observait était certes moins spectaculaire, moins jeune aussi, mais son allure sophistiquée sentait bon l'artifice. Quel âge pouvait-elle avoir et qui était-elle par rapport à Ozan ? Sans doute une personne de la famille, puisqu'elle ouvrait sans gêne les tiroirs à la recherche d'on ne savait quoi. La petite réflexion de Sarah Phélan lui revint en mémoire : « Ma mère s'est sans doute fait une joie de vous le dire. » Une mère que la bienveillance n'étouffait pas, qui n'avait pas su ou pas voulu procurer à ses deux enfants la sécurité affective qui leur avait manqué toute leur vie. Ça pouvait coller avec cette caricature de féminité qui s'agitait derrière la baie vitrée. Elle lui fut violemment antipathique. Le major descendit les deux marches qui menaient vers la porte d'entrée et traversa l'herbe spongieuse en cherchant du bout du pied les pas japonais qui s'enfonçaient sous la mousse. Ces trucs-là glissaient traîtreusement à la première goutte de pluie.

La créature vint lui ouvrir. Il fut aussitôt enfoui dans un nuage odorant : mûre, benjoin, tonka, vanille, de ces parfums sucrés lancés à grand renfort de marketing et déclinés à toutes les sauces : jour, nuit, eau de toilette, fleur de rêve et autres chichis.

— Vous venez pour mon fils, j'imagine. Je suis Asma.

— Major Dambérailh. Vous êtes la maman d'Hugo Cassague ?

« Maman » lui paraissait infiniment plus doux que mère. Il semblait au major que, lorsqu'on perd un enfant, ce n'est pas l'adulte qui nous manque en premier, c'est l'enfant qu'il a été. C'était ce qui lui avait sauté au cœur quand Baptiste leur avait annoncé qu'il quittait la vie civile, leur vie à eux, qu'il les laissait se débrouiller sans fils. Le mot n'eut pas l'air de toucher particulièrement la sémillante Asma.

— C'était mon fils. J'étais à Antibes. Je n'ai pas grand-chose à vous dire.

Quelle curieuse manière de manifester sa tristesse. Étonnant. Elle avait certainement beaucoup à dire, au contraire, sur le personnage qu'elle avait enfanté et façonné. Il était clair pour le major qu'Asma avait sa part de responsabilité dans la personnalité tordue d'Hugo, autant que dans la souffrance de Sarah. Les mères sont toujours responsables, se dit le major. Il se rendait parfaitement compte de ce que son intime conviction avait de patriarcal et de culpabilisant. Ce n'est pas parce que c'était culpabilisant que ce n'était pas vrai.

— J'ai besoin de revoir certaines choses avec votre belle-fille. Est-elle ici ?

— Apollonia passe tout son temps dans le jardin. Ses chères fleurs lui sont d'un plus grand réconfort que sa famille, de toute évidence, persifla Asma en agitant la main au-delà des pas japonais.

Il fallut quitter la sécurité du perron, s'aventurer entre les touffes de carex et les plantes grasses armées de piquants acérés. L'esprit japonisant fit place à un enclos inspiré des jardins de simples, qui lui-même s'ouvrit sur une jungle tropicale, selon un plan sinueux en terrasses. La maison des Cassague dominait une colline aux courbes franches et Apollonia avait exploité la pente en créant des espaces aussi divers que contrastés. L'effet était particulier, on y sentait la maîtrise parfaite des besoins en eau, en lumière, des alternances de floraisons, mais le major ne retrouvait pas dans le jardin des Cassague cette atmosphère paisible et douillette qu'il aimait à l'abbaye, chez sa tante. Quand allait-il pouvoir rendre visite à sa tante ? Dire que ce Don Juan de Louvain comptait l'inviter à dîner...

La courbe du dos d'Apollonia ressortait derrière un oranger du Mexique luisant. Elle était penchée sur des pousses de jonquilles qui pointaient au milieu d'un couvre-sol vernissé. Au son des pas du major, elle se redressa. Elle avait les paupières gonflées de ceux qui ont dormi par à-coups.

— Vous avez des questions complémentaires, major ? Il y a de nouveaux éléments ?

Elle rangea dans une poche de son vieux manteau brun un sécateur rouillé, puis s'essuya les mains sur les cuisses. Elle ne portait pas de gants. Ses cheveux pâles et ses joues blanches faisaient une tache claire sur le fond du massif, où un cyprès s'appuyait contre un if taillé en boule.

— Nous devrions peut-être rentrer, suggéra-t-elle, mais son regard hésitant montrait bien qu'elle préférait rester dehors.

— C'est vous qui voyez. J'aimerais vous parler d'Ozan.

Au nom de son fils, Apollonia se crispa brutalement. Un muscle de son cou se tendit jusqu'à creuser un pli de chair palpitant de part et d'autre. Elle serrait les lèvres, attendant l'impact.

— Qu'est-ce qu'Ozan a à voir avec...

Elle s'interrompit, ne parvint pas à terminer sa phrase.

— Le médecin légiste vous a appelée pour connaître des détails de santé concernant votre mari ?

— Le cholestérol, murmura Apollonia. Quel rapport avec Ozan ?

— C'est une forme particulière de cholestérol qui se transmet dans un cas sur deux. De fil en aiguille, la légiste a compris qu'Ozan ne pouvait pas être le fils de votre époux.

Apollonia semblait attendre que le major poursuive. Comme, manifestement, il avait terminé, elle se dénoua imperceptiblement. Elle ramassa au sol une griffe à trois dents qui lui servait à retourner la terre sans trancher les tiges traçantes des pervenches. Quand elle releva la tête, elle avait aux joues un soupçon de rose.

— Hugo savait qu'Ozan n'était pas son fils.

La parade était sans appel. Dambérailh analysa en quelques secondes les différentes options qui s'offraient à Apollonia. De toutes, c'était la plus efficace.

— Je peux vous montrer un document qu'Hugo a rédigé. Vous mettez au jour ce qu'on peut appeler… un secret de famille.

Elle tourna le manche de l'outil plusieurs fois entre ses doigts, hésitant à poursuivre. Cependant, la mention du document l'avait déjà entraînée plus loin qu'elle n'aurait souhaité, elle regrettait probablement déjà, mais elle ne savait plus comment faire machine arrière. Il lui restait la fuite en avant et elle s'engouffra dans l'ouverture qu'elle avait créée. Son débit s'accéléra au fur et à mesure qu'elle se livrait, elle qui n'avait sans doute eu l'intention que d'expliquer. Le major reconnaissait ce vertige de la confidence.

— Hugo et moi étions mariés depuis cinq ans et n'avions toujours pas d'enfant. Pas même une fausse couche. J'ai fait des analyses, rien d'anormal n'a été détecté. Pour mon mari, c'était plus complexe. Est-ce qu'un homme a plus de difficultés qu'une femme à se savoir frappé de stérilité ?

Elle haussa les épaules.

— Quoi qu'il en soit, Hugo n'est pas du genre à s'avouer battu. N'était pas du genre... Les délais d'adoption nous semblaient inenvisageables, mon mari n'était pas patient. Il a eu alors l'idée... Nous avons décidé d'en parler à Sarah et à son mari. Hugo et elle ont toujours été très proches. Elle comprenait la souffrance d'Hugo, la mienne aussi. Vous penserez ce que vous voulez, mais... je suis certaine que Gaël a accueilli notre proposition avec reconnaissance.

Avec patience, le major la laissa tourner autour du pot, user de périphrases. Il pressentait que l'idée d'Hugo ne pouvait être qu'à son image. Tordue.

— Nous leur avons demandé s'ils seraient d'accord pour que Gaël donne... accepte de se porter donneur.

Elle secoua la tête avec impatience, agacée de ne pas trouver de mot juste qui traduise avec exactitude une situation dont elle voulait gommer l'étrangeté.

— Bien sûr, si ça n'avait pas fonctionné, nous nous serions tournés vers des circuits plus traditionnels. Mais c'était encore une autre démarche, qui allait distribuer les rôles d'une manière beaucoup trop officielle, et Hugo n'était pas prêt à se voir considéré comme un homme stérile. Pour lui, stérile, c'était comme impuissant.

Elle fit une pause, regarda l'outil qu'elle malmenait depuis le début de son monologue et le lança à proximité d'un arrosoir oublié au pied du cyprès.

— Vous savez pour Gaël ?

— Pour son amputation ? Nous avons été mis au courant, oui.

— Je n'ai jamais pu obtenir d'Hugo qu'il me raconte ce qui s'était passé. Il y avait une sorte d'omerta. Une responsabilité collective, d'après ce que j'ai compris.

Le froid qui montait du sol commençait à traverser les semelles du major. Il aurait préféré marcher, mais Apollonia s'était appuyée à un muret qui venait structurer son massif, et ne comptait sans doute pas bouger avant d'avoir terminé son histoire.

— Gaël ne se remettait pas de cette amputation. On peut comprendre… Sarah avait tenu à maintenir le mariage, elle l'aimait énormément, mais… mon Dieu, on voyait bien qu'elle avait un recul quand il s'approchait d'elle. Ces moignons qui cicatrisaient mal la dégoûtaient. Elle cachait son écœurement derrière des attentions diverses et variées, Gaël, un thé, Gaël, un gilet, mais l'amputation pesait sur eux d'un poids terrible.

Plongée dans des souvenirs qui affluaient probablement en masse, Apollonia marqua un temps d'arrêt. L'or de son alliance brillait sourdement sous la fine couche de terre qui maculait ses mains.

— J'ai froid, pas vous ? demanda-t-elle, le regard soudain plus clair.

Il aurait voulu ne pas interrompre le flux de mots qui s'échappait d'Apollonia, mais elle le fixait en attente d'une réponse.

— Je vous suis.

Elle s'ébranla et passa devant lui, marchant selon un tracé invisible qui devait être celui de ses promenades. Elle lui tournait le dos, il la suivait de près au cas où elle aurait repris le fil de ses révélations.

— Gaël souffrait le martyre de se sentir diminué, bien sûr. Il avait fait une croix sur sa passion, l'ébénisterie. Mais plus que tout, il se trouvait terriblement inutile. Il ne pouvait même pas mettre la table. C'était un crève-cœur de le voir suivre Sarah des yeux, Sarah qui se démenait pour lui rendre la vie douce et ne voyait pas que tout ce qu'il demandait, c'était une mission à mener à bien malgré son handicap. Alors, lorsque nous les avons invités, Hugo et moi, lorsque nous avons proposé à Gaël de transformer nos vies, de nous permettre d'accueillir un enfant qui prendrait la place que nous lui préparions depuis si longtemps, oui, je crois que nous l'avons rendu heureux.

— Et Sarah ?

Apollonia marchait vite, il aurait aimé voir son visage à l'évocation de Sarah, mais elle le devançait et il ne put qu'essayer d'interpréter l'infime pause qui précéda sa réponse.

— C'était beaucoup pour elle. Elle adore Hugo. Elle aimait passionnément Gaël. Elle voyait combien notre demande lui redonnait vie.

Elle ne pouvait pas dire non. Elle ne pouvait pas, mais elle n'a jamais voulu voir Ozan. Peut-être qu'elle a peur de reconnaître Gaël dans les traits de mon fils.

La porte-fenêtre était entrouverte lorsqu'ils arrivèrent sur le perron. Ozan n'était plus dans le salon, mais Asma s'y agitait encore. Apollonia s'arrêta net et se tourna vers le major. Elle baissa la voix, le major s'approcha.

— Vous devez vous demander pourquoi cet écrit d'Hugo. La vérité, c'est que j'ai toujours eu une peur maladive de voir mon enfant manquer de tout. C'est sans doute ma mère qui m'a transmis ça. Les projets d'Hugo n'étaient pas tous couronnés de succès. Depuis le début de notre mariage, il avait déjà déposé le bilan deux fois. J'ai exigé de lui qu'il rédige un document qui permette à Ozan, si cela s'avérait nécessaire, de se présenter en tant qu'ayant droit auprès de Gaël. Je l'ai obligé à reconnaître la véritable filiation d'Ozan, c'était ma condition pour accepter son idée. C'est un Phélan. Je ne voulais pas qu'il soit spolié.

— Ils ont beaucoup d'argent ?

— C'est une famille très fortunée, oui. Les parents de Gaël sont toujours en vie et leur fortune n'est pas encore sous le coup de la succession, mais j'ai voulu qu'en cas de nécessité, Ozan puisse se manifester en tant qu'héritier. Hugo m'a traitée de folle, mais il a écrit quand même ce document. Il se rendait compte, je crois, que l'argent de ma famille n'était pas inépuisable.

Du creux de la main, Apollonia repoussa la porte vitrée. Il sembla au major qu'Asma avait au fond de l'œil une lueur mauvaise. Son décolleté trop profond était marbré de rouge, comme si elle s'était griffée. Avait-elle entendu qu'Ozan n'était pas son petit-fils ? Il y aurait probablement une explication de texte après son départ. Asma gagna la cuisine pour leur laisser le salon, mais Apollonia ne fit pas mine de s'asseoir. Elle s'engouffra dans le couloir qui menait probablement aux chambres. Toute la maison était de plain-pied, comme la plupart des constructions modernes où il faut pouvoir vieillir. Lorsqu'elle revint, elle tenait à la main un passeport.

— C'est celui d'Hugo, expliqua-t-elle en le tendant au major. La déclaration est dedans. Je peux vous la laisser si vous le souhaitez, je passerai la récupérer à la brigade.

Dambérailh déplia la simple feuille pliée en quatre et lut :

— « Moi, Hugo Cassague, reconnaît que l'enfant qui est à naître de ma femme Apollonia Cassage n'est pas mon enfant biologique, mais celui de Gaël Phélan. Ce document doit pouvoir servir à dénoncer ma paternité en vue de se porter comme ayant droit de Gaël Phélan. Fait le 5 avril 2005, Boulogne. »

Le major se savait conservateur. Cette histoire de don de semence intrafamilial le mettait mal à l'aise. Cependant, le procédé n'était pas inédit, il était même assez probable que plus d'un enfant soit né de ce genre d'arrangement. Il n'allait pas demander de détails sur le côté pratique. En revanche, la reconnaissance de non-paternité à sortir en cas de coup dur, c'était du jamais-vu.

Peut-être l'étendue de la fortune des Phélan la justifiait-elle.

Il rendit à Apollonia le passeport ainsi que la feuille repliée en quatre après avoir discrètement comparé les signatures. Si le papier était un faux, il était tout à fait crédible.

— Est-ce qu'Ozan est au courant ?

— Bien sûr que non.

De retour dans sa voiture, le major tenta de pousser les hypothèses jusqu'à leur dénouement logique. Si un conflit était né au sujet de la filiation d'Ozan, la logique voulait qu'Hugo, dans la position de celui qui refuse de révéler sa non-paternité, cherche à faire taire sa femme. La première chose à faire, dans le cas d'un tel conflit, était de faire disparaître cet écrit puisqu'il l'avait en sa possession. Or le document était bien sagement rangé dans le passeport d'Hugo. Il semblait plutôt qu'Apollonia et Hugo faisaient front commun dans cette histoire. L'intervention du légiste n'avait peut-être abouti qu'à mettre au jour un non-sujet. Le major était tombé par hasard sur une de ces multiples embrouilles secondaires qui se trouvaient brièvement passées sous le microscope de l'enquête. De toute façon, Apollonia avait un alibi solide, ce qui n'était pas le cas de Naïri Bedrossian, que Louvain devait être, en ce moment même, en train de pousser dans ses retranchements.

L'arrière-salle de Philémon laissait s'échapper des odeurs sucrées de lasagnes à la sauce bolognaise. Les tomates étaient probablement achetées en conserve, étant donné la période, mais Philémon les faisait revenir dans un mélange de vinaigre balsamique et de cassonade qui leur offrait une seconde vie. À travers la porte de service les oignons qui grésillaient dans le vin blanc embaumaient la salle où tous les habitués salivaient. Il n'était pas encore 11 h 30 et Dambérailh se refusait à penser de si bonne heure au déjeuner qu'il allait faire. Il venait de terminer un double café. Dans son carnet en moleskine, une grille d'horaires répertoriait toutes les allées et venues avérées ou supposées. Une concentration particulière de suspects présents sur le rucher noircissait sa feuille aux abords de 15 h 30. Le major attendait avec impatience le rapport de Louvain dont il guettait la sortie, l'œil vissé sur la porte coulissante de la pharmacie. À 11 h 45, alors qu'il se tortillait depuis plus de vingt minutes sur sa banquette,

Dambérailh vit Louvain remonter une ruelle à l'angle de la pharmacie. Il n'était pas passé par la porte coulissante. Il marchait étrangement, un peu hagard comme ces spectateurs qui sortent du cinéma alors qu'il fait encore jour et sont surpris par la lumière. Louvain s'arrêta avant de s'engager sur la place de la Prévôté. Il inspira une goulée d'air glacé et s'ébroua, puis il se posta à l'angle de la place, fouillant des yeux sous les arcades pour y découvrir le major, jusqu'à ce que Géraud se lève de sa banquette et l'appelle par la porte. Louvain se retourna et entra chez Philémon.

— Qu'est-ce que vous avez fichu, Louvain ? Vous y êtes resté deux heures !

Louvain s'assit en face de la banquette en mimant l'épuisement. Oui, le capuchon du stylo était bien à elle, elle n'avait fait aucune difficulté pour le reconnaître. Elle était allée porter un dossier à Pascal pour qu'il le signe et le paraphe avant de l'envoyer à la DGCCRF. Elle était tombée sur Hugo. Il était au sol. Elle lui avait certifié que Cassague était mort, mais, alors qu'ils se tenaient face à face dans le couloir de réserve encombré de cartons, il avait senti qu'elle mentait. Il lui avait ensuite demandé de lui parler de ses rapports personnels avec Hugo, et ça avait été comme une digue qui cède.

— Quand je vous disais que ce n'était pas politique, ces rapports entre Turcs et Arméniens… J'avais à la fois raison et tort.

— En quoi vous trompiez-vous ?

— Eh bien, elle était sacrément documentée. Elle a étayé sa rancœur avec tant de chiffres, de milliers d'hectares spoliés, de base militaire américaine pointée vers la Russie, de partis politiques pro et anti, j'en avais les oreilles qui bourdonnaient.

— Et pourquoi vous ne vous trompiez pas ?

— Mais parce que...

Et Louvain, pour mieux formuler sa réponse, attrapa une salière qu'il serra de toutes ses forces.

— Parce c'est une histoire de tripes avant tout. C'est la mémoire qui saigne, l'esprit qui suppure, c'est tout ça et c'est même pire. Elle ne détestait pas Hugo Cassague parce que c'était un sale con, qui plaisantait de la souffrance des Arméniens comme s'il s'agissait de quelque chose de très lointain et de prescrit. Elle le détestait pour ce qu'il représentait. Une forme de bonne conscience satisfaite, assise sur une montagne d'injustice et de crimes, et qui s'y trouvait très bien.

— Un peu comme les Américains, qui donnent des leçons de morale, debout sur le charnier des Indiens d'Amérique ? demanda le major, dont la culture géopolitique n'était pas suffisamment étayée pour trouver une comparaison plus appropriée.

— Si vous voulez, mais en pire, parce qu'on parle des grands-parents de Naïri. De gens qu'elle a connus. Elle a tenu leurs mains, et c'étaient des mains qui avaient arraché à des mourants un reste d'eau dans le fond d'une gourde. Pauvres gosses, ils avaient cinq ou six ans.

— Elle vous a raconté tout ça ? Debout dans le couloir ?

— Debout dans le couloir. Elle avait les yeux en feu.

Les deux hommes regardèrent leurs mains. Le bout de leurs ongles, les plis profonds qui recouvraient l'articulation de leurs phalanges.

— Vous savez pourquoi je pense qu'elle mentait quand elle a dit qu'il était déjà mort ?

— Dites-moi.

— C'est votre tante. Elle m'a dit que le lendemain matin du meurtre, la pharmacienne était arrivée avec sa blouse toute crottée derrière.

— Et alors ?

— Et alors, on ne s'assoit pas à côté d'un mort. À la limite, on s'agenouille, on se penche dessus. Elle, elle s'est assise à côté de lui pour lui parler. Pour l'écouter mourir. J'en mettrais ma main à couper.

— Malheureusement, c'est votre sentiment contre sa parole. On n'a rien pour confirmer tout ça.

— En tout cas, ça rétrécit nettement la fourchette horaire que nous a donnée la légiste. Elle disait quoi ? Entre 14 et 17 heures ? Grâce à la pharmacienne, on sait que c'est entre 14 heures et 15 h 30.

— Donc, le dernier à avoir vu Cassague debout, c'est encore Pascal, si l'on omet l'homme fantôme, conclut le major.

— On peut l'oublier celui-là, je pense, déclara Louvain repoussant l'idée d'un revers de la main. Pascal est le dernier. À moins qu'on trouve encore un gus qui passait par là entre 15 h 15 et 15 h 30.

— Pour sa femme, on ne peut pas être sûr qu'elle n'ait pas menti à son mari…

À travers la vitrine brouillée de cartes postales et de programmes de concert que Philémon scotchait pour informer les passants, le major et l'OPJ virent un homme qui traversait la place. Fernando. Il traînait un peu des pieds en se dirigeant vers la boulangerie qui laissait échapper de gros nuages de vapeur chaque fois qu'un client ouvrait la porte. Il se colla le dos à la vitrine et se laissa glisser à terre.

— Et un gus comme celui-ci ? murmura Louvain.

— Je vous accorde qu'il a une tête à faire peur, reconnut le major. Un pauvre gars. Ce qui est sûr, c'est qu'il était au courant pour Cassague. Il est forcément passé sur le rucher lui aussi. Il faudrait savoir quand.

De leur poste d'observation, les deux hommes aperçurent Isabelle Capitourlan, emmitouflée dans un châle de style péruvien. Elle salua brièvement Fernando, puis entra dans la boulangerie dont elle ressortit avec un sandwich glissé dans un sac en papier. Il se leva pour le prendre, la remercia. Ils échangèrent quelques mots et Isabelle repartit, passa à l'angle de la brasserie, puis disparut de leur champ de vision.

— On y va ?

Le sandwich de Bela était bon, comme d'habitude. Elle s'occupe bien de moi, Bela. La place est toute vide. Heureusement il fait moins froid, ça commence à sentir bon les fleurs. J'entends parfois du bruit quand la porte de Philémon s'ouvre. Ça me fait du bien d'avoir le dos collé à la vitrine, mais au bout d'un moment j'ai envie de me mettre accroupi. Il y a des gens qui me disent comme ça : « Hé, Fernando, t'as pas des fourmis à rester comme ça ? » mais je n'ai pas de fourmis parce que j'ai l'habitude. C'est comme les petites Japonaises, elles ont l'habitude de se tenir sur les talons, elles ont le sang qui coule en zigzag dans leurs jambes sans problème.

Le militaire sort de chez Philémon. Il a toujours la même allure, la nuque un peu bloquée. Il est suivi d'un autre type. Pas en uniforme, avec un long pardessus beige, pas très net. Ils viennent pour moi, c'est sûr. Je commence à transpirer, à respirer trop vite et j'ai du coton dans les oreilles tout d'un coup. Mais je me raisonne. T'inquiète, Fernando, c'est juste pour le coup du rucher. Il a vu que tu savais avant les autres. T'as rien fait. Alors le coton s'en va de mes oreilles et je peux même sourire en les attendant. Ma main tremble comme toujours. Je la fais pendre entre mes jambes, l'avant-bras posé sur la cuisse, comme ça je l'oublie un peu.

De toute façon, je ne dirai pas que j'ai vu Bela ce jour-là. Si ça se trouve elle leur a déjà dit. Mais elle ne leur a sûrement pas dit que, quand elle a vu qu'il était mort, l'associé, elle a ri. Elle a renversé ses cheveux en arrière et elle a ri comme une malade. Moi, je revenais tranquille du monastère, j'avais les poches remplies de mini-pots de miel qui faisaient *toc toc* quand je marchais. C'est le petit moine qui me les donne. Il est sympa. Bela ne m'a pas vu. Elle m'a pris dans sa voiture un peu plus loin, j'ai fait semblant de marcher depuis longtemps sur la route, alors que pas du tout. Elle a compris quand même, je le sais. Ils ont intérêt à la laisser tranquille.

Quand elle était dans son espèce de guérite, en Espagne, à se les geler dans son manteau kaki parce que son mari voulait pas lui payer le chauffage, c'était déjà mon ange gardien. Elle me permettait de m'asseoir au chaud le dos contre le moteur du manège, même si je risquais de faire peur aux gosses. Les adultes qui parlent tout seuls, ça fait toujours peur. En vrai, c'étaient surtout les parents qui n'aimaient pas me voir, mais Bela s'en fichait. Tant que Germán n'était pas là pour la fliquer, elle me disait qu'elle faisait comme elle voulait. On parlait un peu, elle me disait qu'elle était moitié d'ici, moitié de France, ça fait ça, les Basques, c'est des deux côtés à la fois, mais c'est surtout basque. Des jours elle souriait, des jours pas. Les jours où elle portait ses lunettes noires même quand il faisait gris. Ce jour-là en mars elle les portait. Il lui manquait même une dent.

Je dirai pas ce que j'ai vu ce matin-là, parce que ça lui causerait des ennuis bien plus graves, c'est sûr. Des fois, je me le raconte pour moi. On était bien, c'était le 11 mars, ça ne s'oublie pas, le manège tournait presque à vide sur le parvis de la gare. Elle préférait faire tourner pour un seul gosse que de le priver. Il était tout seul parce qu'il était vraiment très tôt, ça devait être juste avant que ses parents le déposent à la garderie. Et là... on a entendu le bruit. C'était à vous souffler les tympans. Un tonnerre comme jamais. Il y a eu plusieurs explosions. Et pendant une ou deux secondes, rien. Rien, comme quand tous les bruits sont avalés par la neige qui tombe. Après, il y a eu les cris dans la gare, sur le parvis. Ça criait comme des truies à qui on enlève un petit. On n'était pas très loin des portes, alors on a tout vu, les gens qui couraient, qui se marchaient dessus, qui lâchaient les mains des gosses. Bela est sortie très vite, avec sa parka de l'armée. Elle a vu que moi, ça allait, le gosse dans l'avion bleu, ça allait aussi. Elle était debout près du manège, elle regardait les gens qui couraient, et puis d'autres sont sortis de la gare, du sang plein la figure. Ils marchaient la bouche ouverte, comme des aveugles, ils se cognaient et les gens s'écartaient d'eux au lieu de les prendre par le bras. Elle a regardé le manège, elle m'a regardé, et puis elle m'a pris par l'épaule. Elle m'a dit qu'on partait, qu'elle s'occuperait de moi. Elle savait pas où partir, l'important, c'était que Germán ne la retrouve jamais. Il croirait qu'elle était morte, explosée en mille morceaux. Je lui ai dit : emmène-moi, et elle m'a dit : on y va.

— Fernando ?

J'ai hoché la tête. C'était le militaire qui parlait.

— On a des précisions à vous demander. Quand je vous ai pris en stop, vous étiez déjà au courant pour la mort de M. Cassague.

C'était pas une question, alors j'ai rien dit, j'ai senti ma main qui gratouillait toute seule le haut de ma chaussure. J'avais la bouche qui pâtait.

— Comment étiez-vous au courant ?

— Parce que j'ai entendu crier quand je rentrais du monastère.

— Crier, c'est-à-dire, a demandé le militaire.

J'ai crié pour leur montrer :

— Putain, nom de Dieu de merde, salopes, salopes !

Ils ont sursauté. J'avais envie de rire parce que ça ressemblait au syndrome de la Tourette. J'ai même postillonné exprès.

— J'ai couru un peu pour voir, et j'ai vu plein d'abeilles autour du type. Moi, je suis allergique, alors j'ai couru encore pour m'éloigner et après j'ai oublié.

Je suis pas allergique du tout. J'ai rien entendu, je suis passé par le bois et j'ai vu l'associé étalé par terre. Je savais pas ce qu'il fallait faire, en plus j'ai pas de portable. Quelqu'un est arrivé et c'était Bela. Moi, je suis resté caché derrière le bâtiment. Elle s'est mise sur un genou, elle a touché l'associé. Moi, je l'aurais jamais touché mais elle est plus courageuse que moi. Elle s'est remise debout et c'est là qu'elle a ri, elle riait tellement fort que j'avais peur que quelqu'un d'autre arrive et là on aurait été bien embêtés.

En tout cas, mon explication a eu l'air de les contenter à moitié. Ils m'ont demandé de passer à la brigade pour signer ma déposition, avec ma carte d'identité. Même si c'est une carte espagnole, ça marche.

Ils étaient prêts à partir mais j'ai tangué sur mes talons. J'étais pas bien tout d'un coup. Le vieux s'est approché de moi, il m'a tapé la joue pour que je retrouve les trous par lesquels il fallait regarder. Il s'est retourné vers le militaire.

— Il est dans les vapes, ça m'étonnerait pas qu'il se bourre de cachetons.

Et puis il m'a crié dans le nez :

— Vous prenez des médicaments ?

J'ai fait oui. Oui, la clozapine, ça compte comme médicament. Il m'a pris le menton et il m'a tiré la paupière pour regarder mon œil, il a vu ma main qui tremblait.

— Il est gavé de neuroleptiques. Je vous parie que c'est la femme de l'apiculteur qui le fournit, ça m'étonnerait qu'il voie souvent le psychiatre celui-là.

Je sais comment elle se débrouille pour me trouver les cachets. C'est facile pour elle, elle arrache des ordonnances sur le bloc du médecin du centre d'accueil. Elle dit que sans ça, je vais me faire du mal. Ce que je ne sais pas, c'est qui a poussé la ruche et comment. C'est lourd une ruche.

Une généreuse part de lasagnes fumait au centre de leurs assiettes. Louvain empoigna sa fourchette comme il l'aurait fait avec une fourche, la main complètement refermée sur le manche. Le major piqua la sienne avec un peu plus de classe.

— Il ne nous a pas appris grand-chose finalement, le schizo, grommela Louvain.

Le major posa sa fourchette, avala une gorgée d'eau puis planta son regard dans celui de Louvain, qui mastiquait avec une application bovine.

— Et si la mort d'Hugo avait été une erreur ? Si la ruche était tombée pour atteindre quelqu'un d'autre ?

— Vous pensez que c'est Pascal qui aurait été visé depuis le début ?

Avec un froncement de sourcils, Louvain étudia l'hypothèse, puis plissa le nez en hochant la tête.

— Non. Non, si le traquenard était si bien ficelé que ça, avec le faux interne du CHU qui donne rendez-vous cinq jours à l'avance, l'assassin savait forcément que Pascal quitterait le rucher avant Hugo. Vous ne finissez pas ?

La main tendue vers l'assiette à peine entamée, Louvain fut arrêté net par le regard du major, qui reprit sa fourchette et la planta au milieu des lasagnes comme il aurait planté un drapeau au sommet de l'Everest.

La porte de la brasserie s'ouvrit en grand et Asma Cassague les dépassa sans leur accorder un regard. Elle fit un signe à Philémon et s'installa au fond de la salle, derrière la courbe du comptoir, avec des manières de reine mère. Philémon ne tarda pas à lui apporter une assiette de salade verte, la sauce à part, avec une bouteille d'eau pétillante.

— C'est la belle-mère, chuchota le major à destination de Louvain, qui lorgnait en direction de la porte de la cuisine, espérant sans doute pouvoir obtenir un rab de plat du jour.

— Celle qui laisse traîner ses oreilles ? Pas l'air commode.

— Elle n'était pas là le jour de la mort de son fils, de toute façon. Pourtant, j'ai idée qu'elle aurait un tas de choses passionnantes à raconter sur lui.

— Ou sur sa belle-fille, répondit Louvain avec un sourire en coin.

— N'est-ce pas vous qui m'avez rappelé fort à propos qu'Apollonia avait un alibi en béton ?

— Sans doute… On ne va pas perdre de temps à interroger Mme Cassague mère, n'est-ce pas. Concentrons-nous sur les innombrables suspects.

En revanche, tirer les vers du nez d'Asma pourrait être une mission sur mesure pour…

Louvain n'eut pas le temps de terminer sa phrase, Daphné surgit devant lui avant que la porte de la brasserie ne se referme avec son tintement habituel. Louvain se leva, exagérant son inclinaison de buste, et proposa à Daphné de prendre sa chaise. Elle refusa d'un geste du menton et jeta sur la table le petit éclis de bois qu'elle avait ramassé plus tôt, frôlant d'un revers de main la carafe qui valsa dangereusement.

— Je me promenais, pas loin du monastère et je suis tombée sur ça. Peut-être y verrez-vous un intérêt, lança-t-elle, l'air dégagé.

L'avidité qui se lut instantanément sur le visage du major sembla causer à Daphné un ineffable plaisir. Le major étouffa une exclamation qui aurait pu être grossière.

— Louvain, regardez ça… Ça ne vous fait pas penser à…

— Un morceau de bois ?

Du bout du doigt, Géraud tâta la pointe de l'éclis, comme s'il s'était agi de l'extrémité d'un fuseau. Puis il suivit de l'index la cassure, l'angle droit qui courait sur toute la longueur de l'esquille, et se redressa, fixa sur son DEA un œil brillant.

— À un morceau de tasseau, Louvain. Pas n'importe quel bout de bois. Un tasseau. Rappelez-vous, les deux pieds de la ruche tombée à terre ! Ils ont été remplacés. Pourquoi à votre avis ? Mais parce qu'ils étaient devenus inutilisables ! L'assassin s'est trouvé obligé de les changer parce qu'ils se sont fendus dans la chute ! D'une manière ou d'une autre, une partie de ces deux pieds a été arrachée. Il était impossible de redresser la ruche sans les changer. Il se détourna du fragment de bois acéré et leva les yeux sur Daphné, qui exultait ouvertement. Il fronça les sourcils et tenta de paraître sévère.

— Vous êtes allée sur une scène de crime, tante Daphné, en dépit de la rubalise ?

— Absolument pas, je suis restée entre la route et le rucher, pour qui me prends-tu ? Une ignare ?

Elle remit en place une boucle qui s'était échappée de derrière son oreille puis renifla avec suffisance. Le major avait déjà saisi son téléphone pour appeler le labo et prévenir le responsable de l'arrivée d'une nouvelle pièce à examiner. Puis il raccrocha et leva un regard amusé sur Daphné qui attendait, immobile, les compliments adéquats.

— Ma chère tante… que vous dire, vous valez tous les limiers du pays. Pas vrai, Louvain ?

Comme Louvain restait muet, Géraud ajouta :

— Et pourriez-vous nous éclairer sur le lieu exact où vous avez dégoté cette pièce cruciale ?

— Je l'ai trouvée à demi enfouie sous les feuilles.

— À quelle distance du rucher ? poursuivit Louvain sur un ton sec.

— Une vingtaine de mètres, un peu plus peut-être. À cinq ou six mètres du talus qui borde la route, répondit Daphné en fixant ostensiblement son neveu.

— On peut imaginer que le meurtrier s'en est débarrassé. Il y a des chances qu'on en trouve un deuxième en repassant dans le sous-bois, dit Dambérailh, songeur. Est-ce qu'il a emporté le reste des piquets ? ou bien les a-t-il jetés dans un fossé plus loin ?

Du bout des doigts, Louvain grattait le fond de sa poche, sans doute à la recherche d'une écorce de tabac à émietter. Le succès de Daphné semblait l'agacer. Peut-être s'en voulait-il de l'avoir sous-estimée, pensa le major.

— Si le meurtrier a remplacé les pieds, ça n'était pas dans les minutes qui ont suivi le meurtre, ni dans l'heure d'ailleurs, dit Louvain.

— Et pourquoi pas ? demanda Daphné.

— Parce que les abeilles ne sont pas rentrées immédiatement dans la ruche après avoir attaqué. Et qu'il y a eu un tel défilé sur le rucher immédiatement après l'attaque d'abeilles que je le vois mal se faufiler entre le passage du prieur, de la pharmacienne, de l'épouse Capitourlan, du marginal du coin et j'en passe. Il a dû repasser plus tard, durant la nuit peut-être.

Est-ce que l'énumération des suspects numéro 1 venait d'échapper à Louvain ou bien avait-il sciemment décidé d'offrir à Daphné une série de pistes à explorer ? Le major était bien en peine de le dire, mais les réactions de sa tante, de l'ébahissement à la mention du prieur, à la consternation lorsque Naïri Bedrossian fut évoquée, valaient leur pesant d'or. Elle savait donc pour la pharmacienne.

— Qui aurait cru qu'une pharmacienne ne viendrait pas en aide à un homme à l'agonie, hein ? susurra le major. Je sais bien qu'ils ne prêtent pas serment comme les médecins, mais tout de même…

Daphné s'insurgea : les circonstances, le traumatisme vécu par Naïri, l'attitude inqualifiable d'Hugo, le poids d'une rancœur centenaire, tout devait être considéré dans un ensemble. C'était trop facile de juger Naïri comme le faisait le major. Au sourire de Géraud, Daphné comprit qu'elle en avait beaucoup trop dit. Louvain, lui, semblait ailleurs.

— Et si, se risqua l'OPJ, et si, arrêtez-moi si c'est trop tiré par les cheveux, mais, et si…

— Accouchez mon vieux, s'impatienta Daphné qui donna un petit coup de talon sur le sol.

— Et si ç'avait été un meurtre collectif ? Je m'explique. Asma Cassague ne peut vraisemblablement pas supporter Pascal Capitourlan, qu'elle imagine responsable du suicide de son gendre et de la descente aux enfers de sa fille. Elle manipule le pauvre Fernando qu'elle croise souvent à Montraguil, puis elle crée le rendez-vous au rucher, sans savoir que Pascal s'en ira plus tôt, et elle file se dorer la pilule dans le Midi pour avoir un alibi.

Un silence dubitatif accueillit l'hypothèse de Louvain.

— Pas crédible, Asma n'aurait pas pris le risque de tuer son propre fils.

— Mais Hugo mettait rarement les pieds au rucher ! objecta Louvain.

— Sauf que c'est Hugo qui a reçu les messages pour planifier le rendez-vous, et qu'on a aucun témoignage qui permette de créer un lien entre Asma et Fernando, conclut Dambérailh.

Le major était tout à fait conscient d'exposer les détails de l'enquête à sa tante et, quelque part, il n'était pas mécontent de voir que Louvain ne filtrait rien non plus. Elle venait de prouver avec le morceau de tasseau qu'elle avait toute légitimité pour enquêter à leurs côtés, dans une mesure raisonnable, bien entendu.

— Non, reprit le major, un sur lequel on n'a pas encore assez creusé, c'est Fos, le voisin malveillant. Un petit tour chez ce monsieur pour vérifier son alibi ne serait pas du luxe. Puis-je vous laisser ce soin, Louvain ?

— Et moi, à quoi mes compétences peuvent-elles être utiles ? interrogea Daphné, qui ne perdait jamais une occasion de se glisser dans la brèche.

Le major sauça son assiette avant de répondre posément :

— Vous avez une mission très précise, ma tante. Asma Cassague s'est installée derrière le comptoir. Elle ne peut pas nous voir, elle ne saura donc pas que nous nous connaissons. Je vous invite à vous asseoir à la table voisine et à la faire parler. Sa fille, son fils, leur petite famille, les liens qui unissaient Gaël Phélan à Hugo et Apollonia…

— Quel intérêt, soupira Daphné, levant les yeux au ciel. Tu veux te débarrasser de ta vieille tante.

— Pas du tout, se défendit le major, tout sourires. Je vous confie le pan « histoires familiales » de l'enquête. Louvain prend la division « voisinage ».

— Et toi ? Que gardes-tu ?

— La division « police scientifique ». Je cours leur apporter le morceau de pied de ruche que vous avez brillamment trouvé !

La répartition des rôles sembla momentanément satisfaire Daphné. Elle exécuta une sorte de salut et contourna le comptoir derrière lequel Philémon s'affairait à encaisser les clients pressés d'échapper aux odeurs d'oignon qui, une fois l'estomac plein, perdaient leur charme. Le major termina son verre, leva la main pour réclamer l'addition et accompagna du regard Louvain qui profitait du temps mort pour sortir fumer l'un de ses épouvantables cigarillos. Daphné revient presque aussitôt, déconfite.

— C'est à cette bonne femme que tu m'envoies faire la conversation ? Mais que trouver à lui dire, la pauvre ?

— Vous n'êtes pas censée connaître son épreuve, rappela le major. Soyez neutre.

— Mais non, la pauvre, la malheureuse, veux-je dire. Se défigurer ainsi pour avoir la peau aussi tirée qu'un ballon de baudruche, mais elle doit avoir le trou de balle au milieu du dos, comme aurait dit ton père !

— Mon père aurait dit ce genre de choses ? s'étrangla le major.

— Avec un coup dans le nez, il était bien moins sinistre, répondit Daphné avec impatience. Mais enfin, quel mauvais genre, pauvre femme, quelle cruelle absence d'élégance… Elle a ces lèvres en bec de canard, mon Dieu, mon Dieu…

— Tout le monde n'est pas femme de goût comme vous, tante Daphné. Allez, courage, parlez-lui du beau temps, de votre dernier roman lu, que sais-je.

— Penses-tu qu'une telle femme puisse lire ? Elle a les paupières tendues comme la courroie de ma tondeuse. Enfin, puisqu'il le faut…

Abandonner la chaleur douillette de la brasserie de Philémon ne se fit pas sans douleur. Le vent poussait à l'horizontale une pluie verglaçante qui pénétrait les os. Fernando avait quitté son coin tiède, Louvain s'était réfugié dans la voiture et roulait jusque chez Serge Fos. Le major n'avait que ses jambes pour regagner la brigade y chercher un autre véhicule. Il remonta aussi haut que possible dans ses manches ses poings fermés. Il repassait en boucle chaque supposition, chaque scénario qui pouvait expliquer la trouvaille de ce morceau de tasseau au beau milieu des broussailles. Quel type de choc pouvait fendre un tasseau dans le sens de la longueur ?

Une explication toute simple lui irradia soudain l'esprit.

— Allô, c'est Louvain. Vous êtes au labo ? J'ai une bonne et une mauvaise nouvelle !

Le technicien d'investigation criminelle fit au major un signe impatient. Dambérailh recula pour laisser la jeune recrue de la police scientifique analyser en silence le petit morceau de bois dont il avait dû reconnaître qu'il l'avait touché à plusieurs reprises. Décrocher son téléphone dans le sacro-saint labo était perçu comme un crime de lèse-majesté. Il referma derrière lui la porte et se tint debout dans le couloir.

— Fos a un alibi en carton. Figurez-vous qu'il m'a dit qu'il était à confesse au monastère. Drôle d'idée, mais bon, c'est peut-être l'usage entre voisins. J'y suis allé et j'ai demandé à parler au prieur. Le prêtre qui était de permanence mardi dernier n'a pas vu un chat. À croire que Fos pensait que le secret de la confession allait jusqu'à entretenir le mystère sur les pénitents qui se présentent à la grande miséricorde divine.

« Bonne nouvelle » ? Le major n'en était pas certain. Il croulait sous les coupables idéaux.

Fos était un sale type, mais il lui semblait qu'il tenait plus de la tique que du serpent. Un parasite, pas un attaquant. Le long couloir désert lui paraissait aussi interminable que le dénouement de l'enquête, un horizon sans cesse repoussé.

— Et la mauvaise nouvelle, Louvain ?

— Non, ça, c'était la mauvaise nouvelle. On a assez de suspects sur le dos comme ça. Mais la bonne nouvelle, c'est que j'ai trouvé ce qu'il faisait le mardi après-midi.

— Parlez plus fort, je n'entends rien.

— C'est que je ne veux déranger personne, chuchota Louvain. Je suis allé au peep-show de la gare. Le gérant a reconnu Fos, c'est un habitué.

Une tique, c'était bien ce que le major avait pensé.

— Je n'ai aucune envie de connaître les détails de votre petite enquête ni comment vous avez obtenu ces informations. Rentrez fissa à la brigade, j'ai quelque chose de concret. Enfin, si le labo valide mon interprétation.

— J'attends la fin, j'ai pris mon billet, major.

— Louvain...

— À mes frais, major ! Merde, je suis veuf depuis dix-huit mois. Vous savez ce que ça fait, dix-huit mois sans...

— Je ne veux rien savoir, à la brigade dans les plus brefs délais !

— Je plaisante, major, je suis assis à votre bureau et je parle bas parce que Jaureguy fait la sieste. Elle a voulu installer un cache sur votre halogène à cause des moustiques grillés et elle s'est électrocutée. Ça l'a secouée, elle a les cheveux tout vaporeux.

— Vous me fatiguez, Louvain, j'arrive dans un quart d'heure, tenez-vous prêt, on file directement vérifier une hypothèse.

Le major gara la camionnette de la gendarmerie devant la grille du Laussou qui n'était qu'à demi ouverte. Les Capitourlan ne semblaient pas être chez eux. Ils ne pouvaient pas investiguer au Laussou sans en avertir les propriétaires. Un pick-up écaillé qui devait servir au transport des ruches était garé sous l'auvent.

Avec un soupir, pas très à l'aise d'enfreindre la procédure, Dambérailh se dirigea vers la voiture de l'apiculteur. Après tout, la voiture était accessible, et il n'avait pas besoin de l'ouvrir. Il se baissa pour examiner chaque roue, puis il se pencha au niveau de l'ouverture du coffre. Avec une exclamation victorieuse, il se redressa d'un geste et grimaça lorsque ses lombaires protestèrent.

— Ici, Louvain. J'ai ce que je cherchais.

— Où ?

— Là, sur la boule de traction.

Louvain se pencha. Rien de particulier ne lui sauta aux yeux.

— Regardez mieux. Ici. C'est du fil de pêche. De la pêche au gros.

— Vous voulez dire que…

— Que c'est Pascal qui est la cause de la mort d'Hugo.

Entre le pouce et l'index, Louvain fit rouler l'extrémité du fil transparent qui faisait trois fois le tour de la boule de traction.

— Était-il seulement au courant ? murmura le major, le regard dans le vague.

Dans la voiture qui les ramenait à la brigade, le téléphone du major se mit à biper avec frénésie.

— Ah, on passe dans une zone de réseau, constata Louvain.

— Vous me lisez les messages ? J'ai une petite idée de leur émetteur…

— « Cette bonne femme va me rendre folle. Obligée de me réfugier aux toilettes. Même Philémon n'en peut plus, il a mis la musique à fond pour ne plus l'entendre. »

« Si ça t'intéresse : ambiance familiale apparemment très unie. Sarah et Apollonia très proches. Comme des sœurs. Ont mené ensemble toute leur grossesse, s'habillaient et se coiffaient pareil. Apollonia grand soutien à la mort du mari de Sarah. »

« Je rectifie, ambiance familiale pourrie. Depuis naissance du petit-fils adoré, Sarah a coupé les ponts, complètement alcoolique. »

« Ottoman, ottomaniaque, oui ! Asma n'a que ce mot à la bouche. Furieuse d'apprendre qu'Ozan ne serait pas son petit-fils. Tu ne m'as pas parlé de ça, cachottier. »

Louvain s'interrompit.

— Qu'est-ce que c'est que cette histoire de grossesse menée ensemble ? Elle a un enfant, Sarah Phélan ? Gaël allait être deux fois père ? Et il se fout en l'air ? Un peu gros, non ?

Le silence emplit la voiture. Les yeux fixés sur la route, le major réfléchissait à toute allure.

— Dès qu'on arrive, vous me faites fissa une recherche d'état civil.

— Sur ?

— Apollonia, Hugo et Ozan Cassague. Sarah, Gaël et leur enfant mystérieux. Il a probablement été inscrit sur leur livret de famille. Où est ce gamin ?

Le *Bar de l'Europe* faisait office d'inhalateur de nicotine. Il était impossible de voir de l'extérieur ce qui se tramait dans le petit espace noyé de fumée. La fenêtre qui donnait sur la place d'Armes était sourdement éclairée, le plafonnier ne parvenait pas à percer l'épais nuage gris qui flottait au-dessus des tables.

— On monte directement, Louvain. Comme disait l'autre, n'ayons l'air de rien, ils nous observent.

Les deux hommes se glissèrent telles deux ombres dans le couloir, baissant la tête pour ne pas avoir à croiser le regard coupable des fumeurs agglutinés au pied de l'écran. On retransmettait la course hippique filmée l'avant-veille sur la piste de Monflanquin. Chacun y allait de son commentaire, de son anecdote sur tel poulain qu'il avait vu sous la mère, sur tel virage qu'il valait mieux prendre à contre-pied.

— Du pain et des jeux, déclara Louvain sur un ton funèbre.

La chambre du major avait été nettoyée de fond en comble, le dessus-de-lit couleur d'été indien était tendu sur les oreillers comme si le lit n'avait jamais été défait. Dambérailh indiqua à Louvain le fauteuil en velours côtelé kaki près du radiateur. Il sortit de son armoire la bouteille que son épouse lui avait offerte. Elle était à mi-parcours, il était temps de rentrer à Lafontac, mais ce jour semblait encore lointain.

— Fausse route, encore, soupira-t-il en versant une généreuse rasade de cognac dans un verre à eau qu'il tendit à Louvain.

— Je sais pas bien ce que vous espériez... Ça me conforte dans l'idée que certains paient au tarif double pour que d'autres se la coulent douce.

— Pauvre femme. Répétez-moi ce que vous a dit la clinique, exactement ?

— Que Sarah était forcément au courant, que l'anencéphalie se détecte dans soixante-quinze pour cent des cas lors de la deuxième échographie, qu'elle a probablement choisi de mener sa grossesse à terme pour des raisons religieuses.

Le major versa une dose de cognac dans le verre à dents qu'il était allé chercher dans la salle de bains. Il en but une longue gorgée et soupira.

— Elle vous a semblé religieuse, Sarah Phélan ?

— Pas particulièrement, non. Peut-être qu'elle l'était à l'époque. Elle devait traverser une crise mystique, on a parfois besoin de ce genre de béquille quand on vient de perdre l'homme de sa vie.

— En tout cas, retour au point de départ. Hugo Cassague a bien reconnu Ozan, Gaël Phélan a sauté d'un pont devant témoin et Sarah Phélan est bien seule au monde, énuméra le major.

Le cigarillo que Louvain faisait rouler entre ses doigts s'émiettait sur la moquette moutarde. Le major ne lui proposait pas de l'allumer. Louvain finit par se lever et se poster à la fenêtre qu'il ouvrit.

La lumière tremblotante des lampadaires dessinait un halo autour de la silhouette fatiguée de Jules Louvain. Un coup timide frappé à la porte de la chambre les tira tous les deux de leur hébétude. Sans que le major ait le temps de répondre, le battant s'ouvrit doucement. Daphné, la mine contrite, se tenait dans l'encadrement de la porte.

— Pardon, tu n'es pas seul… Ma voiture ne démarre pas, est-ce que tu voudrais bien me raccompagner à l'abbaye ? Je sais qu'il est tard mais… mon assurance ne m'enverra quelqu'un que demain. Je ne vais quand même pas prendre une nuit d'hôtel, c'est une dépense tellement inutile ! Quoique je tombe de sommeil, quelle journée…

Géraud s'extirpa de son fauteuil et s'avança pour débarrasser sa tante de son sac et de son manteau. Elle semblait épuisée.

— Je te retiens, avec tes missions familiales, railla-t-elle sans entrain. Asma n'a probablement aucun ami, ou bien elle les a tous essorés et ils rasent les murs pour ne pas la croiser. Quel moulin à paroles. Elle m'a tenu la jambe tout l'après-midi chez Philémon. Elle a bu mon thé, elle a geint sur elle-même. Quel poison, elle m'a tuée. Sers-moi quelque chose !

Un sourire amusé flottait sur les lèvres du major lorsqu'il déboucha la bouteille de cognac et chercha un récipient quelconque pour y verser l'alcool. Elle fut plus rapide que lui, avisant sur sa table de nuit une fleur piquée dans un tout petit vase en corolle. Elle posa la fleur, rinça le vase dans la lumière verte de la salle de bains et se laissa aller dans le fauteuil du major.

— Avez-vous avancé ? demanda-t-elle après avoir dégluti avec la grimace caractéristique de celui qui sent avec bonheur son gosier brûler au contact d'un alcool fort.

— On a cru, et puis non, répondit Louvain qui, de dos, tirait sur son cigarillo.

— Ne me dites pas que mon abnégation n'a servi à rien, soupira Daphné. Je ne vous ai donc rien appris d'intéressant ?

— Bien sûr que si, tante Daphné. Vous avez soulevé le fait que Sarah Phélan était enceinte en même temps que sa belle-sœur. Or personne ne nous a jamais parlé de cet enfant qu'elle attendait. On a voulu comprendre. Est-ce que cet enfant, qui aurait une quinzaine d'années aujourd'hui, pouvait avoir joué un rôle dans la mort d'Hugo ?

— Et donc, vous l'avez retrouvé ? demanda Daphné, la moue dubitative.

— Non, il n'a pas vécu. La pauvre femme a été éprouvée au-delà de ce que nous pouvions imaginer, soupira le major. De toute façon, ces détails familiaux ne nous concernent plus.

Demain matin, Louvain, tenez-vous prêt à la brigade à la première heure. Nous allons cueillir Pascal Capitourlan. Après tout, il a un mobile, son alibi ne tient plus et nous avons une preuve matérielle...

D'une pichenette, Louvain expédia son mégot par la fenêtre et s'affala dans un fauteuil brun.

— Vous n'avez pas l'air convaincu pour autant.

— C'est vrai. J'attends de voir ce qu'il va nous dire.

Les jambes étirées aussi loin que possible sur la moquette, Louvain étouffa un bâillement. Son imperméable crasseux pendait de part et d'autre de son pull à losanges. Le major sentait lui aussi la fatigue souffler du sable sous ses paupières. Les yeux papillotants, Daphné peinait à porter son verre à ses lèvres. Son portable se mit à sonner dans sa besace. Elle décrocha, puis se décomposa.

— Ah... C'est vous, Asma... Un petit peu, voyez-vous, je suis en train de passer la soirée avec mon neveu. Calmez-vous, j'entends à peine ce que vous me dites... Bon, mais c'est plutôt une bonne nouvelle, non ? Vous qui teniez tant à transmettre votre patrimoine génétique. Allez, ma chère, je ne peux m'attarder plus longtemps, on m'attend. Bonne nuit.

Et elle raccrocha avec fermeté. Le major et Louvain la regardèrent, goguenards, espérant un commentaire désopilant sur cette « affreuse bonne femme » qui lui avait extorqué son numéro.

— Qu'arrive-t-il à cette chère Asma ? demanda le major qui dodelinait de la tête sur son dossier.

— Elle vient d'ouvrir le courrier. Elle a reçu les résultats d'un de ces horribles tests génétiques à la mode, qu'elle avait fait faire à son petit-fils. Tu parles d'un cadeau d'anniversaire. Tu me ressers, mon chéri ? demanda-t-elle en tendant le petit vase à son neveu qui s'exécuta.

— Et pourquoi vous appelait-elle ?

— Après s'être lamentée tout l'après-midi sur le fait que son petit-fils n'était pas le joyau qu'elle imaginait, elle vient de découvrir qu'il était bien d'origine turque. Turque de chez turque, ils lui annoncent trente-deux pour cent, et ensuite c'est un patchwork de tout et n'importe quoi, on trouve même de l'Inuit. Comment ces laboratoires peuvent-ils prétendre connaître au pour cent près le mélange génétique d'une personne… ça…

— Ce sont des charlatans, soupira Louvain.

— Ils comparent probablement avec des profils types considérés comme « purs », suggéra le major.

— Quoi qu'il en soit, elle tenait à me dire qu'Apollonia était une menteuse, que son Hugo n'était pas stérile, qu'il est bien le père d'Ozan.

Louvain sortit un cigarillo de son étui et le porta à sa bouche sans l'allumer.

— Dans ce cas-là, pourquoi Hugo Cassague aurait-il rédigé une déclaration comme quoi c'était Gaël Phélan le père ? Ça n'aurait jamais suffi à un notaire chargé de la succession Phélan. Il y aurait eu des tests ADN, comme pour la fausse fille d'Yves Montand.

À l'évocation d'Yves Montand, Daphné se mit à fredonner en sourdine *À bicyclette*.

Tout à coup, Géraud se redressa, comme électrocuté. Les deux autres sursautèrent.

— J'ai. Mon Dieu, j'ai, je sais qui a tué Hugo Cassague.

Il sauta sur ses pieds et enfila son manteau à toute vitesse. Louvain s'ébroua et se leva à son tour.

— Mais on va où ?

— Arrêter l'assassin, Louvain.

Daphné glapit et courut jusqu'à la porte en protestant qu'elle ne se laisserait pas traiter comme la cinquième roue du carrosse. Elle voulait qu'il lui explique.

Le major l'écarta avec toute la douceur dont il était capable et se précipita dans le couloir de l'hôtel, suivi de près par Louvain.

— La bicyclette, ma tante, c'est vous qui m'avez donné la clé !

Pantoise, Daphné laissa son regard errer dans la chambre soudain déserte, avisa sa besace et se dépêcha de rejoindre son neveu, non sans avoir englouti le fond de cognac qui restait dans son petit vase.

Le major et Louvain traversaient la place d'Armes à grands pas et Daphné dut courir pour ne pas se laisser distancer. Hors d'haleine, elle ne cessait de glapir :

— Mais c'est qui ? Géraud, dis-moi, où va-t-on ?

Le major ne répondit rien jusqu'à ce qu'ils soient tous les trois installés dans l'horrible camionnette dont les phares donnèrent rapidement des signes de faiblesse. Le tableau de bord était à peine éclairé ; le major enclencha la marche arrière alors que Daphné avait encore un pied sur le bitume.

— Ozan est bien le fils de Gaël Phélan, consentit-il à dire.

— Alors, comment peut-il être turc ? rétorqua Daphné.

— Parce que c'est sa mère qui est turque.

— Apollonia est turque ?

— C'est Sarah, la mère d'Ozan.

Les virages pris à la corde jetèrent Daphné contre la portière plus d'une fois. Le major s'arrêta devant la maison des Cassague. Tout était éteint. Louvain et Daphné sortirent de la camionnette, un peu nauséeux. Dopé à l'adrénaline, le major s'engouffra dans le jardin labyrinthique des Cassague et, une fois face à la porte d'entrée, se tourna vers eux.

— Vous m'attendez ici vous deux. J'appelle si besoin. Je veux lui parler seul.

Daphné comme Louvain protestèrent, mais ils restèrent en retrait lorsque le major frappa à l'huis. De longues minutes s'écoulèrent et Apollonia apparut dans le salon obscur, toute claire dans sa robe de chambre. Elle alluma et le charme fut rompu. Le major attendit qu'elle ouvre et entra sans se retourner vers sa tante ni Louvain.

Apollonia ne disait rien. Elle se tenait toute droite, pieds nus sur le carrelage, les cheveux mal attachés dans le cou. Elle attendait qu'il parle. Le major indiqua le canapé blanc.

— Je peux ?

Elle acquiesça et s'assit dans l'angle, les mains sur les genoux. Aucune émotion ne pouvait se lire sur son visage trop calme.

— Hugo avait rompu le pacte sacré, n'est-ce pas ? déclara le major. Son besoin d'investissement supplémentaire était trop pressant, mais les caisses étaient presque vides… Pas assez garnies en tout cas pour assurer à Ozan l'avenir sans angoisse que vous souhaitiez pour lui ?

— Ça m'a toujours fait peur, de voir mon fils manquer, murmura Apollonia, les mains à présent jointes et serrées entre ses genoux.

— Vous avez donc dit non. C'était la première fois que vous refusiez de mettre la main au portefeuille. Votre mari a tout essayé, c'était un as de la pression et vous m'avez dit vous-même qu'il perdait parfois la notion des proportions dans ses menaces. J'ai pu m'en rendre compte en interrogeant le prieur.

La voix du major n'était pas plus forte qu'un murmure. Quelque part dans la maison, un adolescent dormait.

— Il a menacé de quoi… d'aller dire à Ozan qu'il n'était pas votre enfant ?

D'une brusque détente, Apollonia se dressa sur ses jambes.

— Taisez-vous. Vous ne savez rien.

Elle sifflait entre les dents, crispée à l'extrême. Son joli visage, si souvent impassible, était violemment contracté. Le major choisit un autre angle d'attaque et, toujours assis, annonça :

— Votre idée de nouer un fil aux pieds de la plateforme pour faire tomber la ruche était brillante. J'imagine que vous avez préparé les choses bien en amont. Vous avez dissimulé le fil sur plus de trente mètres à travers les arbres, sous les feuilles. Peut-être même tout était-il en place depuis des semaines ?

— Je n'ai pas à vous répondre, gronda Apollonia, les bras croisés sur l'abdomen.

— Pas pour le moment, admit le major. Cependant, rien ne m'empêche de vous livrer mes hypothèses. Vous avez créé de toutes pièces cet interne au CHU, Maurier. Rien de plus facile que d'appâter Hugo avec une promesse de fonds.

— Cent mille, il voulait cent mille euros de plus, gémit Apollonia qui agrippait sa robe de chambre. Il aurait fallu vendre l'immeuble qui devait assurer à Ozan un revenu stable. L'appétit d'Hugo ne connaissait pas de limites. Une fois l'argent disponible, il aurait tout épuisé. J'étais obligée de dire non.

Dambérailh reprit, imperturbable :

— Vous saviez que Pascal quitterait le rucher vers 15 heures et qu'Hugo continuerait d'attendre dehors. Il n'y a rien dans la miellerie pour s'asseoir de toute façon, il n'allait pas risquer de manquer Maurier. L'idée de prétexter un audit du bâtiment en vue d'évaluer les travaux de mise aux normes, c'était bien vu. Vous vous êtes donc rendue au rucher à vélo, à bicyclette devrais-je dire, à 13 h 30. Vous avez dit je ne sais trop quoi à votre mari, puis, en repartant, vous avez cherché l'extrémité du fil qui passait dans le sous-bois, et vous l'avez attaché à boule de traction de Pascal. Puis vous êtes bien allée chez le coiffeur et ensuite à la brasserie. Vous vous êtes concocté un alibi imparable. C'est le pauvre Pascal qui, en quittant le rucher, a signé l'arrêt de mort de votre mari. Le fil s'est tendu d'un coup, a exercé une forte traction sur les pieds jusqu'à déséquilibrer la plateforme qui est tombée en entraînant la ruche. Malheureusement, les tasseaux étaient fixés sous la plateforme par des équerres, ce qui a créé une résistance importante. Les tasseaux se sont fendus avant de se détacher de la plateforme. Vous n'aviez pas prévu ce point-là.

— Quel point ? demanda Apollonia, qui sembla émerger d'une absence.

— Que lorsque vous alliez revenir au rucher vers 20 heures, les pieds seraient inutilisables en l'état. Vous comptiez les refixer, ni vu ni connu, mais ils étaient abîmés tous les deux, ce que Pascal aurait immédiatement remarqué. La miellerie était ouverte. Vous savez manier les outils de jardin, une visseuse, six vis, deux nouveaux pieds, c'était un jeu d'enfant pour vous. Quant à replacer la ruche… J'imagine qu'en fouillant chez vous, nous retrouverons une combinaison de sécurité. Il n'en restait qu'une à la miellerie, celle de Pascal. Or je suppose qu'Hugo en possédait une également ?

Elle resta de marbre.

— Quel sang-froid. Puis vous avez appelé les secours. Cinq heures trop tard.

Les larmes coulaient à présent sur le visage inexpressif d'Apollonia. Elle semblait lointaine, perdue dans une dimension connue d'elle seule. Elle avait peut-être froid dans sa robe de chambre, avec ses pieds nus. Le major se leva et la prit par les épaules pour l'aider à regagner le canapé. Elle se laissa faire. Elle ne disait rien pour se disculper, mais elle n'acquiesçait pas non plus. Elle était d'une trempe peu commune, le major espérait encore obtenir des aveux pour boucher les trous encore béants de son enquête. Il avait compris le procédé, il avait le mobile, mais aucune certitude sur ce qui s'était réellement passé, quinze ans auparavant. L'idée que cette femme délicate ait pu concevoir une mise à mort aussi cruelle le perturbait profondément. Hugo n'avait pas été exécuté froidement. Il avait eu le temps, un temps infiniment pénible, pour comprendre qu'il n'allait pas s'en sortir. Il avait expérimenté l'angoisse, l'espoir qui fuite, l'affolement... puis la douleur, cuisante et inexorable, le cœur qui se cabre, qui tente de maintenir les fonctions vitales en pompant comme un fou, puis le noir qui gagne, et l'amère certitude de mourir défiguré. Quelle mise à mort tragique, presque sadique. Pourquoi Apollonia avait-elle choisi ce procédé atroce, barbare presque ? Souhaitait-elle punir davantage que tuer, devait-il chercher une forme de symbolique ? Les piqûres harcelantes dont l'accumulation avait dû rendre Hugo fou, l'empoisonnement progressif, l'abeille qui meurt en piquant, s'autopunissant dans sa volonté de tuer...

Dambérailh sentait grandir en lui compassion et indignation. Apollonia ne pouvait pas se laisser inculper sans livrer quelques clés, ou sinon c'était lui qui allait perdre le sommeil.

— Tenez-vous vraiment à ce que le temps de l'enquête s'étire ? Si vous parlez maintenant, nous sommes tous les deux gagnants : vous avez une petite chance que la presse ne vienne pas fouiner dans les recoins, et tirer les vers du nez d'Ozan à la sortie de l'école. Fournissez-leur une déclaration indiscutable.

La mention d'Ozan parvint à sortir Apollonia de sa torpeur. Elle avait les yeux papillotants, semblait lutter contre une torpeur poisseuse. Le major reconnaissait les signes d'une mise en sécurité de l'organisme qui, pour encaisser un choc trop violent, s'engourdissait et se mettait à fonctionner au ralenti. Elle se tenait à la crête, ne choisissait pas, conservait par son mutisme un équilibre instable. Il se pencha, les avant-bras posés loin sur les cuisses, les mains ouvertes, les doigts écartés. Sa voix glissait, feutrée et insistante.

— Ils écriront que vous êtes un monstre, que vous n'avez ni remords ni sensibilité, que vous avez perdu votre humanité, que vous avez sans doute été une mère défaillante, vicieuse. Ozan le lira. Parlez maintenant et ne les laissez pas massacrer l'idée que votre fils se fait de vous.

D'un battement de cils, elle glissa tout doucement dans la résignation. Il avait tout compris de ses failles. Au début, sa voix crissa, sembla passer à travers un couloir tapissé de verre pilé, cordes vocales écorchées et larynx hérissé de tessons.

— J'aimais Hugo. À notre façon, nous étions un couple heureux. Il me manque terriblement.

D'un mouvement très lent, très doux, elle tourna le visage vers lui ; ses yeux agrandis dévoraient ses joues. Il contracta les abdominaux pour ne surtout pas se laisser éventrer par la pitié qui lui écrasait déjà le sternum.

— Je ne pouvais pas le laisser m'enlever mon enfant, vous comprenez ?

Il se contraignit à rectifier, à maintenir une forme d'exactitude qui le protégeait de l'amollissement :

— Il ne vous a pas menacée de vous l'enlever. Il vous a menacée de lui dire la vérité.

En l'espace d'une seconde, elle se rétracta sous le coup puis se gonfla de rage.

— Mais quelle vérité ? hurla Apollonia. Quelle vérité ?

Elle griffait le cuir du canapé, le visage convulsé, puis elle se renversa sur le dossier, tournée vers le plafond, brusquement immobile. De nouveau, sa voix reprit ce timbre brisé, à peine un murmure qui tintait comme un grelot fêlé.

— La vérité, c'est que je l'ai nourri, dès la première tétée. Il a bu mon lait… le mien ! Je l'ai porté tout contre moi, il pesait si peu, sa petite joue était collée dans mon cou. Il ne pleurait jamais. Sarah ne l'a même pas regardé.

— Elle ne voulait pas de cet enfant ?

Un long silence accueillit la question du major. Apollonia se mordillait l'intérieur des joues, comme pour retenir les mots qui menaçaient de lui échapper. Elle semblait partagée. Finalement, l'idée de passer pour une voleuse d'enfant dut lui paraître intolérable. Elle parla d'une voix sourde.

— Gaël a laissé une lettre. Il disait à Sarah que la perspective de lire le dégoût et la honte dans les yeux de son enfant lui était insupportable. Elle l'a lue à Hugo, j'ai tout entendu. Elle sanglotait, elle disait « Ce dégoût et cette honte, c'étaient les miens, c'est de moi qu'il parle ». Elle n'arrivait pas à se pardonner, elle se rendait responsable. Assez rapidement pourtant, elle a fait le choix de prendre au pied de la lettre ce qu'avait écrit Gaël. C'était plus facile de vivre avec ça. Elle s'est mise à détester son bébé. Il fallait un responsable.

Apollonia secoua la tête.

— De mon côté, j'étais enfin enceinte, après cinq ans d'attente. Je devais accoucher un mois après elle. On riait au tout début en pensant à leurs futures bêtises de cousins. J'étais heureuse de mener cette grossesse avec elle, je n'ai pas de sœur vous savez. Puis Gaël est mort…

La respiration d'Apollonia se faisait plus lente, plus lourde. Le major ne bougeait pas d'un cil, le buste droit contre le dossier du canapé. Il retenait son souffle.

— À l'échographie des cinq mois, on m'a annoncé… que mon bébé ne vivrait pas. J'ai découvert le mot « anencéphalie ». On m'a proposé l'interruption médicale de grossesse et j'ai demandé du temps pour réfléchir. C'était tellement violent. Cinq ans d'espoirs, de souffrance… et on venait de mettre un terme à ma joie, avec une petite tape sur l'épaule.

Il fallait tendre l'oreille, Apollonia chuchotait, plus pour elle-même que pour le major, qui lisait sur ses lèvres pour ne pas perdre le fil. Elle avait desserré l'étau de ses bras qui reposaient sur ses cuisses, les paumes en coquille sur les genoux.

— C'est Hugo qui a eu l'idée. Sarah dépérissait, elle se désespérait que le délai légal d'IVG soit passé. Elle se renfermait, je la soupçonne d'avoir pensé accoucher sous X sans nous en parler. On a dîné tous les trois. Je crois que personne n'a rien mangé. Sarah devait accoucher un mois avant moi. À cause de la malformation, je pouvais décider une IMG jusqu'au terme. En fait, c'était très simple.

Un vague sourire flottait sur le visage d'Apollonia et le major en conçut un malaise diffus. Comment les deux femmes avaient-elles réussi à se transmettre Ozan ? La clinique avait été formelle, c'était le bébé de Sarah qui était mort. Celui d'Apollonia qui avait vécu. La vérification auprès de l'état civil avait donné le même résultat : Ozan était bien inscrit sur le livret de famille des Cassague tandis que celui de Sarah Phélan était resté vierge. L'idée d'Apollonia quittant la clinique en emmenant le bébé de sa belle-sœur ne concordait pas. Soudain, le major comprit.

— Vous avez accouché chacune sous l'identité de l'autre, n'est-ce pas ? Sarah s'était décoloré les cheveux pour que la photo de votre carte ne soit pas trop dissemblable.

— Personne n'a vraiment vérifié. Dès le marché conclu, on a fait tout le suivi de grossesse sous l'identité de l'autre. J'ai refait une échographie du cinquième mois dans un autre cabinet de radiologie sous son identité. Nous nous sommes inscrites dans la même clinique. J'ai planifié l'IMG le jour du terme de Sarah. Elle a accouché avec trois jours de dépassement, j'avais eu ma montée de lait. J'ai tellement souffert, c'était tellement long. La clinique allait me mettre dehors, Asma voulait à tout prix venir me voir à la clinique, mais j'étais obligée d'attendre que Sarah accouche. Ces journées vides, avec mes seins tendus à exploser, à errer dans le couloir en attendant l'appel d'Hugo... J'avais peur qu'elle change d'avis, que finalement elle souhaite le garder, que toute cette comédie ait été vaine. Je ne l'aurais pas laissée l'inscrire sous son nom de toute façon. C'était trop tard. Quand elle a accouché, j'ai attendu dans la pièce réservée aux pères qui ne veulent pas assister. Le lait coulait de mes seins, chaque minute d'attente me déchirait le ventre. Si j'avais pu entrer dans la salle d'accouchement, je ne l'aurais même pas laissée toucher mon bébé. J'ai dû attendre trois heures, avec au cœur cette brûlure. Est-ce qu'elle l'avait pris sur elle ? Est-ce qu'elle allait le mettre au sein ?

Les larmes coulaient de ses yeux qu'elle gardait fixés sur le plafond. Elle sourit enfin et se tourna vers le major, une lueur de triomphe dans le regard.

— Elle ne l'a même pas regardé. Elle n'a pas voulu le toucher. C'est l'infirmière qui lui a donné son premier biberon, mais il n'a rien bu. J'attendais dans le couloir qu'on ramène Sarah dans sa chambre, c'était si long. J'ai cru étouffer.

Elle se redressa et rit pour elle-même, d'une joie qui perça le cœur du major.

— Il s'est jeté sur mon sein, tout de suite. Il a tété comme un fou, avec sa petite bouche exigeante qui me pinçait si fort. J'ai simulé des malaises, la clinique a bien été obligée de me garder encore quelques jours. Je passais tout mon temps dans la chambre d'Ozan. Le psychiatre est même venu me voir, il trouvait ça malsain.

Un poids étrange écrasait la poitrine du major. Dans cette histoire où rien n'était à sa place, il évoluait comme dans un marécage. Il eut besoin de se raccrocher à quelque chose de vrai.

— Et l'enfant dont vous avez accouché ?

Brutalement extraite du souvenir radieux qu'elle venait d'évoquer, elle le foudroya du regard.

— Ce n'était pas mon enfant. Il me fallait juste un gros ventre et un accouchement. Mon bébé à moi, je lui chantais des berceuses à travers le ventre de Sarah.

Elle se balançait d'avant en arrière, les yeux fixés sur le mur, les bras en travers du corps. Elle tremblait. Puis elle se leva et regarda le major.

— Il me faut quelque chose à boire. Pas vous ?

Sans attendre la réponse, elle passa dans la cuisine et sortit deux verres. Le major ne songea pas à refuser, cependant il était bien incapable de boire quoi que ce soit. Apollonia posa les verres et une bouteille de porto sur la table basse, puis marmonna quelque chose avant de se diriger vers le couloir, aux toilettes probablement.

Dans le silence de la maison, le major déboucha la bouteille pour remplir les deux verres quand un fracas épouvantable retentit dans son dos.

Louvain et Daphné firent irruption par la porte vitrée, les yeux exorbités, et se ruèrent dans le couloir à la suite d'Apollonia.

Un hurlement de fauve blessé retentit avant que le major ne se lève.

Louvain réapparut enfin, tenant Apollonia d'une main de fer, les poignets bloqués dans le dos, et, de l'autre, un couteau en céramique à la lame plus tranchante qu'un rasoir.

Elle sanglotait, le visage dissimulé derrière ses cheveux.

— Elle allait égorger le petit, hoqueta Daphné. On a vu le couteau quand elle est sortie de la cuisine.

Avec une grande douceur, le major écarta les cheveux qui masquaient le visage d'Apollonia et lui passa la main sur la joue.

Elle respirait à petits coups, les yeux flous.

— Je ne lui dirai pas tout, souffla-t-il.

Le cri des grues qui revenaient de leur exil saisonnier résonnait dans la cour du prieuré. Le major leva le nez et suivit des yeux leur V qui piquait plein nord. Le printemps n'allait pas tarder à s'installer. Il fut heureux de retrouver l'odeur familière de l'accueil, où le religieux habituel lui indiqua d'un geste ensommeillé la porte qui menait à la salle de travail où œuvrait le frère Jean-Chrysostome.

Le jeune homme était occupé à classer le courrier sur la longue table où s'entassaient d'ordinaire les colis de Honey Box. Le major s'annonça par un raclement de gorge et fut saisi par le sourire lumineux que lui adressa son fils.

— Tu repars ? demanda Baptiste.

— Peramel arrive demain. C'est idiot, mais cet homme est un tel mythe que je préfère ne pas le croiser, finalement. J'ai peur d'être déçu.

Père et fils se sourirent avec au fond des yeux la même lueur amusée.

— Tu sais ce qu'ils m'ont offert en cadeau de départ ? Un poisson rouge… Remis en grande pompe et tout, j'ai cru que Fourbach allait écraser une larme.

— Tu leur as plu, fit Baptiste d'un air joyeux. L'aura de Peramel ne t'a pas complètement éclipsé finalement.

Un petit sourire modeste digne de Daphné elle-même fleurit sur le visage du major. Pour dissimuler une satisfaction qu'il jugeait peu digne, le major s'approcha de la pile de lettres blanches et souleva avec curiosité une enveloppe à bulles qui semblait contenir une brique.

— On vous envoie des colis de survie ? On dirait des plaques de chocolat... Les grenouilles de bénitier connaissent les talents de cuisinier de votre frère intendant ? s'esclaffa-t-il.

Baptiste prit l'enveloppe et en déchira l'extrémité. La brique glissa de l'enveloppe et tomba avec un bruit sourd sur la table en bois. Les deux hommes s'approchèrent, étonnés, et ne purent retenir une exclamation stupéfaite.

— C'est de l'or ? s'étrangla Baptiste.

Le major s'empara de l'enveloppe et fouilla à l'intérieur pour y trouver une explication. Il en sortit une feuille pliée en quatre.

— « Faites-en des médailles », lut-il avec perplexité.

Les lettres étaient tracées en capitales au marqueur noir.

— Nom de... s'exclama le major avant de ravaler son blasphème. Ce sont les dents des morts.

— Des... Tu veux dire...

— On devait démarrer une enquête pour trafic d'or dentaire. Un thanatopracteur qui arrachait les bridges. Je comptais laisser ça à Peramel, mais il semblerait bien qu'on ait trouvé le pactole.

Baptiste saisit le lingot, le tourna et le retourna sous la lumière, puis regarda le major avec un grand sourire.

— Nous n'allons pas refuser cet aimable don.

— Mais tu ne peux pas t'approprier ce truc, c'est du blanchiment !

— Si certaines familles veulent faire valoir leurs droits, je serais ravi de leur établir un reçu fiscal. Adresse-les au frère Jean-Chrysostome.

Remerciements

À mon mari, « impossible n'est pas Portail » grâce à ta patience et à ton soutien.

À ma mère, première lectrice, au format feuilleton.

Au lieutenant-colonel Philippe de Laforcade, premier conseiller en gendarmerie et premier correcteur attentif et enthousiaste de *L'année du gel* puis de *Piqûres de rappel*.

À maître Fouilleul, pour ses conseils juridiques concernant les règles de filiation.

Aux docteurs Sabine et Jérémy Guilhon pour leurs avis médicaux à toute heure du jour et de la nuit.

À Joanna et Romain Stiers, apiculteurs et créateurs de L'Essaim de la Reine. À quand la box thématique ?

Au frère Bruno-Marie du monastère du Broussey, qui m'a fait part de nombreuses anecdotes.

À M. Nercessian, président de l'Association culturelle arménienne de Bordeaux, et son épouse qui m'ont permis de comprendre un peu l'arménité, à la fois peine et joie.

Chaque année, 30 à 40 % des polars français qui sortent sont écrits par des femmes. Pour aider à la juste représentation de cette réalité, une poignée d'autrices ont créé le collectif des Louves du polar. Grâce à des actions concrètes et à un esprit positif, elles font bouger les lignes et œuvrent efficacement à la mise en valeur du polar féminin. Suivez-les sur @leslouvesdupolar !

Clin d'œil à mes amies et cofondatrices du collectif : Chrystel Duchamp, Cécile Cabanac, Céline Denjean, Céline de Roany, Marlène Charine, Sonja Delzongle, sans parler de toutes ces belles rencontres que les Louves ont suscitées.

les
Louves
du polar

13718

Composition
NORD COMPO

Achevé d'imprimer à Barcelone
par CPI Black Print
le 15 février 2023

Dépôt légal février 2023
EAN 9782290362730
OTP L21EPLN003172-398476

ÉDITIONS J'AI LU
82, rue Saint-Lazare, 75009 Paris

Diffusion France et étranger : Flammarion